적산 퓨전 판타지 장편 소설

1

뿔미디어

www.bbulmedia.com

www.bbulmedia.com

은즁편즁편

목차

서문

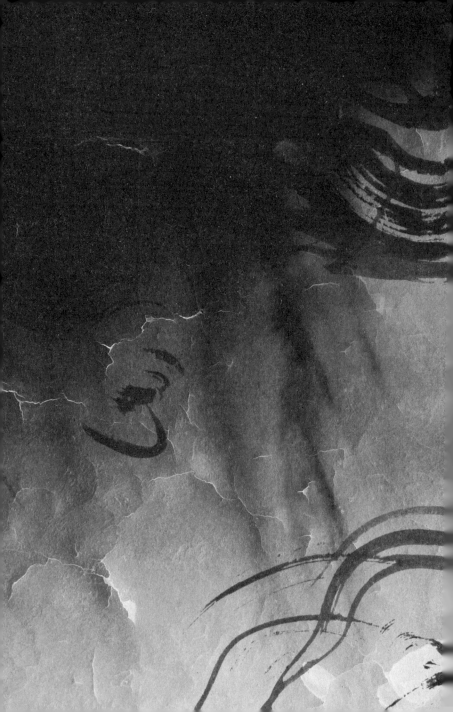

"꼴통이 나타났습니다. 시장 상인들을 괴롭히며 돈을 뜯는데, 체면상 우리가 직접 나서 줄 수도 없고 해서……."

"견자단을 쓰세요."

"혹시 한자가…… 개[犬]……."

"개자식들 맞아요."

"에…… 흠, 흠, 이름부터가…… 이런 일에 꼭 필요한 자들 같군요. 알겠습니다."

*　　　*　　　*

"꼴통이 또 나타났습니다. 아시다시피 이 년 전부터 대흥

년입니다. 장강에서 사람을 몰래 죽여 그 고기를 거래하는 놈들인데, 실력이 이류를 상회합니다. 마침 저희가 다른 데로 고수들이 집중해 있어서……."

"견자단을 쓰세요."

"그 개…… 들은 저번에…… 삼류 잡배를 상대하던 그……."

"제법 강단이 있으니 놈들을 일망타진할 거예요. 미친놈도 미친개는 무서워하는 법이니."

"제법 강한 구석이 있던 모양이로군요. 알겠습니다."

*   *   *

"꼴통이 또! 나타났습니다. 일류 고수를 서넛이나 맞이하고도 농담까지 하면서 칼 쓰는 걸 보니, 절정입니다. 그 경지까지 올라갔다면 정신 수양이 안 될 턱이 없는데, 어찌 그런 사도로 빠져들었는지 참……."

"견자단을 쓰세요."

"에엑! 대체…… 그놈들 뭡니까?"

"묻지 말아요. 다쳐."

그랬다.

견자단, 개자식들은 이렇게 헷갈리는 놈들이었다.

1.

돈을 들고 튀어라

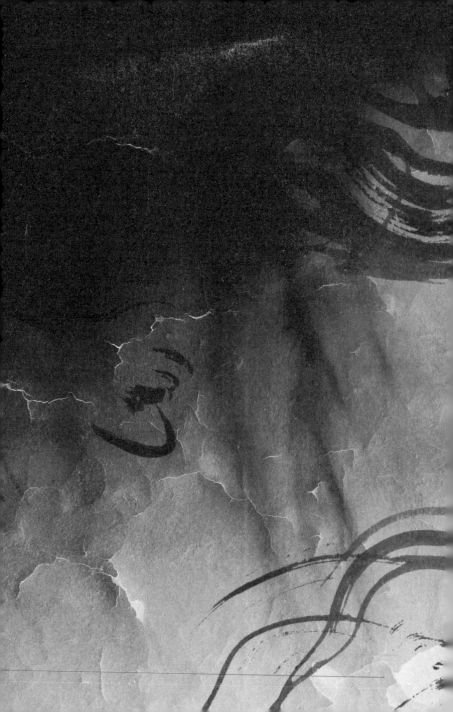

눈이 제법 왔다.

뽀득, 뿌득, 뽀득, 뿌득, 뽀드……

"야, 시끄럿!"

발자국 소리에 맞춰 불평이 터져 나오자 이에 대한 역불평도 나왔다.

"그럼 눈 밟는 소리 때문에 답설무흔이라도 펼치란 말이야? 이 많은 사람들 앞에서?"

그러자 제일 오른쪽에 있던 놈이 말했다.

"차라리 굴러가자."

산길은 제법 사람들이 다니는 편이었다.

지나던 사람들이 무림인이 아니라 할지라도 답설무흔이 뭔지 모를 턱이 있겠는가. 그래서 그 사람들은 산등성이로 넘어가 사라지는 그 셋의 머리 뒤 뒷꼭지에 대고 말했다.

"미친놈들, 쯧쯧쯧."

그 미친놈들 셋이 바로 견자단이었다.

견자단은 이번에 어떤 일을 부여받고 왔을까?

"저기 저 집인가베."

견자단의 막내, 광겸(狂鎌)이 손가락으로 가리킨 집은 이 산골에서는 눈에 뜨이게 큰 장원이었다.

가운데, 견자단의 둘째 광검(狂劍)이 마주 받았다.

"이 산골에서 제일 큰 집이니 당연히 저 집이지. 좀, 그런 거 말고 생산적인 얘기 좀 할 수 없냐?"

"아, 작은형은 왜 만날 나만 갖고 그래? 저기 큰형도 좀 괴롭혀 봐."

그러자 제일 오른쪽, 맏이 광수(狂手)의 입이 열렸다.

"빨리 끝내고 돌아가자. 홍춘이가 참한 아가씨 둘 더 구한다고 했으니까."

그러자 광겸이 빠르게 튀어 나갔다.

"여자다!"

허걱 하며 광겸의 어깨를 부여잡는 광검.

"야! 저기 웅크린 게 좀, 절정고수라잖아! 행동 통일 좀 안 하냐? 좀!"

홍춘이 구해 준다는 여자에게 갈 시간이 좀 늦어졌다고 생각한 광겸이 얼굴을 찡그렸다.

"아씨, 여자 안아 주는 시간도 좀 길어져 봐! 좀!"

물론 형에게 이따위로 말한 대가는 빡, 소리 나게 타격해 주는 것이었고, 그에 따라 광겸의 머리가 수그러졌다.

머리카락이 홱 뒤집어지면서 비듬이 우수수 날렸다. 광수와 광검이 흠칫 뒤로 물러났다.

"야, 좀, 머리 좀 감아라, 좀."

광검의 잔소리에 광겸은 다시 투덜댔다.

"그러게 주막에서 따뜻한 물을 왜 혼자 다 쓰냐고."

그건 제대로 된 약점인 모양이었다.

광검이 움찔, 광수의 눈치를 살폈다.

광수가 혀를 입안에서 이리저리 돌리다가 침을 퉤, 뱉더니 혀로 볼 안쪽을 이리저리 밀어 훑었다. 그러더니 그 혀로 입안을 청소하는 이유를 말했다.

"둘째야, 다음부턴 네가 세수한 물로 양치하라고 주면 돼―에에지게 맞는 수가 있다."

찬물로 입 헹구는 것보다…… 동생 세수한 물이 덜 귀찮았다는 소리였다.

광검의 얼굴이 붉어졌다.

그걸 눈치채다니!

"흠, 흠, 흠. 아, 돈 받고 재워 주는 곳에서 설마 불 꺼뜨릴 줄 짐작이나 했겠느냐고."

이런 수준의 대화가 장원에서 십여 장 떨어진 곳에서 오갔다.

산골인데다가 눈이 내린 직후라 보통 사람들도 귀가 예민하면 간간이 내용 구분이 될 정도 거리였다.

절정고수가 못 들을 턱이 없었다.

그 절정고수, 광겸의 표현대로라면 이 산골 장원에 '웅크리고' 있던 분광마(分光魔) 도요척은 당연히 이 대사들을 똑똑히 들었고, 그래서 기가 찼다.

절정고수였던 탓에 광겸의 머리에서 날린 비듬을 하나하나 세고 있던 판이니 못 들을 수가 있나.

'뭐 저런 놈들을 보냈나? 강북련 애들이 제정신인 거야?'

분광마 도요척은 눈에 뜨이지 않는 곳에서 자금을 만들어 조달하는 중이었다.

수하들을 시키지 않고 직접 나선다.

절정고수, 게다가 분광마 도요척이!

한데 쳐온다고 하던 놈들은 달랑 셋. 게다가 하는 작태란…….

원래 자금줄의 관리가 잘못되어 전부 다 날리는 경우는 흔하디흔하지 않은가.

믿을 수 있을 만한 후임을 속성으로 길러 실제 전장에 투입하고, 자신은 절정고수를 만나기 힘든 자금 조달 전선에 뛰어들어 버린다.

적의 자금원은 금방 마르고, 자신의 자금원은 튼튼해진다.

돈 문제는 적들도 민감하기 때문에 금방 눈치챈다.

그래서 아주 강한 고수를 넣어 빠르게 해결한다는 원칙인 것이다.

실제 격전의 현장은 걱정 없었다.

원래 강호의 싸움이란, 대장이 어처구니없이 한 방에 죽었다는 경우 아니면 일방적으로 밀리는 일은 거의 없으니 말이다.

자신에게 배운 제자를 그만큼 철석같이 믿고 있는 분광마 도요척이었다.

물론 세상이란 분광마 도요척이 천하제일이라는 자만심을 가지게 허락하지 않았다.

그러나 분광마 도요척이란 이름은 대단한 파괴력을 가지고 있는 것이 사실이고, 지금 분광마의 제자인 절망마 노호락에게도 전략적인 대응이 행해지는 참이었다.

하물며 분광마에게랴!

그런데…….

달랑 셋이 왔다.

셋이면 전략이 아니라 전술적인 숫자도 못 되는 인원이다.

'싸우는 곳의 인원을 빼지 않는다……. 거길 빨리 정리하고 이리로 뛰어들겠다는 말인가.'

그렇다면 저 셋은…….

'소모품.'

도요척은 혀를 찼다.

'뭐? 홍춘이? 그년이 누군지 저 세 놈 제사상부터 차리겠구나. 시동생 결혼시키는 게 아니라.'

웬지 불쌍해 보이기까지 하는 셋이었다.

게다가 맏이라는 저놈은 손이 울퉁불퉁, 하급 철사장을

죽어라 수련한 흔적이 역력했다.

맨손이었다.

아무리 맨손 박투를 하는 놈이라지만 절정고수를 상대로 맨손으로 오다니. 그것도 분광, 빛을 가른다는 도요척 자신에게 말이다.

대체 쌈박질의 기본이나 알긴 하는 거냐?

'어떻게 저런 얼빠진 놈들을……'

이것은 여기서 분광마가 모은 돈을 다 안전하게 지켜 줄게, 라고 강북련 스스로 칼을 물고 엎어지는 것 같았다.

'그런다고 해도……'

분광마 도요척이 이곳에서 좀 더 움직이지 못하게 시간을 끌 만한 실력을 가지고 있다는 말인데, 도무지 속셈을 알수가 없었다.

너무 얼빠진 놈들처럼 보이니 그게 더 수상하지 않은가.

그래서 도요척은 잠시 지켜보기로 했다.

그런데 이런 대화가 들려왔다.

"어떤 놈이래냐?"

맏이의 목소리에 둘째라는 놈의 대답이 이랬다.

"뭐, 아무 죄도 없는 이 산골 장원 사람들을 좀, 두들겨 패고, 여기 동네 작은 무도관 사범들을 좀 많이…… 한꺼번에 저세상으로 보냈다는데. 나중에 일류 고수 파견 때도, 일류 고수의 눈에도 잘 구분이 안갈 만큼 칼이 좀 빨랐대나…… 뭐, 그랬대."

'뭐야? 이거, 내가 누군지도 모르고 온 거 아냐?'

이건 그나마 돌다리도 두드려 보려던 도요척이 폭소를 참기 힘든 대목이었다.

거기에 비듬을 산골 덮은 눈처럼 쏟아 내던 막내라는 녀석의 말이 결정타였다.

"근데, 이번에 우리 색시들도 구하면 홍춘이한테 정말로 형수라고 불러야 하는 거야?"

도요척은 더 이상 참지 못했다.

작은 산골 장원에서 쩌렁쩌렁한 내공을 실을 웃음소리가 골짜기를 온통 뒤흔들었다.

"크하하하하하하하! 이런 얼빠진 놈들! 홍춘이라는 그년 인생이 불쌍하구나! 네놈들 색시 구해 놓고 기다리다가 제상 차리게 생겼으니 말이다!"

분광마.

처음 강북련 무인의 말대로 '절정이면 정신 수양이 될 만도 한데' 안 그런 꼴통, 도요척.

그러나 그 별호만큼은 과장이 아니었다.

장원은 산비탈 중간에 약간 펼쳐진 넓은 터에 있었다. 그 장원이 꽤 넓기 때문에 골짜기 바로 옆까지 차지해 단이 처져 있다.

그 골짜기 전체가 흔들리는데, 마침 시각 효과도 굉장했다.

쌓였다가 한 번 녹고, 그게 다시 얼어 단단해진 눈얼음이 파사삭 하늘로 가루처럼 올라가는 장면.

강한 바람이 갑자기 부는 것처럼 말이다.

무공을 전혀 모르는 자라도 이게 무슨 현상인지 알고 도망칠 만한 일이었다.

사자후는 내공이 심후한 고수라면 누구나 발할 수 있는 것이지만, 작지 않은 골짜기를 이처럼 강하게 뒤흔드는 고수에게 뭘 어찌해 보려는 시도 자체가 미친 짓이었다.

과연, 셋은 허둥거리는 꼴이 역력하지 않은가!

맏이가 울퉁거리는 손을 들어 귀를 막고, 둘째가 보이지도 않는 상대를 향해 검을 빼 들어 고개를 두리번거리며, 막내라는 놈은 허둥지둥…… 맴을 돌고 있었다.

만족감을 흘리며 분광마는 장원 문을 열고 이 셋 앞에 나타났다.

저 꼴을 보니 대항을 할 것 같지도 않아 분광마는 자신의 몸 크기와 맞먹는 돈 궤짝을 들고 그냥 가 버릴 작정이었다.

그렇게 막 셋을 지나치려는 순간이었다.

둘째라는 놈의 입이 열렸다.

"저기, 좀, 그러니까, 저…… 뭐 좀 물어봅시다."

'얼레? 이놈이 갑자기 정신을 차렸네?'

분광마는 여차하면 손을 쓰기 위해 준비를 했다.

솔직히 절정이라면 준비를 안 해도 평상시에 내쉬는 짧은 호흡만으로도 강력한 진기 동원이 가능하다.

그러나 방심하다가 상대도 안 되는 애송이의 독침이라든지, 소매 속 비수라든지 하는 어처구니없는 잔머리에 비명횡사한 동기들의 죽음을 숱하게 보아 온 도요척이었다.

'방심 절대 불가.'

도요척은 진기를 끌어 올리며 입을 열었다.

"뭔가, 젊은이?"

둘째, 광검의 머리가 장원을 향했다가 다시 도요척을 바라보더니만, 검끝이 따라서 움직였다.

"혹시 이 산골에 느닷없이 나타나 순진한 양민들을 해쳤다는 사악한 마두 하나 보지 못했소?"

도요척의 인상이 약간 일그러졌다.

'이놈, 내가 그 일 한 줄 알면서…… 이 말 싹 바가지 봐라?'

그런데 셋째의 버르장머리는 더했다.

"영감, 당신이 방금 우리 형수한테 제사상 어쩌구 했지? 댁이 뭔데 우리를 장가보내려는 형수의 노력을 무시하고 우릴 '그냥' 죽이겠다는 거야, 앙? 우린 애 낳고 기르는 사회적인 책임을 완수하면 안 된다는 거야, 앙?"

애 낳고 기르는 게 무슨 책임이란 말이냐!

그냥 장가가고 싶다는 말을 하든가!

그리고 이어진 첫째의 말.

"여보쇼, 우리 홍춘이 무서운 여자요. 심기 건들면 영감님 큰일 나요."

여자나 상대하라고?

사실 강호에 첫발을 디딜 때도 이런 참담한 말을 듣지 못했던 도요척이다.

지금은 아예 세상이 알아서 기는 대마두 분광마가 어찌 참을 수 있단 말인가!

"아—놈들—!"

다시 한 번 골짜기가 흔들렸다.

이번엔 평지의 눈마저 폭삭 날아올라 흩날렸다.

그런데 이번엔 반응이 달랐다.

"아, 시끄럽다—!"

둘째의 검날이 찔러 들어오며 마주 고함을 쳐 대는 것이다.

다른 생각을 길게 하고 자시고 할 틈도 없이 도요척은 그냥 검을 횡으로 휘둘렀다.

받치고 있던 상자에서 잠깐 손을 떼고, 검 손잡이를 잡고, 그걸 빼는 동작이 바로 휘두르는 동작으로 이어지고, 그래서 넓게 검기가 퍼져 나가고, 다시 그 검을 넣고, 그 뒤 손을 다시 상자에 받치는 동작.

이게 어깨 위의 상자가 떨어지기는커녕 채 기울기도 전에 일어난 일이었다.

분광마!

빠름의 극을 보여 주는 이름이었으니 당연했다.

호흡을 해야 진기의 수발이 어쩌구 하는 경지야 제자 놈조차 뛰어넘은 지 십 년이 훨씬 넘으니, 쾌검을 수련하면 진기 수발이 제대로 받쳐 주지 않는다는 속설은 분광마에게 통하는 말이 아니었다.

넓게 퍼진 검기는 견자단 셋의 허리를 한꺼번에 쓸었다.

분명 쓸었는데…….

따다다당!

맑은 소리가 골짜기 위 장원 공터를 휩쓴 다음에야 상황이 드러났다.

"에엑?!"

도요척의 입에서 어처구니없다는 경악성이 흘러나왔다.

일반적으로 절정고수가 발출한 검기의 밀도는 칼의 강도와 별다를 바가 없다. 그래서 검기를 막으면 쇳소리가 나는 경우도 이상한 것은 아니었다.

문제는 소리가 아니라…….

"막았네?"

그걸 막아 내다니!

'이럴 수가 있나?!'

물론 검기가 너무 넓게 펼쳐진 것은 사실이었다.

그렇다고 해도 이 정도 하수들은 검기 한 줄기가 이리도 넓게 펼쳐질 수 있다는 사실이 당황스럽고, 그토록 넓게 펼쳐진 검기가 대단히 강한 상태를 유지할 수 있다는 것 때문에 별 저항 없이 두 동강 나기가 일쑤였다.

또 하나의 문제, 실제 도요척의 빠름이다.

분광마의 칼은 이렇게 가까운 곳에서 맞대응을 할 수 있을 만큼 느리지도 않았다.

물론 충분한 공간이 있기는 했지만, 고작 해야 일 장이었다.

일 장이면 보통 '절정이다' 라는 고수들에게는 그게 그거다.

게다가 쾌 하나로 절정에 올라 있는 분광마 아닌가.

그런데도 그의 칼이 막혔다!

검을 든 놈, 둘째 광검은 오만 인상을 다 쓰고 있었다.

게다가 한 손을 떼어 쥐락펴락 하는 꼴을 보니, 검기를 막을 때 생긴 충격이 손아귀 힘을 뺄 만큼 큰 충격이었던 것이 분명했다.

셋째 광겸은 쌍도를 쓴다. 낫이 아니라.

그걸 낫이라고 부르는 이유는 광겸의 도신이 대단히 많이 구부러진 모양이기 때문이었다. 흡사 낫같이 보일 정도로 구부러졌다.

그 두 개의 도신이 쟁쟁거리며 아직도 울고 있었다.

"윽! 혀, 형아! 손 떨려! 저 영감, 왜 저리 세? 대체 뭐야?"

말까지 했다.

내상을 별로 크게 입지 않았다는 증거였다.

그제야 도요척의 눈빛이 진짜 살기로 뒤덮였다.

"그래도 한가락 하는 놈들이었군."

이미 자신의 존재가 나타나도록 했으니 사오 일 만에 일을 처리하리라 마음을 먹고 빨리 시작한 터였고, 게다가 이제 막 볼일 다 보고 가려던 참이었다.

도요척은 상자를 내려놓으려 했다…… 가 첫째 광수의 울퉁불퉁한 손이 움직이는 것을 보고 다시 허공으로 던졌다.

광수라는 맏이의 손은 그냥 철사장 따위나 수련한 종류의 손이 보여 줄 수 있는 강도를 훨씬 넘어서 있었다. 비록 비껴진 각도로 막기는 했지만, 도요척의 검기를 맨손으로 흘려 내는 묘기를 보여 준 것이다.

이는 최근 검을 당해 내는 맨손의 박투가가 별로 없다는 점을 생각할 때 놀라운 실력이었다.

상자를 어중간하게 내려놓는 동작은 낭패를 부른다. 도요척의 오랜 실전 경험이 일깨운 감각이었고, 그 노련함은 들어맞았다.

상자가 움찔거리며 잠깐 뜬 사이, 도요척의 손은 이미 검을 뽑아 절반 정도 휘두르고 있었다.

물론 광수의 손도 그만큼 활짝 다 뻗어졌다.

'역시 꽤 빠르다!'

그러나 그게 다는 아니었다. 절정고수란 그런 것이다.

도요척의 칼은 이미 마무리 점을 향해 달려가는 중이었다.

거기에 다 휘두르지 못하도록 광수의 손이 끼어든 것이고, 그 손은 날이 아닌 칼의 면을 내리누를 것이 확실했다.

그 궤적에 내공이 달릴 것을 염려해 막내 광겸의 쌍도가 같이 끼어들었다.

이것도 역시 놀라운 점이 아닌가.

합공, 그것도 엄청나게 빠른 움직임 사이에 이렇게 멋대로 끼어들면서 동료를 상하지 않고 정밀하게 도울 수 있다는 것은 수련의 정도가 그만큼 높다는 이야기였다.

일류도 그냥 일류가 아닌, 절정과 일류의 사이에서 오락가락하는 녀석들이었다.

도요척은 일단 절정고수답게 휘둘러지던 칼의 궤적을 바

꿨다.

살짝 비틀어진 궤적을 유지하면서도 광수의 손목을 긋고 올라가는 살초가 되며 광겸의 두 쌍도를 피하는 궤적으로 또 바뀐 것이다.

누군가 지켜보았다면 과연 분광마, 하며 고개를 끄덕일 반응이었다. 연륜은 바로 이런 것이다. 동시에 맨 좌측의 둘째가 슬금슬금 살기를 느끼지 못하도록 들이미는 검 끝마저 견제하는 궤적이었다.

너무 빠른 시간, 거기다 너무 작은 공간의 움직임이었다.

그랬으니 단 한 번의 변화로도 모든 것은 승패가 갈리게 된다. 따라가기가 너무 힘들다, 그걸 도요척은 해냈다.

수십 년, 자신과 비슷한 수준의 적들도 이 수법에 속절없이 무너졌던, 그런 익숙함이 축적된 한 수.

이걸 따라와 맞대응을 한다면?

'그럴 수는 없는……'

푹.

"커컥!"

비명은 도요척의 입에서 나왔다.

둘째, 광겸의 검이 도요척의 단전을 꿰뚫고 있었다.

도요척의 눈은 휘둥그레져 있었다.

어떻게 이런 일이 벌어졌을까?

도요척이 노린 것은 손이 아닌 손목. 그런데 그걸 상관치 않고 광수의 손목은 약간 비틀어지기만 했다.

그 상태, 그러니까 손목이 도요척의 검면을 눌러 버렸다!

'손목?'

단단한 차돌을 부수는 손바닥도, 면이 아닌 날을 마주 부딪치고도 멀쩡한 손도 손목 부위는 약하다.

벌 중에 사람 피부를 못 뚫을 만큼 약한 침을 가진 벌이 있다.

그런 벌도 사람의 손목 부위는 간신히 뚫는다.

그게 사람 손목이었다.

도요척은 기가 막혔다.

손목마저도 이 정도로 단련하다니!

도요척의 눈이 맏이인 광수를 향했다.

"너…… 그, 그 손의 수련법은 설마……."

그런데 그 말이 셋의 인상을 오히려 더 구겨지게 만들었다.

"으아앗! 크, 큰일 났다! 이 영감이 형 수법을 알아보나 봐!"

도요척은 쓴웃음을 물었다. 과연 그분의 제자다웠다.

그때, 광수의 입이 열렸다.

"할 수 없군. 죽여라."

어차피 단전이 꼬치가 되었으니 힘도 없었다. 도요척은 죽음을 직감했고, 죽기 전에 확실하게 물어나 보고 싶었다.

"크으윽, 그 수련법……?"

그때, 광수의 입이 다시 열렸다.

"뭐해? 저 장원 사람들 다 듣겠다!"

그러자 셋째의 입이 비쭉 내밀어졌다.

"왜 사람 죽이는 거 나만 시키는데? 기왕에 이 영감 몸에 칼 박아 넣은 둘째형이……."

딱—

때린 건 둘째.

"이 자식이! 내 몸 사정 아는 놈이! 억울하면 너도 막내 하나 구하든가, 좀!"

셋째의 비듬이 다시 휘날렸다.

그리고 광겸은 입을 궁시렁거리며 도요척을 바라보았다.

도요척은 허탈했다.

'이게 무슨 꼴인가……. 천하의 내가, 이 도요척이……

탄력 있고 빠른 자를 두고 방심해 거리를 허용하다니…….'

그러면서 광겸의 눈과 마주쳤다.

그러자마자 광겸은 헉, 하고 헛바람을 삼키더니만 눈까지 질끈 감아 버리는 작태를 보여 주었다.

"미, 미안해요, 영감님."

이게 자신을 놀리자는 짓이 아니라면, 이들은 아마 출도 한 지 얼마 안 되는 모양이었다.

'그렇다면 그분은……?'

도요척은 문득 궁금해졌다.

'왜 제자를 새삼스럽게 길렀을까, 그 양반은?'

그리고 그 의문은 입에서 나오지도 못한 채 광겸의 쌍도 가 휘둘러졌고, 가위처럼 조여든 쌍도의 가운데에서 도요척 의 머리는 힘없이 몸과 분리되고 말았다.

툭—

사람을 죽인 건 분명히 광겸인데, 구역질은 다른 입에서 나왔다.

"웨에에엑—!"

광겸이었다. 그리고 그 입에서 뭔가 허연 것이 꿈틀했다가 도로 기어 들어갔다. 마치 착각인 양 찰나에 불과한 순간이었다.

반사신경으로 꿈틀대는 도요척의 몸을 가지런히 정리하면서 광겸이 투덜거렸다.

"지저분한 일은 남한테만 시키는 사람이 유난을 떨어요, 꼭."

허연 진물이 넘어오는 입으로 침을 탁 뱉는 둘째.

눈에는 눈물마저 그렁그렁하게 매달려 있었다. 그러나 동생에게 해 주는 말치고는 꽤 격렬했다.

"살인 하면 꼭 그놈이 튀어나오는 걸 알면서 지랄하냐? 유난히 맞아 볼래?"

혀를 한 번 쫙 빼 그걸 흔들어 주고 나서야 광겸의 입도 닫혔다.

"우잇씨, 나이가 깡패야."

그때, 도요척에게 점거당했던 장원에서 사람들이 하나둘 고개를 내밀기 시작했다.

뭐가 어찌 된 상황인지, 궁금함이 두려움을 누른 것이 분명해 보였다.

그래서 광수의 눈살이 찌푸려졌다.

"방금 사람 죽이고 하는 짓들이라니……. 그러니 견자라고 부르지! 냉큼 처리하지 못해?"

그때였다.

장원 담벼락 쪽에서 좀 급한, 하지만 원래는 침착한 성미였음을 짐작케 해 주는 억양의 낭랑한 목소리가 공터에 울려 퍼졌다.

"저어기…… 그 노마를 처단하신 협객님들, 저기 송구합니다만…… 그 노마가 저희 상단의 이름으로 어음을 쓴 것이 있는데…… 혹시 그것 좀 돌려주시면 안 되겠습니까?"

"……?!"

셋의 눈길이 자연스럽게 그 목소리 쪽으로 향해졌다.

담장 너머로 쏙 머리만 올린 사람들 중에 눈에 뜨이는 미모의 아가씨가 하나 있었다.

주책없는 말이 바로 튀어 나왔다.

"여자다! 이쁜 여자다!"

당연히 셋째였고, 당연히 빡—!

또 당연히 눈발 같은 비듬이 확 날렸다.

장원의 어르신들이 말도 못하고 그 아가씨를 쿡쿡 찌르는 모양이 보였다.

말린다. 사실 누구라도 말릴 것이다.

이렇게 사람 획 죽여 놓고는 시신이 아직도 식지 않고 피를 흘리는데, 예쁜 여자라고 눈이 해까닥 뒤집히는 사내 셋을 어찌 보았을 것인가. 죽은 놈이 아무리 못된 놈이라도 말이다.

맏이 광수의 입에서 한숨이 흘러나왔다.

"에휴, 죄송하외다, 아가씨. 선친의 유언이 빨리 장가가 애 낳으라는 말씀이 계신 지라 나이가 차니 그게 압박으로 작용해 동생들이 제정신이 아닌 모양이오. 여기 노마는 운 좋게 우리가 처리했으니 장원 식구들께서는 안심하고 나오셔도 되오."

광수의 진심 어린 듯한 말투. 사실 광수는 얼굴 각이 매끈해 잘생긴 편이었다.

이렇게까지 말하는데 사람이 주춤거리게나마 안 움직일 리는 만무했다. 그러나 그러면 뭘 하는가.

"우아, 무지하게 아프네! 아, 둘째 형. 이쁜 여자 쳐다보는 앞에서까지 진짜 계속 이럴 거야? 아, 치지는 못하겠고…… 아, 진짜!"

고개를 다시 쳐든 광겸의 마빡을 내리 쥐어박는 광검,

따악—!

이번엔 고개가 뒤로 젖혀졌다가 이마를 부여잡고 쪼그리고 앉아 버리는 광겸의 모습이 사람들의 발길을 도로 붙잡아 버렸다.

이 장면에는 아무리 광수라도 나와서 볼일 보라는 소리를 다시 하기가 민망한 모양이었다.

고개만 좌우로 흔들고는 궤짝으로 다가가 뚜껑을 열려 했다.

그때였다.

끼이익—

장원의 문이 열리는 소리가 들렸다.

셋이 동시에 고개를 돌리는데, 예의 그 예쁜 아가씨가 사뿐사뿐 걸어 나왔다.

셋 중에 누구의 입이 열렸을지는 안 봐도 빤했다.

"우와아— 무지하게 예쁘다!"

빡!

그러나 그 여자는 이제 셋에게 눈길을 주지 않았다.

그냥 도요척의 시신에게로 다가가는 것이다.

도요척의 머리는 광겸이 주워다가 몸과 맞춰 놓았다.

사실 그게 더 끔찍한 모양새이지 않은가.

그래서인지 여인의 눈에서는 눈물이 그렁그렁 맺혔고, 급기야는 어깨를 들썩이며 욱, 욱, 하는 소리를 내면서까지 울었다.

그 모양새에 둘째가 말했다.

"흠, 이 영감을 네가 죽였지? 저 아가씨가 이 영감과 모종의 관계가 있는 모양이군. 봐라, 저렇게 슬퍼하잖냐. 넌 이제 저 예쁜 여자하고 사귀기는 물 건너간 거야."

이에 광겸의 입이 마구 궁시렁거렸다.

"그렇게 왜 사람 죽이는 일만 뒤로 빼냐고. 비겁하게……."

비겁 운운하자 광검의 머리가 확 돌아가며 광겸을 째려보았다.

광겸의 입놀림이 잦아들었다.

그리고 그때, 다시 낭랑한 목소리가 끼어들었다.

"이자는 며칠 전 저희 장원에 난입해서 저항하시는 아버님을 살해한 자입니다. 살부지한의 원수지요."

아가씨의 그 말에는 셋 다 입이 벌어질 수밖에 없었다.

그중 셋째, 광겸의 입은 함지박 만하게 좋아 죽겠다는 심
정을 숨기지 못하는 중이었다.

"그, 그러니까, 낭자의 그 말씀은……."

차마 여자로서는 말하기 껄끄러운 말이 남자에게 신세졌
습니다, 라는 종류의 말이다. 그러나 여자는 당차게, 그리
고 정직한 눈빛으로 확실하게 셋째 광겸에게 말해 주었다.

"예, 제게는 살부지한을 갚아 주신 은공이 되는 겁니다."

말뿐이 아니었다.

여자는 겸에게 사뿐사뿐 걸어오더니 눈이 있는 땅바닥에
서 그대로 큰절을 했다.

"아비를 잃은 자식이 직접은 아니지만 은공의 손으로 그
원한을 갚았으니, 이 은혜는 두고두고 갚겠습니다."

어떻게라는 말은 이럴 때 쓰는 말이 아니었다.

이렇게 예쁜 여자가 눈물까지 흘리며 말하는데 그걸 꼭
확인하려 들면 남자로서의 체면이 좀 깎이는 것 같지 않은
가.

그러나 확실히 이 셋은 세상 상식과는 좀 달랐고, 특히
광겸은 더했다.

"그럼, 저기, 저랑 결혼해 주실래요?"

"컥!"

"쿨럭!"

광검은 사래가 들렸고, 광수는 헛기침을 해 댔다.

그리고 당연히 광검의 손이 쳐들려졌다.

그게 내려쳐지기 전, 다시 황당한 소리가 나왔다.

"네, 은공께서 원하신다면 응당 그리하여야겠지요. 하지
만…… 아버님이 돌아가신 지 겨우 며칠입니다. 아직 땅에
채 모시지도 못했으니 조금만 기다려 주시면 안 되겠습니
까?"

이번에야말로 광검과 광수의 눈은 더할 나위 없이 커지고
말았다.

그야말로 풍진강호라, 언제나 목숨이 경각에 달려 있는
곳이니 자극을 찾아 변태로 기울어진 기인이사도 많다.

하지만 이런 경우는 또 처음이었다.

그냥 덜컥 좋아요, 하는 건 또 무슨 경우인가.

물론 처녀가 부모도 없이 혼자 세상사는 것이 오히려 더
이상한 세상이기는 했다. 아직까지는 그랬다.

그러나…….

절정고수가 눈독을 들일 만 한 장원에서 충직하게 순직할
정도의 위인이면 적으나마 밭뙈기 정도는 물려줄 것이 있을
것이고, 그렇다면 굳이 자존심 죽여 가며 남자에게 기댈 사
안도 아니었다.

어떻게?

황실에서 은본위제로 돈을 굴리기 시작한 다음부터는 굳
이 공자, 맹자 찾는 소리가 확 줄었다. 돈의 유통이 기하급
수적으로 늘어났기 때문에 생긴 현상이었다.

은. 그러니까 돈만 있으면 기존의 도덕률에 얽매이지 않

아도 여자들도 하인 부리며 혼자 살 수 있는 것이다.

게다가…… 저 정도 미모에 저 정도 똑똑하면 뭘 못하겠는가.

이런 형편이니, 살부지한을 갚아 주었다고 덜렁 결혼해 주겠다는 아가씨가 정상으로 보일 턱이 없었다.

순진하기 짝이 없는 막내 광겸이 걱정되는 순간이었다.

그런다고 장가가겠다는 데 그걸 막을 명분도 없지 않은가.

그 대상인 아가씨가 거절하는 것도 아니고!

광겸은 맏이인 광수를 쿡 찌르며 속삭였다.

"형, 시체 앞의 청혼과 승낙이라…… 이런 건 대체 무슨 종류의 천생연분이오?"

그러자 광수는 의미심장한 말을 흘렸다.

"홍춘이랑 나랑 사는 거 만날 보면서 아직도 천생연분을 믿냐? 너도 연애해 봐라."

그러나 막내 광겸은 마냥 좋은 모양이었다.

"그럼요, 그럼요. 기다리고 말고요."

그리고 그 말에 아가씨가 배시시 웃었다.

눈이 반짝 빛나는 모양새에 광겸과 광수는 흠칫해야 했다.

아나나 다를까.

그 천사 같은 입술이 나풀거리며 장원 식구들을 걱정하는 말이 흘러나왔다.

하나 입이 귀에 걸린 광겸 말고, 광수와 광겸에겐 그리

달가운 말이 될 수 없는 내용이다.

"사실은…… 저 흉악한 마두가 자신이 몸담은 조직의 자금을 조달하고자 저희 장원의 신용을 악용하여 어음을 터무니없는 큰 액수로 썼고, 부도가 날 줄 빤히 알면서도 우리 거래 전장에서 은자 수십만 냥을 찾아 자신의 조직에 넣어 수많은 사람을 고통에 빠뜨리고자 했지요."

바야흐로 귀찮은 일에 휘말려들게 될 조짐을 보이는 말이었다.

광검의 입이 조금 비틀어졌다.

'이런, 이런. 골 아픈 제수씨가 될 가능성이 농후한데…….'

도요척인 줄은 모르고 왔지만, 자금 조달을 위해 수작을 부렸다면 동료가 있다는 소리가 아닌가!

아뿔싸!

"저 마두의 동료가 오늘 밤 내응을 하기로 되어 있습니다. 우리 장원 식구들은 틀림없이 오늘 밤을 넘기지 못할 테지요. 작지만 저희 아버님이 평생 동안 정을 쏟고 최선을 다한 장원입니다. 이미 거대한 힘이 찍었으니 어찌 살아남기를 바라겠습니까만, 그대로 도망쳐 그들의 손에서 오늘 밤만 넘기면 어찌 되었든 한목숨은 살 수 있을 테니……."

"그래서 아예 좀, 눌어붙어서 좀, 도와 달라?"

기가 막히다는 듯 광검이 쏘아붙이며 말을 자르자, 여자는 울먹울먹한 얼굴에 다시 눈물을 쏟았다.

"이미…… 흑! 이미…… 도움을 얻었으니 염치가 없는

줄 알지만, 자식 된 도리로…… 흑흑! 아버님이 염려하시던, 식구 같은 이 사람들을 차마 버릴 수 없어서 해 본 말이었습니다. 노여우셨다면 화를 내리십시오. 제가 어떤 일이든……."

그 말에 광겸은 애간장이 녹는다는 표정으로 외치며 끼어들었다.

"어, 걱정 말아요! 당신은 이미 내게 시집오겠다고 약속했으니, 저 장원 식구들도 내 식구나 다름없어요! 우리 둘째 형은 좀, 거, 좀 이기적이지만, 우리 큰형은 아주 인정 많은 사람이에요! 걱정 말……."

빡!

광겸의 비듬이 또 날렸다.

우수수수—

"뭐? 조금 이기적? 야, 자식아! 아주 피도 눈물도 없는 냉혈동물이라고 고함을 지르지 그러냐!"

영악한 아가씨의 눈은 이제 가장 결정권이 세다는 광수만 쳐다보고 있었다.

광수는 눈을 꿈뻑하더니 아가씨를 봤고, 다시 꿈뻑하며 광겸을 보았다.

간절하기는 어느 쪽이든 마찬가지였다.

'둘 다 눈빛으로만 치면 천하를 통째로 거저 얻어먹겠군.'

그러면서 천천히 입을 떼었다.

"저기, 소저. 그러니까 방명이……."

"아, 죄송합니다. 너무 경황이 없어서…… 저희 아버님이 곽 자를 쓰셨고, 저는 연미라고 합니다."

"그랬군요, 곽 소저. 그러니까…… 죽은 저 마두의 동료가 얼마나 되는지 혹 짐작할 수 있으시오?"

"오늘 밤 내응하기는 셋이라고 들었습니다."

그러자마자 광겸의 큰 웃음이 터져 나왔다.

"으하하하! 소저! 걱정하지 마시오! 셋이면 문제없소!"

"니 맘대로 문제없나?"

광검의 냉랭한 목소리가 얄팍하게 질러 오자 광수의 고개도 끄덕여졌다.

"말 그대로 강호다. 보지도 않은 상대를 얕잡아 보는 것은 자살행위야. 지금 이 마두만 해도 이렇게 허무하게 죽을 실력은 아니었잖아."

그래서 광겸의 말 쪽으로 분위기가 기울었는가 하면, 그건 또 아니었다.

"어쨌든, 동생 장가보내려면 머물긴 해야 할 것 같군. 자."

이 말에 광검은 노골적인 불만을 표시했다.

"아니, 형! 홍춘, 아니, 형수…… 험험, 가 날짜 좀 어기지 말고 오라고 했잖아."

그 말에 연미의 얼굴은 흙빛이 되었다.

"험, 험, 그거야 네놈들 결혼 문제 때문에 그렇지. 기왕 일이 이렇게 된 것, 막내라도 먼저 해결을 봐야겠다."

광검의 얼굴이 변했다. 그리고 연미가 살아났다.

"어려운 결단, 과연 협객분들이십니다. 저희는 이 은혜, 죽을 때까지 잊지 못할 것이옵니다."

연미는 날아갈 듯 다시 큰절을 했다.

광겸은 킬킬 웃었다.

"그러게 큰형 결단 필요할 때 형수 애기는 왜 꺼내? 둘째 형은 거기서 실수한 거야."

광검은 이를 갈았다. 하지만 이제 어쩌겠는가.

밤이 되었다.

다행히 도요척을 해치운 것이 아침이었기 때문에 사람들은 간단히 짐을 싸 들고 일찍 출발하는 것이 가능했다.

바로 옆이 대도시이니 섞여 드는 것은 그리 어렵지 않을 것이다.

그러나 걸림돌은 역시 강호는 만만치 않다는 사실.

"연미야, 이러는 것은 고맙다만…… 사실 그놈들도 보통 고수가 아니라던데, 어쩌려고 그러느냐? 강호란 뜻밖에 험난한 곳이다. 저 대단한 고수도 이분들에게 그리 간단히 죽었지 않느냐?"

연미의 아버지, 곽 총관의 비명횡사를 가슴 아프게 지켜본 장주의 염려였다.

당연했다. 연미는 자신의 딸이나 마찬가지였다. 그리고 아무리 똑똑하다고 해도 아직은 세상 경험이 적은 여자에 불과했다.

그리고 아무리 도요척을 죽였다고 해도 견자단은 일류에

오르지 못한, 어설픈 소모품에 불과하지 않은가.

내막을 전혀 알지 못하는 상인들의 눈에는 말이다.

그러나 연미는 당당히 대답했다.

"장주님, 제 한 몸을 지킬 수 있다는 근거는 저도 충분히 가지고 있으니 걱정하지 않으셔도 됩니다. 이분들은 천하에 드문 협객들이십니다."

그 말에 장주와 장원 사람들의 걱정은 커졌다.

사실, 아무리 협객 운운해도 눈앞에서 사람 죽는 꼴이 일어나는 판에 그런 걸 따지고 계산할 틈이 어디 있겠는가.

견자단, 셋은 건장한 남자고, 사람을 죽일 만큼 냉혹하다.

자신들이 다 가고 연미 혼자 남으면 갑자기 돌변하지 말라는 법이 없으니, 그것이 바로 풍진강호 글자 그대로의 모습이기 때문이었다.

그러나 연미의 자신감은 도무지 떨어질 줄을 몰랐다.

아직 웃음을 되찾지는 못했지만, 삼 형제를 바라보는 눈길이 부드러웠다.

그만큼 자신이 있다는 소리였다.

대체 연미는 오늘 아침에 처음 만난 견자단을 어떻게 이렇게 믿을 수 있을까?

아버지를 죽인 원한을 갚아 주었기 때문일까?

그러나 그건 아닐 거라고 장주는 생각했다.

연미의 평소 똑똑함을 너무 잘 알기 때문이었다.

예쁘고 똑똑한 연미의 입에서 말이 흘러나왔다.

"한 달 전, 행상들에게서 한 가지 소문을 들었어요."

그러고는 연미가 견자단을 흘깃 바라보았다.

"……?"

광검은 아무래도 상관없다는 듯, 급기야 코를 후비기 시작했다.

연미는 훗, 짧게 웃고 말을 이었다.

"장강 변에 사람 고기를 파는 자들이 나타난 이야기 아시죠? 꽤 실력 있는 자들로 이루어져서 웬만한 세력으로는 확실한 제압이 어려웠대요. 그때, 강북련에서 단 세 사람을 파견했는데, 그 셋이 사람 잡아먹는 그 몹쓸 집단을 없애 버렸다는군요."

"켁!"

장강의 그 셋이 지금 눈앞의 이 셋과 어떻게 연결이 되는가.

놀란 광검이 코를 쑤시던 손가락을 황급히 빼는 모습과 연미의 말에 장원 사람들은 '에이, 설마' 하는 눈으로 셋을 보았다. 그러나 연미의 말은 자신감이 떨어지지 않았다.

"그중 맏이는 울퉁불퉁한 맨손이고……."

광수의 손은 어떤가.

광수는 쓴웃음을 지었다. 사람들은 그제야 '어라?' 하는 표정이 되었다.

"둘째는 비쩍 마른 상태로 검을 제법 쓰며……."

"흥."

광검은 냉랭한 코웃음을 날렸다. 무공을 몰라도 상인은 무림 집단 간의 세력 다툼에 민감하다. 그러나 보통 사람이라면 누가 얼마 만한 고수를 쓰러뜨렸다는 것보다 역시 저 식인종을 잡았다는 이야기들에 더 큰 반응이 나오게 마련이었다.

광검은 정말 확실히 말랐고, 아까 도요척의 단전을 확실히 찌른 것도 그였다.

수군거리는 소리들이 높아졌다.

연미의 마지막 말이 이어졌다.

"그중 막내는 유난히 구부러진 쌍도를 쓴다더군요."

바로 이 셋의 특징이었다.

"하하하핫! 여러분, 저희만 믿고 안전한 곳으로 피하십시오! 으하하하핫!"

광겸의 웃음이었다.

그제야 사람들의 얼굴에 화색이 돌았다.

"오오, 어깨에서 칼을 뺄 때부터 상대를 난자할 만한 기운이 뻗친다…… 그 견자단이 바로 여러분이십니까?"

그 말에 셋은 웃어야 할지 울어야 할지 모를 묘한 표정이 되었다.

세상의 소문이 의외로 믿을 만한 것이라는 이야기를 누가 하는가.

둘째 광검이 검을 등 뒤에 차기 때문에 손잡이가 어깨로 나오긴 했다. 그러나 '견'이 그 '견' 자던가, 어디?

광수가 솔직하게 말했다.

"우리가 그 '견' 자단인 것은 맞지만, 어깨에서 난자하는…… 그런 심오한 이름은 아닙니다. 개 견 자를 쓰지요.

그냥 개새끼들이란 뜻입니다."

물론 반항이 일었다.

"아니, 큰형! 거, 뭐 좋지도 않은 소릴 뭐 하려!"

"험, 험, 큰형은 너무 고지식해. 좀, 거참, 좀, 거. 험 험."

사람들의 입이 어떻게 벌어졌는지 더 설명할 필요가 없었다.

"……!"

확실히 견자단, 이 삼 형제는 장강에서 그런 일을 하기는 했다. 그러나 소문이 이렇게 빠를 줄은 미처 계산하지 못했다. 한 달이 채 못 되었으니.

'조심에 또 조심해야 돼…….'

광수는 그저 쓰게 웃을 수밖에 없는 것이다.

자신들의 정체가 너무 일찍 드러나면 안 된다는 것이 사부의 유언이었고, 그래서 일부러 여기저기 일손 모자란 데 투입되는 땜질이나 하고 다니지 않았던가.

어쨌거나 장원 식구들은 연미가 제 인생 중대사인 결혼을 약속하면서까지 괜히 사람을 붙잡은 것은 아니라는 것을 알았고, 그래서 짐을 싸 들고 피신할 수 있었다.

막 흩어지려는 사람들에게 광수가 한마디 했다.

"돈은 들고 가야 살 거 아니오?"

맞다.

돈을 들고 튀어라.

세세손손 명언이다.

도요척이 이 연광장원의 이름으로 써 갈긴 어음은 은 만 냥짜리로 자그마치 열 장. 대도시 옆에서 흘러나온 돈이 꽤 많다고는 해도 이 작은 장원은 그냥 한 방에 망해 죽으라는 액수였다.

"살 떨리는 액수입니다. 돈이 모이는 전장이라고 해도 같이 망할 공산도 있을 만한 액수지요. 강북련의 보호를 받는 상단이나 전장이 망하지 않는 것은 아니지만, 그것은 공정한 경쟁 끝에 자연스럽게 살고 죽고 하는 것이지, 저 마두가 꾸미는 것처럼 비명횡사는 아닙니다."

하마터면 강북련 산하의 돈을 융통하는 전장 중 대단히 큰 곳이 흔들릴 뻔했던 것이다.

그리고 그 어음은 당연히 태워졌다.

"그럼, 이 마두가 가지고 있던 이 현금을 이제 나눕시다."

돈 가져가라는데 싫다는 사람?

당연히 없다.

하물며 도망 안 가면 죽는 데야 도덕군자가 무슨 소용인가!

도요척이 모았던 금은보화, 실은 강북련과 한창 대치 중인 오호맹에게 들어가야 할 군비가 그렇게 찢어졌다.

작별 인사는 길지 않았다.

급박한 시간 탓이긴 했지만, 어차피 바로 옆의 대도시로 먼저 가야 하니 그곳에서 자리를 잡고 연락을 추후에 하기로 했기 때문이다.

그렇게 다들 간단히 헤어졌다.

그리고…… 사람들 텅 빈 장원.

할 일 없어진 셋은 연미 아버지의 시신을 장사 지냈다.

다행히 도요척이 시신에 염을 하는 것은 허락해 준 모양이었다.

관에 모셔진 시신을 붙들고 연미는 잠깐, 아주 잠깐 눈물을 보였지만, 곧 입술을 깨물고 주먹을 꽉 쥐어 보였다.

"상황이 여의치 않아 제대로 못 모셔요, 아버지. 하지만 나머지 원수 놈들도 이제 곧 올 거예요. 다행히 곧 아버지 사위 되실 분이 그놈들 다 죽여 줄 터이니…… 아버지, 제 걱정은 마시고, 편히, 편히……."

채 말을 잇지 못하는 연미의 어깨를 다독이는 광겸. 그 모습에 광검만이 홀로 혀를 찼다.

"오늘 만난 거 맞아? 벌써 닭살 짓을 하네."

그러자 광겸이 인상을 썼다.

"형, 제수씨 될 사람의 아버님이면 사돈 어르신 아니야? 좀 진지해져 봐."

광검은 머리를 쳐들고 하늘을 우러러 탄식을 했다.

"기가 차서, 나원! 이건 정월 초하룻날 먹는 당과구만! 아주 들고 쪽쪽 빨아 주지그러냐!"

그렇게 시간이 흘러 이제 막 달이 구름에서 얼굴을 내밀었을 때였다.

휘이이익―

내공을 실은 휘파람 소리가 골짜기를 울렸다.

잠시 기다림의 시간이 있었다.

그러다가 다시 한 번 휘파람 소리가 울려 퍼졌다.

그런데 또 반응이 없자 휘파람을 불었던 인영들이 장원 앞 공터에 모습을 드러냈다.

일단 복면은 하지 않은 세 명은…… 분명 세 명이긴 한데…….

"여, 열세 명이잖아?"

광겸의 경악성이 공터에 하늘 높이 메아리쳐졌다.

찾아온 저쪽이 아무리 바보라도 뭔가 잘못됐음을 직감하게 하는 소리지 않은가.

그러나 그럴 만했다.

세 명이라더니!

"이럴 수가?!"

연미의 경악과 절망은 이루 말할 수가 없는 것이었다.

도요척이 어제 저녁에 죽음을 예감하지 않은 바에야 세 명이라고 말할 턱이 없지 않은가.

한눈에 보기에도 살기가 철철 넘쳐흐르는 열셋은 일단 광겸의 외침에 오히려 움직이기 시작했다.

흑의로 통일했지만 가슴에 백합 무늬가 유난히 크게 수놓인 자가 외쳤다.

"도 맹장께선 어찌 되셨는지 알아봐야 한다! 치고 들어간다!"

그 말에 광겸은 코웃음을 치며 두 자루 만도를 힘 있게 휘둘렀지만, 연미의 머리는 복잡하게 돌아갔다.

이 장원 안에는 최소한 도요척을 죽일 만한 그 무엇이 있다는 이야기임에도 불구하고 그냥 치고 들어온다는 명을 서슴없이 내렸다.

그만한 힘의 자신감에서 나온 것이다.

과연 연미의 짐작대로 열세 명이 한꺼번에 기세를 펼치는데, 그것이 톱니바퀴처럼 딱딱 맞아 들어가는 것을 보여 주고 있었다.

공터의 눈발이 확 휘날리며 허공으로 올라가는 것이 아닌가!

달빛에 온통 부서지며 연하게 반짝이는 언 눈발들이 이들이 얼마나 고수인지, 게다가 얼마나 손발이 잘 맞는 고수들인지를 실감케 했다.

그제야 연미의 머릿속에 떠오르는 사람들이 있었다.

연미의 안색이 확 바뀌었다.

"서, 설마…… 십삼합 백호 풍조단?!"

경악이 절망으로 바뀌는 순간이었다.

그러나 광겸은 그저 눈만 꿈뻑, 입은 실실 웃는 중이었다.

연미의 애타는 가슴은 도대체 어쩌라고!

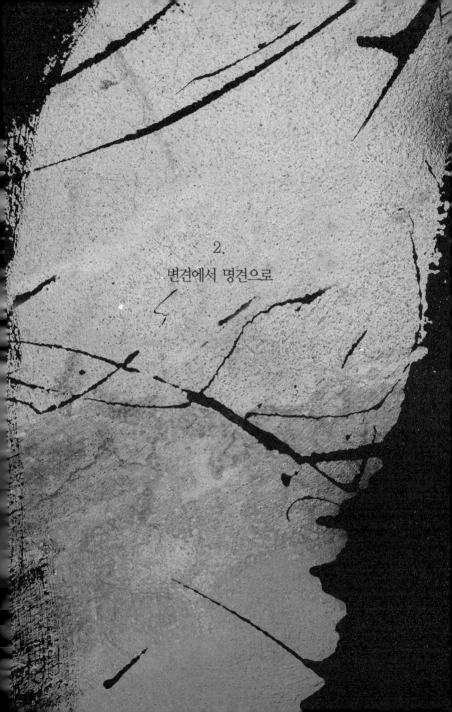

2.
변견에서 명견으로

원래 천하의 강과 호수는 구대문파에서 발원한다는 말이
있다.

물이 있어야 사람이 사니 강호, 즉 강과 호수로 표현하는
것도 무리는 아니었다.

구대문파는 그 물이 되는 셈인 것이다.

그러니 강호에 살면 구대문파를 먹고, 구대문파를 마시게
된다.

공기요, 햇빛이요, 물이 바로 구대문파였다.

누구에게 편파적으로 제공될 수 있겠는가?

당연히 그럴 수 없다.

그게 구대문파다.

그럼에도 불구하고, 참 어이없게도…… 그 구대문파가 콕

찍어서 '니 놈들, 너무 악독한 놈덜이야'라고 선언하는 일이 있을 수 있다.

뭐, 그럴 수 있다.

거칠고 황막한 칼바람의 강호야 힘으로 등쳐먹겠다는 놈들이 얼마든지 나온다.

너무 많아서 일일이 손가락으로 세기가 난감하고 민망할 지경이다. 난감지경.

강호니까, 그야말로 '풍진강호'인 만큼 그게 이상한 일도 아니었고, 강남 오호맹의 경우도 처음엔 그런가 보다 했다.

그런데 오호맹의 힘은 정말 '장난'이 아니었다.

어찌 된 것인지 오호맹의 고수들은 연전연승.

구대문파가 몰리는 것 아니냐는 말까지 나왔다.

실제 구대문파 중 강남에 위치한 문파들은 위기 상황까지 갔다는 평가가 나오는 판이었다.

보다 못한 강북의 상인들은 힘을 그러모으고 구대문파를 지원하기 시작했다.

그러기 위해 탄생한 것이 강북련이었다.

당연히 그 강북련의 지원을 끊기 위해 오호맹이 본격적으로 강북련을 공격하고 나섰고, 세상은 거기서 오호맹의 진면목을 보게 되었다.

구대문파를 공격하는 일은 천하를 공격하는 짓이나 마찬가지라는 세상의 인식 때문에 그동안 자제해 왔던 것이다.

오호맹의 강북련에 대한 공격은 잔인하기 이를 데 없었다.

처음에 상인들이 가지고 있던 표국의 고수들은 달랑달랑하게 다 떨어져 버리고, 구대문파에서 고수를 지원해야 할 지경이 되더니, 급기야는 세상 인연 끊고 은거에 들어간 전대의 고수들까지 도로 기어 나오게 되는 일도 속출했다.

구대문파를 오히려 속으로 묻어 버린 오호맹. 그 하늘에서 뚝 떨어진 것 같은 수많은 고수들 중에 하나가 바로 '십삼합 백호 풍조단' 이었다.

구대문파 아무개 장로라는 명함이 가지는 무게는 가히 태산과도 비교된다.

한데 그 태산을 집중적으로 무너뜨리고 다니는 이름이 바로 십삼합 백호 풍조단이었다.

연미의 절망감은 거기서 비롯되었다.

견자단 세 명.

그냥 세 명도 아니고, 스스로 '우린 개요' 라고 떠벌리고 다니는 세 명이 일류를 벗어나 절정의 경계에 막 진입한 고수 열세 명을 상대할 수 있겠는가.

솔직히 그런 힘을 버텨 낼 군소 방파조차 드물었다.

'어떻게 이런 일이……!'

달빛은 얼어붙은 눈가루를 푸르게 비추고 있었다.

그 푸른 밤의 배경 사이로 열세 명의 그림자가 한꺼번에 담을 뛰어넘는 장면은, 그냥 모든 걸 다 잊게 만드는 것이었다.

열세 명의 뛰어오른 높이, 속도, 착지하는 순간 모두가 다 똑같았다.

척.

처척도 아니고 그냥 하나뿐이었다.

척.

열세 명이 디딘 발걸음 소리가 하나뿐이라는 소리가 연미에게는 살 떨리게 들려왔다.

저절로 뒷걸음질을 하는 연미에게 시선을 돌리는 사람이 있었다.

"장원에 사람이 어째서 하나도 없느냐? 살인을 취미로 삼는 분도 아니거늘."

그 말이 연미의 공포심을 더 자극했다. 도요척의 심리 상태에 따라 장원 식구들이 다 죽을 수도 있었다는 소리로 들리지 않는가!

그런 도요척은 죽었다.

연미의 머리가 아무리 좋아도 당장 대답할 말이 궁했다.

그래서 광겸이 대신 대꾸했다.

"장원 식구들? 아, 다 갔어요!"

허리춤의 쌍도 손잡이에 손을 올리며 이따위로 말을 하는 젊은 놈에게 아주 당연하게 열세 고수의 살기가 집중해서 쏟아졌다.

연미의 얼굴이 파랗게 질렸다. 그걸 말하면 어쩌란 말인가!

"사, 상공! 저희 식구들이 해를 입으면 어쩌려고⋯⋯!"

분명히 옆의 광겸에게 쏟아지는 살기였다. 하지만 연미도 느껴지고 있었다.

광겸이 연미의 오른쪽에 서 있는데, 연미의 몸 오른쪽 반이 온통 따끔거리고 욱신거리는 것이다. 오른쪽 반만 큰 손아귀가 꽉 쥐어 꼼짝 못하게 조이는 것 같았다.

그리고 그 살기가 다시 말로 나왔다.

"여기 계시던 도 맹주께서 그들을 보내 주셨더냐?"

겸은 고개를 갸우뚱했다.

"도 맹주? 걔는 또 누구래요?"

연미는 도망치고 싶었다. 하지만 다리가 말을 들어야지!

어차피 자신이야 잘못되면 장원 식구들을 대신해서 죽을 결심이었지만, 그래도 밀려드는 공포감이 너무 컸다.

게다가…… 낭군님이 되실 이 남자의 입은 어째 이 모양인가!

"아, 거, 내 손에 목이 날아간 그 영감 말이로군."

이 말의 황당한 정도는 아주 진중하고 육중한 성격의 십삼합 요원들 입도 약간 일그러뜨렸다.

일시지간 살기가 흐트러질 정도였다.

"무슨 소리를 지껄이는 게냐? 천하제일의 빠른 칼, 도요척 맹주께서 너 따위 놈에게 돌아가시기라도 했단 말이냐?"

이에 광겸은 순진하게 눈을 깜빡이며 대꾸했다.

"뭐, 처음 단전을 찌른 건 우리 작은형이에요."

그러자 장원의 지붕 위에서 비난의 소리가 들려왔다.

"왜 물귀신 작전을 피붙이한테 쓰고 난리냐? 어차피 그 영감 숨통을 자른 건 너잖아. 물 타기 좀 하지 마라, 이 자식아. 좀."

십삼합 백호 풍조단의 신형이 움칫거렸다.

장원 건물은 낮은 편이었다.

분명히 담을 넘으면서 지붕에 아무도 없는 것을 확인하지 않았던가. 그래도 어떻게 이럴 수가 하는 의문은 나중이었다.

이 덜떨어져 보이는 두 놈의 말에 의하면 도요척은 죽은 것이다.

누가 먼저랄 것도 없이 스물여섯 개의 눈동자가 잠시 얽히더니, 일제히 움직였다.

가운데 수장이 연미에게로, 여섯은 광겸에게로, 그리고 여섯은 도약해 둘째 광검에게로!

그때였다.

백호 풍조단이 여태 서 있던 뒤쪽, 담벼락에서 사람이 뒤쳐나왔다.

그리고 맹렬한 기세로 두 손을 휘둘렀다. 광수였다.

채 도약이 이루어지기 직전의 일이었다.

그러나 백호 풍조단의 수장은 아예 돌아보지도 않았고, 양쪽에서 한 명씩만 도약을 하려던 그 상태 그대로 몸을 홱 돌렸다.

몸이 돌려지면서 동시에 칼도 돌았다.

푸른 검기의 궤적도 같이 돌았다.

광수의 장에서 쏟아진 기세는 없었다.

괴이한 일이었다.

아까 손에서 막 피어나던 그 무시무시한 기세는 모골이

송연한 느낌이었다. 그게 어디로 갔을까?

'허장성세?'

하지만 이 무지막지한 검기 두 가닥 앞에서 무슨 허장성세란 말인가. 백호 풍조단 둘은 그대로 밀어붙였다.

푸른 검기는 그대로 광수에게 쏟아지는 듯했다.

그런데…….

"크큭!"

"컥!"

광수를 상대하던 둘은 그대로 숨이 꼬이는 비명을 내뱉었다. 호흡이 꼬이니 진기도 끊겼다. 검기가 사라졌다.

그제야 연미를 향해 덮쳐 가던 백호풍조의 수장이 돌아보며 광수를 향했다.

뒤이어 땅의 다섯 명이 광겸의 쌍도와 최초로 부딪쳤다.

카카카카카카캉—!

수십 번의 연타음. 시퍼런 다섯 개의 칼날도 그렇지만, 그 다섯 명의 내공이 동시에 쏟아지는 어마어마한 충격을 광겸은 조금씩 밀리면서도 버텨 내고 있었다!

"아까 영감도 그렇고, 이분들도 왜 이리 센 거야!"

광겸의 외침 직후, 광수를 덮쳤던 둘의 입에서 폭발하듯 피분수가 터졌다.

푸익—!

푸학—!

광수의 장심에서 쏟아진 기세는 사라진 것이 아니었다.

푸른 검기를 어떤 수법으로든 관통해 둘의 가슴 안에서

폭발한 것이다.

놀란 외침이 일었다.

"허공을 격하는 수법이로구나! 격산타우라는 말을 내 믿지 않았거늘! 대체 네놈들은 누구더냐!"

광수에게 당한 둘이 그제야 땅에 쓰러졌고, 털썩, 소리가 일면서 지붕 위의 다섯 명도 광검과 접전을 펼쳤다.

아니, 그것은 '접'전이 아니었다.

휘두르는 소리만 날 뿐, 부딪치는 쇳소리는 없으니 말이다.

최초 두 개의 검날은 광검의 목과 무릎을 향해 날았다.

바로 직후의 시간 차이로 두 개의 검날이 광검의 양쪽으로 도약할 길을 막으며 휘둘러졌고, 남은 한 개의 검날이 가운데를 점하며 직진으로 찔러 들어갔다.

광검의 도약은 없었다.

비쩍 마른 그 몸이 흐느적이며 구부러지더니만, 두 개의 검날 사이로 스며들었다. 정말 그것은 스며든다는 표현 말고 달리 설명할 길이 없었다.

절묘하기도 했지만, 백호풍조단의 합공은 그 정도 날렵함을 막지 못하지는 않는다.

가운데로 찔러 들어오던 검날이 그것을 증명할 듯했다. 이미 광검의 코앞으로 다가들었으니까.

그리고 검기까지 정확한 시간 차로 쏘아졌다.

쉬악—

살 떨리는 소리가 광검의 눈을 관통하기 직전, 굉장히 느리지만 충실히 움직이던 광검의 칼은 막 눈을 가로막았다. 그게 끝이 아니었다. 광검의 칼은 계속해서 움직였다.

검기를 맞이해 스르르 돌면서 흘려보내고, 자신의 도주로를 막았다가 안으로 꿰어 들어오는 두개의 검날을 맞이해 가는 것이다.

세상에! 구대문파의 장로도 세 명을 당할 수 없다는 백호풍조의 다섯을 광검과 광겸은 한꺼번에 맞이해 싸우고 있었다.

물론 그럴 수도 있다.

연미의 걱정은 그것이었다. 저런 무신이 감탄할 움직임의 한계는 어디까지일까?

하수라 해도 갑자기 눈부시게 폭발할 수는 있다. 다만, 그게 오래가지 못한다는 점이 문제다.

하지만 광겸의 손 떨린다는 비명은 거짓말이라는 점이 드러났다.

카카카카카카카캉―!

칵.

칵?

정신없이 섞이며 부딪치고 밀어내고 휘두르며 찔러 대던 광겸의 두 칼날이 멈췄다.

흐트러진다는 것은 수세에 몰리는 쪽만이 일으키는 사고가 결코 아니다.

합격으로는 천하제일이라는 백호풍조도 호흡의 길이는 다 다르다.

    공격 시간의 차이는 그냥 숨을 참는 것뿐이지, 결코 사람의 호흡은 정밀한 공격을 수십 번이나 아주 똑같이 해낼 수 없는 것이다.

    그런 이치를 알고 있는 사람은 그냥 버티기만 하지 않는다. 버티면서 면밀히 살피는 것이다.

    물론 이런 살 떨리는 합격술이 몸에 아주 배게끔 혹독한 수련을 받은 자만이 가능한 경지이기도 했다. 지금 광겸의 빛나는 눈이 그랬다.

    멈춰진 광겸의 칼에 두 개의 검날이 끼어 있었고, 그게 광겸의 왼쪽에 서 있던 백호 풍조단원의 가슴에 꽂혀져 있었다.

    합공이 능숙하다고 바짝 붙어 있던 상황을 십분 이용한 것이다.

    "커허으……."

    그걸로 매서운 반격의 시작이 열렸다. 광겸의 칼은 도로 풀어지는 것과 동시에 그 두 검날을 타고 올라갔다.

    까가각—!

    순간적인 소리, 순간적인 움직임에 흠칫 반사적으로 찔러 넣은 칼을 광겸의 고개가 숙여지며 피했다.

    그리고 피하는 순간, 두 개의 가슴에 또 하나씩의 칼날을 박아 넣었다.

    믿을 수 없을 만큼 눈 깜짝할 사이에 백호풍조, 백 줄기 바람을 부르는 발톱이라고 불리는 그 유명한 근접박투의 귀신들이 바로 근접박투에 깨져 셋이나 죽었다!

싸움이 멈춘 것은 광수와 붙어 있는 백호풍조의 수장이 지른 비명 때문이었다.

"커커헉!"

백호풍조의 수장도 입에서 피를 폭발하듯 내뿜었다.

푸학—

광수의 울퉁불퉁한 손은 김을 모락모락 피워 올리고 있었다.

그리고 백호풍조의 수장도 가슴에서 김을 모락모락 피워 올리고 있었다.

백호풍조의 수장도 도요척과 같은 꼴을 당했다.

쳐올린 백호조, 그 쇳날 다섯 개의 찔러지면서 조여드는 공격을 한 손으로 흘리는 것을 확인하자마자 바로 비틀어 튕긴 것이다.

이 공격은 상대의 반탄력을 이용하기 때문에 어떻게 대응할 틈이 나지 않는 것이었고, 수많은 구대문파의 고수들이 이 수법에 죽었다.

그러나 광수의 손은 좀…… 좀이 아니고 많이 특이했다.

튕겨져 되돌아오는 그 쇠 손톱을 손바닥이 내린 게 아니라 손목이 그대로 막아 버렸다!

그 손목 위의 손바닥에서는 물론 발출하자마자 사라지는 장공이 쏘아졌다. 사라진 장공은 백호풍조 수장의 가슴 안에서 나타났다.

아주 찰나였지만, 손으로 막았다면 있을 수 없는 일이었다.

"……!!"

손목으로 막다니.

사막 벌 중에 사람 피부에 쏴도 들어가지 않을 만큼 약한 놈들이 있다. 그렇게 약한 벌의 침조차도 사람 손목에는 들어간다. 사람의 손목이란 그렇게 약한 부분인 것이다. 한데 광수의 손목은 대체 어떻게 되어 처먹은 손목인가.

그 기운이 가슴 안에서 팽창하는 시간은 끔찍하게도 눈 한번 천천히 깜짝거릴 정도였다.

폭발하듯 터져 나간 핏줄기가 눈 위에 떨어졌다.

"대체, 그 손은…… 네놈들은 대체…… 누구……."

"그 영감님이 말해 줄 거요. 저 세상에서."

광수는 무심한 눈으로 대꾸했다.

털썩.

백호풍조의 수장이 무너졌다.

구대문파의 장로급 고수들만 골라서 요격하는 악마 호랑이의 바람 발톱이 부서진 것이다.

지붕 위의 광검도 같았다.

세 명의 단전이 그 칼에 꿰였다.

합격술은 상대방의 병기에 튕겨져 나간 동료의 칼까지도 염두에 두고 하는 것이다. 이렇게 끝까지 병기끼리의 충돌이 일어나지 않는 사태는 한 번도 경험해 본 적이 없었다.

사실 그런 싸움이 거의 불가능한 것이 현실이니, 백호 풍조단이 꼭 실수하기만 했다고 탓하기는 어려운 것이다.

광검의 눈이 음울하게 변했다.

"또 피 봤네. 아, 좀, 피 안 봐야 하는데, 좀."

물론 광겸이 받아 투덜거렸다.

"저 양반은 혼자서 대자대비하셔요, 꼭!"

연미는 믿을 수가 없었다.

십 삼합 백호풍조단, 거대한 태산도 한 방에 날려 뭉개는 바람 발톱이 이렇게 간단히 무너질 수가!

'견자단이란 이름이 대체……!'

개자식들이라더니, 호랑이를 죽이는 개?

연미의 의문 속에서 광수의 음성이 장내를 울렸다.

"계속하시겠소?"

말하자면 다 죽을 테냐, 라는 질문임을 모르는 사람은 없었다.

화려한 백호풍조의 열셋은 이미 수장을 포함해 여섯이 죽고, 셋은 무공을 잃었다.

그것도 관통된 상처였다. 죽지는 않더라도 위중한 것은 확실했다.

자조적인 웃음이 일었다.

"푸흐흐흐, 알아서 물러가란 말인가? 이 백호풍조에게?"

백호풍조라는 이름, 그 엄청난 자존심이 개자식들에게 깨졌다.

그러나 그 개자식들은 자존심을 고려해 줄 생각이 전혀 없는 모양이었다.

"아, 뭐, 환자까지 들고 이 어두운 겨울 산길 어떻게 가시려고요? 우리가 갈 테니 그냥 지켜보란 얘기죠. 여기서 환자의 위급 상태를 넘기기도 쉬울 거고……."

아무렴, 백호풍조가 사람 셋 들쳐 업고 산길 가는 것이 대수인가.

백호단이 누구에게 졌다는 것 자체가 있을 수 없는 일이었다.

그러나 현실은 냉정했다.

지금 칼 같은 이 골짜기 바람처럼.

휘이이이이아—

바람이 불었다. 몸의 열기가 식고, 땀이 식어 으스스하게 떨리도록 뼛골을 저미는 바람에 백호풍조의 남은 넷은 몸을 떨었다.

이미 답은 나온 셈이었다.

넷은 견자단 셋을 어찌해 볼 수가 없는 상태이니, 견자단이 간다면 가는 것이다.

광겸은 연미의 어깨를 툭툭, 치며 말했다.

"아, 아저씨들, 다음에 또 만나지 말자구요. 서로."

연미는 정신을 놓고 있다가 광겸이 가자고 턱짓을 하는 바람에 깜짝 놀랐다.

"세, 세상에! 지금, 당신들이 어떤 일을 한 건지 알긴 하나요? 천하의 백호풍조를……!"

겸이 헤헤, 웃었다.

"어, 한 일은 기억이 벌써 안 나고, 해야 할 일은 알아요."

연미는 놀랐다. 또 뭘 한단 말인가.

"여길 나가서 고개 넘어 객점에 들어가는 거죠."

객점 이야기를 하면서 눈이 흐리멍덩한 빛을 흘리는 이유는 뭔가?

연미는 그게 더 소름이 끼쳤다.

"아, 아, 네……."

대꾸를 하고 나니 오히려 더 이상하지 않은가.

연미의 고개가 숙여졌다.

가슴이 뛰었다.

어쨌든…… 살았다.

쌓인 눈 때문에 달빛은 밝았다.

그 밝은 달빛도 아슴푸레 멀어지는 장원을 거슬러 가깝게 보여 주진 못했다.

연미는 한숨을 내쉬었다. 그 한숨을 타고 허연 입김이 연미의 눈앞을 조금 더 가렸다.

사실 연미는 이 나이껏 장원에서 멀리 떨어져 본 적이 없었다.

저 장원이 연미가 가진 세계의 모든 것이나 마찬가지였다.

그러나 이제 다른 곳에서 다시 정착을 할 수는 있을 것이다.

저 건물이야 그렇다 쳐도 중요한 건 사람이니까.

어떻게든 연미는 장원 사람들과 같이 살고 싶었다.

그러나 여자의 약속도 약속이다.

겸에게 시집가겠다고 한 약속은?

'사람 욕심이…… 참.'

처음 다급한 순간에는 자신을 희생해서라도 장원 사람들을 살리고 싶은 욕심뿐이었다.

그게 되니까 이젠 다른 욕심이 생겼다. 하지만 그건 아무래도 무리였다.

옆에 바짝 들러붙어 싱글벙글 입이 귀까지 걸린 광겸의 천진함을 보라!

"야! 좀, 거, 침 좀 안 닦냐! 흘러 얼어붙은 고드름이 네놈 발등 쑤시겠다!"

광검의 말이 지금 광겸의 상태였다.

광겸이 연미의 얼굴에서 시선을 떼지 못한 채로 받아쳤다.

"어, 형수가 장가보내 준댔잖아! 왜 심통인데?"

광검은 어이가 없다는 듯 광겸을 향해 손가락을 쳐들었다.

"야, 좀! 나랑 띠가 두 바퀴 이상 차이 나는 은퇴 기생들하고 살란 말이냐?"

광검의 이 말에는 아무리 심기가 불편해 남의 생각할 여유가 없는 연미라 해도 입을 그대로 딱 벌리고 말았다.

'아, 아니, 나이 쉰을 바라보는 그런…… 게다가 은퇴한 기생……?'

'은퇴한 기생'이라 함은 '포주', 그 악명 높은 홍등가 사업주마저 내치고 가 버린 상태의 기생이 아닌가.

도대체 얼마나 많은 남자들이 그녀들의 '배'를 탔을지 계산을 하는 것이 더 끔찍할 지경.

연미의 머리에 문득 스쳐 가는 생각이 이랬다.

'그런 여자들을 알고 있는 홍춘이란 분은……'

대체 정체가 어찌 될 것인가.

게다가 내친김에 더 생각해 보니, 자신이 윗분으로 모셔야 할 동서 형님이 되지 않는가.

연미의 벌어진 입으로 찬바람이 왕창 들어갔다가 허연 김만 부질없이 나오는 순간이기도 했다.

그래서 연미는 이렇게 생각했다.

'부, 분가해서 따로 살자고 하자!'

도요척이 돈을 좀 무식하게 많이 모았기 때문에 연미에게 떨어진 액수도 꽤 되었다.

걱정할 일은 경제적인 면이 아니고, 이 삼 형제의 직업이었다.

칼바람 심각한 강호에서 이 셋이 떨어져 있기보다 뭉쳐 있는 것이 훨씬 유리했다.

'안 되면 어쩌나?'

사실 생으로 과부 되는 것보다야…… 하고 스스로를 위로하려던 연미는 자기가 생각해도 한심스러워 도로 한숨만 푹 내쉬었다.

"하아아."

그러자 광겸이 심각하게 얼굴을 굳혔다.

그 표정에 연미는 뜨끔해서 일순 표정까지 굳어졌다.

장주와의 의리를 지키다가 결국 목숨까지 잃은 아버지의 성격 탓에 연미도 자기를 위해 잔머리 굴리는 짓을 잘 못하는 축에 들어갔다.

 머리를 푹 숙이는 연미.

 광겸이 말했다.

 "우리 여보가 추운가 봐."

 여보?

 연미의 입이 웃는 듯 우는 듯 일그러지는 건 당연했고, 광겸의 어처구니없다는 투덜거림도 따라서 일어나게 만들었다.

 "식도 올리기 전에 여보면, 몇 해 살아 본 후엔 뭐라고 부를 테냐?"

 "아, 그땐 애기 엄마지. 토끼 같은 애도 낳아야지, 당연히. 흐흐하!"

 그러한 대꾸에 광겸이 신경질 난다는 듯 고개를 돌렸고, 연미는 화들짝 얼굴을 붉혔다.

 그런 연미의 눈에 광수의 얼굴이 문득 들어왔다.

 광수는 아무런 말도 없었다. 다만, 광겸이 애도 낳고 운운했을 때 얼굴이 살짝 굳어졌다는 것을 연미는 알아보았다.

 그래서 연미의 가슴이 다시 내려앉았다. 이번은 철렁하는 소리가 들리는 듯했다.

 여자들은 이런 가정사에 예민해야 살아남기 좋은 법 아닌가.

 '설마…… 진짜로 아이 문제가……'

하지만 광수는 단 한마디만 했을 뿐이다.

"시끄럽다."

개들은 본능적으로 사회를 이루고 서열을 정해 산다더니, 그게 맞는 말인 모양이었다.

사람 정신 쏙 빼놓을 만큼 희안한 대화 소재를 자랑하던 둘은 입을 다물었다.

그것도 연미의 불안한 예감을 자극하는 모양새였다.

'정말…… 동서 형님으로 모셔야 할 그 홍춘이란 분이 그런 문제가 있다면 어쩌지?'

그렇게 노닥노닥, 투닥투닥, 헷갈리며 고개를 넘었다.

객점에 들어 일단 잠을 청했는데, 잠이 올 턱이 있나.

어이없이 자기 눈앞에서 비명횡사한 아버지, 불쑥 나타난 이들이 그 원수를 죽이고, 장원 식구들도 살긴 했지만, 그걸 빌미로 자신은 시집을 가야 하고…….

왜 이렇게 꼬인 거냐!

'아무리 은혜를 갚는다지만…….'

속이 탈 대로 타던 연미는 다시 이불을 확 차고 벌떡 일어났다.

마침 다탁에 놓인 찻물은 다 떨어진 상태였다.

"휴우……."

객점은 대도시 입구치고는 그다지 큰 편이 아니었다. 점소이는 달랑 둘. 이 야밤에 손님 찻물을 위해 대기할 만한 상태가 아니라 연미는 직접 방을 나가야 했다.

끼익—

문을 열고 복도로 꺾어지던 연미는 소스라치게 놀랐다.

자신의 방문 앞에 버티고 있는 시커먼 그림자!

"어, 어헙!"

말도 제대로 내지 못할 만큼 놀란 연미는 순식간에 손발에 힘이 빠졌고, 들고 있던 주담자를 놓쳤다.

그리고 그 주담자가 떨어지기 전에 시커먼 그림자는 허리를 굽히지도 않고 받아 내는 것이다. 손잡이와 거의 직각이 될 만큼 꼬부라진 칼 위에 얌전히 놓인 주담자.

광겸이었다.

연미는 크게 한숨을 내쉬며 아주버님 되실 광수와 광겸이 있는 방을 쳐다보았다. 그리고는 작은 목소리로 소곤거렸다.

"놀랬…… 잖아요. 안 주무세요? 어우, 정말 깜짝 놀랬어요."

광겸은 씨익 웃으며 다른 손에 들고 있던 뭔가를 내밀었다.

쳐다보니 주담자였다.

"이, 이게……?"

광겸은 쑥스럽다는 듯 또 웃었다.

"아, 험한 세상이니까 지켜야 할 것 같아서……."

"……!"

연미의 입이 벌어졌다.

대체 이 형제들의 머릿속에는 뭐가 들었단 말인가!

"그, 그럼 여태까지 이걸 들고 여기서……?"

"아, 뭐 시중들 점소이 녀석들도 별로 마음에 안 들고 해서……."

그제야 연미는 기억해 냈다.

처음 객잔에 들어올 때 광겸은 연미에게 공손히 인사하는 점소이가 바람기 다분한 것 같다며 작게 투덜거리지 않았던 가!

골치가 지끈거리기 시작하는 연미였다.

'이거, 감동해야 하나, 불안해야 하나?'

연미는 그냥 뒤척뒤척 하다가 날이 샐 무렵에야 깜빡 잠이 들었다.

물론 그나마도 좋은 게 좋은 것이니 그냥 좋은 뜻으로 받아들이고 말자는 결론을 내린 후에 가능한 일이었다.

다음 날 아침, 일행은 간단하게 씻고 먹고 다시 길을 떠났다.

연미의 마음이 급해서였다. 생각해 보니 오호맹 측의 다른 추적이라든지, 감시의 눈길이야 이런 대도시에서는 충분히 있지 않은가.

서안은 수많은 사람들이 살고 있는 도시다.

거기 오호맹의 눈은 얼마든지 있다.

물론 도요척이 계획을 미리 말하고 왔다손 치더라도 서안으로 장원 식구들이 우르르 빠져나가는 것까지 어떻게 알겠는가.

다만, 연미의 그 불안감이 문제였다.

말의 걸음이 그렇게 느릴 줄이야!

여산에서부터 서안까지 길은 그렇게 초조하게 지나쳤다.

세 시진 만에 주파한 오십 리 길. 말 등에서 그렇게 장시간 흔들린 것 자체가 머리털 나고 처음인데도 연미는 쉬지 않고 약속한 장소로 향했다.

서안에는 유난히 석탑이 많다.

현장법사의 유적이 있는 장안과 직결되는 곳이기도 하기 때문이다.

한 번도 와 본 적은 없지만 자세하게 들어 두었던 모습 때문에 수많은 탑 중에 약속한 탑을 한눈에 찾아냈다.

고색이 완연한 사찰의 긴 담장에는 눈이 아직 쌓여 있었고, 그 눈 쌓인 담장을 타고 상점들이 복닥복닥 늘어서 있는, 전형적인 저잣거리였다.

담 너머 탑의 바로 아래 위치한 상점에 도착한 연미는 눈을 동그랗게 떴다.

"신호가 없어요……!"

신호뿐만이 아니었다. 사람도 없었다.

이럴 때 강호에 사는 사람이라면 일단 자리를 떠야 한다.

그것도 누가 따라오지 않는지 주의에 주의를 거듭하면서 계속 길을 바꾸고 추적을 거듭 조심하면서 빠르게 멀리 벗어나는 것이 상식이었다.

그러나 연미는 그 상점에 털석 주저앉아 버렸다.

이제 어쩔 것인가.

가녀린 연미가 보기에 이건 중대한 사고가 생긴 것이 분명했다. 재수 없으면 장원 식구들이 다 죽었을 수도 있었다.

연미는 고개를 흔들었다.

"그럴 리가 없어, 그럴 리가……."

그러나 이게 광수와 광검이 보기에는 또 이해가 안 되는 상황이었다. 오호맹이 그 시간에 무슨 수로 연락을 주고받나?

장원 식구들의 세세한 인적 사항을 알아야 가능한 일인데, 두어 시진 만에 오십 리 길을, 그것도 밤에 그런 정보를 주고받을 힘이란 것이 가능하다는 것은 상상하기 어려웠다.

헷갈림 속에 침묵이 흘렀고, 그 분위기를 타파하려고 광검이 먼저 말했다.

"곽 낭자, 어제 장원 식구들도 좀, 일찍 출발하지 않았소? 우리처럼 어제 이맘때면 여기 도착했을 시간이오."

연미는 떨리는 목소리로 간신히 대꾸했다.

"예, 그, 그렇지요……."

정말 서안의 지점과 연락이 오간들 백호풍조뿐이었다.

그러나 백호 풍조단은 지금 여산의 장원에 있었다.

"그런고로…… 서안의 오호맹원이 곽 낭자 장원 식구들을 죽이려면 이미 오래전부터 얼굴도 알고 준비를 좀, 해놔야 했다는 소리요. 지금 같은 사태를 대비해 장원의 일거수일투족을 감시해야 했을 테니까. 전장에 어음을 바꾸기 전에 장원 식구들이 빠져나가 연락이라도 하는 날에는 모든 것이 물거품이니."

거기서 연미도 문득 의구심이 들었다.

"그 분광마가 처음 장원에 들어와서 누군가를 찾는 듯하던…… 앗!"

연미는 부르짖었다.

가장 최근에 장원 식구가 된 사람은 두 달 전에 들어온…….

"오씨 아저씨?"

은 십만 냥은 결코 작은 돈이 아니었다. 누군가 하나쯤 두어 달 전에 미리 집어넣는 수법쯤이야 동원할 수도 있는 문제였다.

목적이 자금 마련이 아니라, 강북련의 주요 구성원인 은 하전장을 흔들기 위한 것이라면 충분하지 않은가.

"이럴 수가!"

연미는 새파랗게 질린 얼굴로 허둥지둥 가게 안을 마구 뒤적이기 시작했다.

광검이 혀를 찼다.

"아무래도 배신자를 같이 딸려 내려 보낸 모양이군……."

연미의 머리가 아무리 좋아도 경험 부족은 어쩔 수 없는 문제였다.

강호의 독한 마음은 경험하지 않은 자가 이해하기엔 너무 어려운 것이기 때문이다.

어젯밤에 무슨 일이 벌어졌을지 계산을 안 해도 빤한 이야기였다.

"안 돼, 안 돼, 오, 제발……!"

연미는 미친 사람처럼 중얼거리며 미친 듯이 쓸어 헤치고 뒤적거렸다. 무엇을 찾는가?

사실은 연미도 잘 몰랐다. 뭔가 단서를 찾아야 했다. 이대로 포기할 수는 없었던 것이다.

아버지가 돌아가신 지금, 장원 사람들은 연미의 전부였으니 말이다.

그때, 누군가 탑림으로 뛰어들었다.

"연미야! 에이그! 무사했구나!"

연미의 고개가 돌려졌다.

"나 대모!"

약간 뚱뚱한, 전형적인 중년 부인의 모습.

무공을 익힌 기색도 없었다.

그러나 그건 이 삼 형제도 마찬가지였다. 도요척 같은 절정고수도 깜빡 속았지 않은가.

이런저런 의미로 해서 견자단의 눈길은 가늘어졌다.

마음에 안 드는 상황이 벌어진 것이다.

나 대모가 혼자서만 살아 나오는 일이란 있을 수 없는 확률에 불과했다.

'그런데 살아남았군……'

어리숙한 체하며 살아오던 날들이 이제 거의 끝났음을 알려 주는 인간형이었다. 사부의 부탁은 될수록 길게 숨어 살라는 것이었지만, 이제 드러낼 수밖에 없었다. 나 대모가 연미 앞에 나타난다는 상황은 그 정도 의미였다.

견자단 삼 형제의 손에 힘이 들어갔다.

그러나 그저 눈물만 흘리고 있던 연미는 그 나 대모란 여자를 껴안고 안도의 한숨을 쉬고 있었다.

식구들이 다른 곳에서 잘 있으며, 연미를 기다리고 있다는 말 때문이었다.

견자단 삼 형제의 눈이 더 가늘어졌다.

나 대모가 연미를 이끌고 나설 때도, 그리고 인가가 드문 외진 곳에 서 있는 집에 안내할 때도 그들은 아무 말도 하지 않았다.

그리고 그 집 대문이 열리고, 마당에 어지럽게 널린 시체들을 봤을 때도 아무 말도 하지 않았다.

강호란 이런 곳이라고 이미 경험한 그들 아닌가.

연미는 넋을 놓았다.

덜덜덜 떨리는 손. 장원 식구들의 싸늘한 살결에 대 봐야 돌아오는 것은 절망적인 현실뿐.

아버지나 다름이 없던 장주는 머리가 대청 중앙에 매달려 있었다.

그 목에서 피가 고드름으로 길게 내려져 있었다.

연미는 그대로 기절해 쓰러지고 말았다.

광검이 중얼거렸다.

"거, 마음 씀씀이 한 번 우리 같은 놈들이구만."

광겸이 연미의 등을 주물러 진기를 불어넣으며 물었다.

"우리 같은 마음 씀씀이가 어떤 건데?"

"네 이름도 모르냐! 개 같다는 거잖아, 좀!"

나 대모가 눈을 반짝이며 그대로 등을 폈다.

그 모습 그대로 살기가 흘러나오는데, 기세는 사나웠다.

"오호호호홋! 개 같다……. 견자단, 네놈들은 뭐냐? 아마 생김새를 보니 도요척 맹주를 시해한 놈들이 네놈들 같은데."

그때, 연미가 눈을 다시 떴다.

그러고는 눈물을 줄줄줄 흘렸다.

이럴 때 눈물은 통곡이 없어도 그냥 나온다. 마음은 붕 떠서 현실을 겪는 것 같지 않은데, 전혀 이 상황이 이해가 안 되는데도 눈물만 그냥 흘러내리는 것이다. 슬프고 자시고를 생각할 겨를도 없이.

마누라 될 여자의 눈물이 흐르는 이때 가만있으면 광겸, 미친 낫이 아니었다.

쌍도의 손잡이에 손이 거꾸로 올려졌다.

어제는 보여 주지 않던 역수도의 자세였다.

"그러니까, 여기서 기다리고 안내하던 당신이 배신자였다, 이 말입니까?"

나 대모의 고개가 갸우뚱, 기울었다.

"배신? 누가 누굴 배신했다는 건지 이해는 안 가지만, 나는 원래 오호맹의 사람이니 이 멍청한 놈들을 죽이는 건 당연하지."

말이 필요 없는 살기가 형형하게 커졌다.

그 와중에도 광겸은 꼭 확인하려 들었다.

"배신이 아닐지는 몰라도, 여기 이 사람들을 속인 건 사실 아냐?"

나 대모는 붉은 연지가 아주 진하게 칠해진 입술을 길게 잡아 늘이며 가슴을 풀어헤쳤다.

투두둑—

"오, 그래. 나 나쁜 년이야. 강호가 이런 거 처음 봐, 애송이?"

광겸은 쌍도의 손잡이를 세게 말아 쥐었다.

동시에 겉옷이 풀어헤쳐진 나 대모의 늘씬한 굴곡이 나타나며 또 다른 물건이 견자단의 눈을 자극했다.

그리고 충격을 받아 눈물만 흘리던 연미의 입에서 신음이 흘러나왔다.

"독요룡의 구절편!"

편. 채찍.

그랬다. 채찍을 쓰는 고수는 그렇게 많지 않았다.

그리고 그게 원래 채찍이 아닌데 채찍이라고 불러 주는 물건일 때는 더더욱 적었다.

곤에 관절이 하나 있으면 쌍절곤이다. 두 개 있으면 삼절곤이라 불린다. 사절곤, 오절곤도 없는 바는 아니었지만, 사실상 삼절곤이면 그 효용을 모두 낼 수가 있기 때문에 쓰이지 않았다. 문제는 관절의 수가 '엄청나게 많은' 경우가 있다는 것이다.

관절 여덟 개!

곤이 아홉 개가 되면, 그것은 이미 곤이라 부르지 않는다.

그래서 채찍이라 불렀다.

구절편.

현재 강호에서 구절편을 쓰는 사람은 단둘뿐이었다.

하나는 남자이고, 또 하나는 여자였다.

그리고 둘은 부부였다.

남자는 극에 달한 찌르기의 달인이었다.

물론 구절편으로 말이다.

단 한 번, 손목이 살짝 떨리기만 하면 구절편은 온갖 뒤틀기를 다 일으키며 상대의 공세를 휘감으며 거슬러 올라 사혈을 찌른다.

여자는 돌려 후리기의 달인이었다.

구절편 자체 길이가 사방 이 장 가까이 되는 반경에, 매서운 진기까지 합치면 총 삼 장 너비가 초토화되는 사태를 면치 못했다.

두 부부의 합공은 이런 식으로 완성된다.

구대문파의 장문인도 희생된 적이 있었다. 태산 위에 노니는 존재를 거꾸러뜨린 두 부부의 별호는 그래서 '파천'이 붙었다.

파천독요룡 나희령.

파천마제룡 독고천귀.

그중 파천독요룡 나희령이 나타난 것이다.

대체 산골 장원 일에 왜 이런 고수들이 줄줄이 매달리는가.

연미는 고개를 가로저으며 마구 중얼거렸다.

"아니야. 이건…… 저런 사람들이 왜…… 우리같이 평범한 장원에…… 아니야……. 이건 꿈일 거야. 그래, 이건 꿈이야……."

연미는 눈을 질끈 감았다가 다시 떴다.

하지만 눈앞의 광경이 어디로 가지는 않았다.

"아니야, 이건……."

다시 울음으로 변하는 목소리였다.

그 울음이 듣기 싫다는 듯 유들유들한 여인의 비웃음이 겹쳐졌다.

"한데 네놈들 혹시 우리 백호 풍조단은 못 만났느냐?"

광겸은 마주 비웃어 주었다.

"봤죠."

좌앙!

두 개의 만도가 뽑혔다.

나희령이 흠칫 하며 손목을 털었다. 그러자마자 늘어져 있던 구절편 전체가 꿈틀거리며 일어섰다.

일어서며 동시에 그 한 관절이 독사 머리처럼 꼬부라져 휘익, 맴을 돌았다.

터텅—

허공에 바람이 확 일었고, 바닥의 눈가루가 소용돌이치며 흩날려 올랐다.

광겸은 쌍도를 뽑으며 팔을 세게 치켜들었다.

그러자 도기가 폭출되었다. 강력하게 확 밀어붙이는 것은 아니지만, 짧게 끊어 속도를 가중시킨 실력이 깔끔했다.

나희령의 붉은 입술이 다시 꿈틀거리며 웃었다.

"오호, 뽑는 동작에? 어린놈들이 대단하구나. 백호풍조를 봤다면 어찌했느냐?"

대꾸는 광겸이 했다.

"뭐, 좀 있으면 알게 될 거요."

나희령의 이맛살이 찌푸려졌다.

"좀 있으면?"

그 말을 광겸이 받았다.

"좀 있으면 아줌마도 죽을 테니까요."

구대문파, 강호의 전부라고 할 수 있는 힘과 맞서는 오호 맹.

그리고 그런 세력의 중심에 서 있는 고수, 파천이라는 수식어까지 달고 있는 나희령에게 누가 이따위로 말하겠는가.

도요척처럼 흥분하지 않은 나희령은 오히려 요사하게 웃었다. 그러더니 혀를 내밀어 그 붉은 입술을 핥으면서 침을 끈적하게 발라 주는 것이다.

"음후후후후! 백호풍조가 죽었다? 그리고 나도? 정말 오랜만에 맛보는 남자의 패기인걸! 오늘 미친개들이 날 흥분시켜 주는구나!"

까라락―

나희령의 구절편이 급작스럽게 변화를 일으켰다.

장원 식구들의 시신을 보며 넋 놓고 있는 연미의 등을 향해 내뻗어지는 굉음 한 줄기!

쉬앙―

"헛!"

삼 형제의 실수였다. 설마 저 대단한 인물이 무공도 일천한 연미를 먼저 공격할 줄이야!

단 한 음절을 발음할 시간, 그것도 모자랄 만큼 급작스러운 기습이었고, 그래서 호흡을 마셔야 할 때 뱉어 버렸다.

광겸은 그 상태로 독요룡의 구절편을 막아 갔다.

따다다당—

머리를 치고, 그 머리가 튕겨지면서 두 번째 관절로 겹쳐지며 계속 찔러들고, 그 두 번째 관절을 다시 쳐 내니 세 번째 관절로 겹치면서 약간 맴을 돌았다.

구절편은 그것만으로 쳐 낸 충격을 해소하고 그 머리를 다시 세워 휘둘러지는 것이었다.

쌍도, 칼이 두 개였던 것이 그나마 다행이었다.

네 번째 부딪침에 구절편은 아무도 예상치 못한 움직임을 보였다.

아예 반대로 휘익 머리를 돌려 광겸의 얼굴로 날아든 것이다. 그리고 내뱉던 호흡만으로 진기를 수발하던 광겸의 힘도 거기까지였다.

얼굴만을 간신히 돌려 피해 내며 일단 물러서야 했다.

그래서 한 줄기 스치는 소리가 난 것이다.

치익—

광겸의 뺨에서 살점이 떨어져 나갔다.

"치잇— 돌고 있네요."

구절편은 그 하나하나가 회전하고 있었다. 고수의 진기는 이런 것이 무섭다.

진기가 먼저 돌고, 그 진기 때문에 구절편이 회전하고 있었다. 파천 독요룡의 구절편은 운이 좋아 하늘을 깬 것이 아닌 것이다!

검붉은 피와 범벅이 된 마당의 눈.

그 속에서 한 점, 아주 선연한 진홍의 입술이 다시 늘어나며 꿈틀거렸다. 눈웃음을 치는 나희령!

"어때? 아줌마 매력도 쓸 만하지 않아? 셋이 같이해도 힘들걸?"

그때였다, 어젯밤부터 한마디도 없던 광수의 입이 열린 것은.

"힘들더라도…… 우리 막내 장가는 보내야겠소."

나희령의 웃음이 더 진해졌다.

"진작 나섰어야지. 난 귀여운 남자보다 잘생긴 남자가 좋아."

광수의 손이 허공에 들려졌다.

나희령이 유들유들한 여인 특유의 저음. 그러나 말하는 내용은 속을 뒤집어 놓기에 충분했다.

"잘 들었어. 손, 특이하다고 도 맹주가 그랬다지?"

광수는 흥분하지 않았다.

"잘 확인했소만, 장원 식구들이 순순히 가르쳐 줍디까?"

나희령은 깔깔깔 웃었다.

"호호호호호! 장주에게 눈웃음 몇 번 쳐 주니 그냥 술술 불던걸. 주책맞은 늙은이."

그때, 고함이 일었다.

"아니야! 거짓말! 장주님이, 장주님이 너 같은 살인마에 게……!"

연미였다.

눈물이 얼어붙을 지경이었다.

광수가 혀를 찼다.

'시간 끌면 큰일 나겠군.'

나희령의 눈웃음은 이럴 때 더 무서웠다.

"그래? 너무 순진한 거야? 남자 유혹하는 법은 단순해. 가르쳐 줄까?"

"이 추잡한 색녀!"

연미가 빽! 고함을 지를 때였다.

구절편이 다시 날아갔다.

정말 남의 방심을 노리는 시간 차는 절대적이라고 해도 모자랄 만한 솜씨!

광수의 손은 약간 느리게 대응했다.

그것이 나희령에게는 신기한 모양이었다.

설마 독요룡의 구절편에까지 맨손으로 달려들 줄이야.

나희령의 웃음이 더 짙어졌다.

'어디……!'

그리고 광수의 손에 부딪치는 순간, 구절편은 그 손목을 휘감으려 들었다.

동시에 광수의 손목도 튕겨지며 구절편의 포박에서 벗어났고, 거기서 사단이 벌어졌다.

투두둑— 퍼벅!

구절편의 첫 번째 마디가 깨져 버렸다!

"허억?"

뒤로 다가오던 광검에게로 휘돌아쳐 가던 독사의 머리가 깨졌다.

그래서 눈은 단전을 관통한 광겸의 칼로 향해지지 않았다.

나희령의 시선은 얼굴을 붙잡고 있는 광겸에게로 향해져 있었다.

"그…… 최초의 부딪침이…… 너, 칼 잘 쓰는구나."

그랬다.

광겸의 쌍칼은 나희령의 구절편에 상처를 남겼다.

광수의 격공장은 그 상처로 스며든 것이다.

광검이 뒤에서 칼로 찌르는 것을 확인하고 했던 한 수였다.

정확히 동시에 합격하지 않아도 이런 합공은 정말 노련한 고수도 당할 만했다.

푸익.

선홍의 입술이 핏물에 가려졌다.

광검이 칼을 빼는 순간 나희령은 핏물을 뿜었고, 한쪽 무릎을 꿇었다.

"크큭, 정말, 호호호. 정말, 개 같은…… 느낌인데? 너, 맏이의 손만 써서 맹에 보고해 줬는…… 설마, 설마 네 그 칼은……."

"아줌마, 좀 위험한 발언."

광검이 나서며 광겸을 독촉했다.

광겸이 인상을 쓰자 광검은 연미에게로 마수를 뻗쳤다!

"제수씨, 서방님이 다쳐서 제수씨 원한 갚기 힘들다는데, 칼 좀 빌려 드릴까?"

연미는 흠칫 몸을 떨었다.

인자하고 정직하던 장주의 목.

다정하던 장원 식구들의 처참한 시체. 아버지의 죽음.

그러나 이 모든 것도 연미에게 차마 살인의 칼을 들게 하지는 못했다.

연미는 힘없이 고개를 저었다. 그리고 다시 눈물을 흘렸다.

자신이 미워서였다.

그렇게 좋은 사람들을 눈앞에서 잃고도 그냥, 그냥 아무런 일도 못하다니!

"욱, 욱, 흑……!"

연미의 울음소리에 광겸이 투덜거리며 일어섰다.

"애 낳으면 삼촌이라고 부르지도 못하게 할 거야! 거, 인간성이 왜 그래?"

광겸은 냉막하게 굴었다.

"잔소리 닥치고 빨리빨리, 그러다 내 입에서 그거 또 튀어나올라. 응?"

그제야 나희령의 얼굴이 본격적으로 굳어졌다.

도요척도 이런 식으로 죽었다고 하지 않았던가.

나희령은 그제야 여유 서린 목소리가 사라졌다. 떨리는 소리로 물었다.

"너희는…… 너희는 설마……."

대답은 듣지 못했다.

나희령의 목은 그대로 허공에 떠올랐다.

그것이 무적의 미친 개 떼, 견자단의 전설이 시작된 것이었다.

최초 그 시신이 발견된 것은 사건이 나고 하루 뒤였다.

꽁꽁 얼어붙은 나희령의 시신은 푸르게 얼어붙은 채 한쪽 무릎을 꿇고 경악을 숨기지 않은 상태였다.

목은 저쪽에서 구르고 있었으니, 놀라움이 아니라 충격이었다.

나희령에게 견자단과 연미의 출현을 알린 오호맹의 끄나풀은 너무 황당한 현실에 얼이 빠져 두 시진이나 지나서야 보고를 했다고 한다.

도대체 나희령이 누구인가.

아무리 그 남편 파천마제룡에 비해 실력이 떨어진다고는 하지만, 엄연히 그녀에게도 '파천'의 별호는 붙어 있었다.

그녀의 구절편 아래 죽어 나간 강호의 명숙들이 대체 몇 이던가.

어떤 상황에서도 당황하지 않고, 강호에서 가장 무거운 중도를 구사한다는 모용세가의 가주가 죽었을 때, 강호 전체가 당황했다.

그녀의 이름은 그렇게 알려졌다.

그리고 마침내 공동의 장문인까지 죽였을 때, 세상은 또 하나의 거대한 마녀가 탄생했음을 알게 되었다.

그 후 그녀의 행보는 남편인 독고천귀를 만나 결혼할 때 까지 휘몰아치는 삶이었다.

결혼하고 몇 년간 조용했던 그녀가 나타난 것이고, 그리고 그런 그녀가 죽었다.

게다가 그녀의 구절편은 그 첫 번째 머리가 깨져 있었다.

사인은 확실했다.

기습도 아니고, 암습도 아닌, 확실하게 앞에서 붙고 그녀의 장기인 구절편까지 꺼내 제대로 위력이 발휘되도록 싸운 것이다.

그런데도 나희령이 깨졌다!

하늘, 구대문파의 장문인을 죽인 그 파천의 마녀가 새로운 별에게 다시 밀렸다.

온 강호가 떨렸다.

부글부글 끓다 못해 넘치고 있었다.

새로운 별이 나타났다!

새로운 별들은 강남에서 가장 빠른 칼이라는 분광마를 깨고, 절정고수 사냥 전문이라는 바람 발톱을 뽑고, 뒤이어 파천의 독룡을 잠재웠다. 단 이틀 사이에 벌어진 일이었다.

아침에, 그날 저녁에, 그리고 그다음 날에.

어떤 면모로 봐도 그 자리를 메우기가 쉽지 않은 고수들이었고, 이렇게 해서 오호맹의 주 세력들이 한풀 꺾인 것 같았다.

그러나 구대문파, 즉 천하 그 자체와 싸우려는 것이 단순히 정신 나가서 그런 것만은 아님을 오호맹은 증명해 보였다.

즉시 이름 없는 자들이 다시 나타나 그 자리를 메우는데,

전의 주인들보다 더하면 더했지 못하지 않았다.

오호맹의 다섯 맹주는 수시로 갈리는 것이 강호의 상식이었다.

그만큼 고수가 많다는 증거였다.

그리고 오호맹은 그들의 철천지원수로 견자단을 꼽아 천하에 공표했다.

이어 복수조를 구성했다. 복수조는 어둠의 세력권에 숨어 있던 존재라고 했다. 구대문파의 정예를 상대해야 할 힘의 일부가 먼저 드러난 것이다.

견자단이 올린 쾌거였다.

견자단!

이들은 누구인가.

강남제일쾌 분광마를 죽이고, 백호풍조를 깨고, 파천의 고수마저 꺾은 이들, 견자단은 도대 누구인가. 오호맹을 분노케 만든 이들은 누구인가. 세상은 궁금해했다.

지금 이곳의 객잔 손님들처럼 말이다.

"개자식들이래."

문득 들려온 말에 연미는 컥, 하고 사레가 들렸다.

아무리 세상 살 이유와 기력 쪽 빠지는 일을 겪었어도 아직 자신에게 신뢰를 보내는 광겸이 남아 있다.

어차피 여자들은 애 낳기 전까진 남편 하나 바라보고 산다 하니, 아직 죽을 만한 지경은 아니지 않은가.

산 사람은 살아야 하는 것이다.

연미에게 그런 희망을 주는 광겸은 지금…… 천하가 뒤집히는 일을 해 놓고도 개자식이라는 말을 듣는 중이었다. 연미의 고개가 사람들 몰래 숙여졌다.

'이름을 어떻게 이렇게 지었지?'

3.
젠장, 정파와 말을 섞네

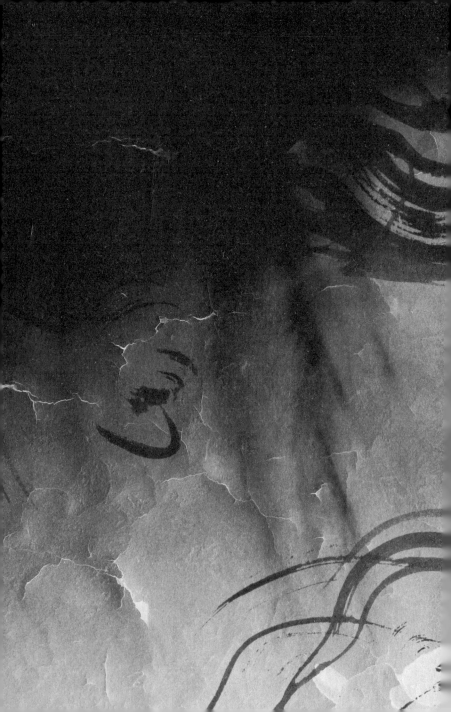

흘깃, 쳐다보니 광겸은 흥미로운 표정으로 열심히 듣고 있기까지 했다.

'에휴, 저런 사람을 평생 한 이불 속에서 모시고 살아야 하다니…….'

연미가 그러거나 말거나 옆 탁자의 손님들은 열중하고 있었다.

"에이, 설마 견 자가 그 개…… 견 자겠어? 내가 장강에서 듣기로는 어깨에서 자색의 빛이 터졌다는데, 그래서 견자단 아니야?"

"장강? 견자단이 장강에서 먼저 소문이 났나?"

"거, 식인귀들 말이야. 그걸 해체한 이들이 견자단이래."

"허, 그래? 사람 장사도 나름이지, 그 고기를 파는 놈들

이라니 생각만 해도 치가 떨리는 중이었는데, 그렇게 됐구
먼. 역시 장한 놈들이 하나 나왔어."

연미는 고개가 자꾸 숙여지는데 정작 이 이야기의 주인공
들은 아무런 느낌도 없는 모양이었다.

물론, 광겸은 좀 달랐다. 껴들었다.

"그럼 이제는 강북련이 보호하는 구역이 좀 편하신가요?"

갑자기 끼어든 광겸에게 싫은 눈치를 보내는 사람은 없었
다. 나이가 좀 많은 사내들은 고개를 끄덕이며 친밀감을 표
시했다.

강북련은 이런 면이 강점이었다.

오호맹에 대한 이상 열기는, 오호맹과 거래하는 상인들
중 갑자기 돈벼락을 맞는 자들이 상당수 된다는 점이었다.

물론 그 돈은 강북련에서 나왔다.

강북련은 대체로 정직하게 먹고사는 사람들이 많았다.

오호맹은 강남 부자들을 중심으로 큰돈을 굴려 투기하는
위인들이 많았다. 고리대금도 대단히 좋아하는 업종이다.

"흐흠, 자네들은 강북련 소속인가?"

광겸이 느물느물 웃는데, 순간적으로 연미의 눈에는 귀엽
게 보였다. 물론 광겸이 귀여운 데가 있기야 했지만, 지금
상황이 그럴 때인가, 어디. 부창부수라는 말이 맞는 모양이
었다.

어쨌든 광겸이 그렇게 흐물거리는 웃음으로 대꾸했다.

"어, 뭐, 정식 소속은 아니고, 가끔 불러 주고 그러더군요."

"아, 고용객인가? 그래도 강북련같이 큰 데서 직접 고용

하고 일을 맡길 정도면 실력이 꽤 되는 건데?"

그 말에 광검이 피식 웃었다.

"실력은 무슨, 그저 아무렇게나 칼 휘두르는 게 다요."

몰랐으니 망정이지 그 소문의 견자단이라는 것을 알았다면 누가 믿을 것인가.

천하의 기라성 같은 고수를 줄줄이 무너뜨린 사람들이 아무렇게나 휘두른 칼이라니.

믿지 않는 놈들은 바로 옆에서 나왔다.

"흐흠, 보자. 한 놈 손은 울퉁불퉁하고, 한 놈은 검을 등 뒤로 차고 있고, 한 놈은 칼이 두 개라…… 혹시 네놈들 견자단 아니냐?"

견자단이라는 말에 객점 안이 조용해졌다.

유명인이 바로 옆에 있으니 왁자지껄 떠들어야 하지만, 말의 모양새는 시비를 걸자고 하니 당연했다. 이럴 때 사람들은 조용히 고개 숙이고 먹다가 적당한 때 나갈 채비를 한다.

대부분은 그렇지만, 방금 광겸과 대화를 주고받은 상인들은 그렇지 않은 모양이었다.

상인이 시비를 거는 그를 향해 말을 던졌다.

"견자단과 좋지 않은 감정을 가진 걸 보니 오호맹 사람이오? 감히 이 섬서하고도 서안에서 이렇게 설쳐도 되는 거요?"

광겸이 맞장구를 쳤다.

"오옷! 아저씨, 의리파 대협!"

그러자 시비를 걸었던 애꾸눈이 흐흐, 웃었다.

"오호, 이 개자식들을 보호할 고수라도 되시는가? 천하의 강과 호수가 강북련 것인가? 오호맹은 아무 데도 다니지 못한다는 말인가?"

"그렇다면 어쩔 거요?"

끼어들며 툭 던진 광검의 대꾸는 정말 애꾸의 표정을 확 일그러뜨리기에 족한 것이 아닌가!

애꾸 옆의 작은 덩치가 일어서며 탁자를 쳤다.

"야! 강북련이 무슨 천하의 주인이라도 된다는 게냐?"

바로 옆이었다.

음식이 튀어 날아오는 것은 당연했고, 이에 광검은 다시 웃었다.

"오호, 맹룡과강이라…… 실력이 있어서 큰소릴 친다는 건가?"

푸욱!

"커헉? 네, 네놈은?!"

작은 덩치의 단전에는 광검의 칼이 박혀 있었다.

언제 칼을 뽑았을까? 언제 내밀었을까? 아니, 그보다…….

연미의 입이 딱 벌어졌다.

"아, 아, 아주버님, 저, 저기, 으, 음식이 조금 튄 걸 가지고……!"

이렇게 황당할 데가.

그러나 광검은 여전히 이죽이죽 웃었다.

"그러게 밥 먹는 개 왜 건드려?"

쑤웃—

칼이 빠지는 순간, 혈조를 타고 피가 잠깐 뿜어졌다.

물론 이들은 오호맹에서 보낸 어둠의 힘이었다.

그런데 광검은 어떻게 알았을까?

"이놈들!"

하지만 상식을 어긋나는 일은 광검의 행동에서 끝나지 않았다.

단전에 검이 박힌 그 작은 덩치의 팔이 휘둘러졌다.

콰콰쾅—!

음식, 탁자의 파편, 특히 견자단이 앉아 있던 의자들은 손톱 크기 이상으로 날아다니는 것이 없었다.

광겸이 미리 연미를 빼놓지 않았다면 지금 저 가루 중에 연미의 살과 뼈도 같이 끼어 있을 판이었다.

객점은 순식간에 아수라장이 되었다.

"으아아악! 난리 났다!"

"도망쳐! 괴수다!"

사람들의 비명처럼, 정말 괴수를 보는 듯했다.

금방 말싸움을 벌이던 상인들은 얼이 빠져 바닥에 엉덩방아를 찧은 상태였다.

"마, 말도 안 돼! 단, 단전이 저렇게 부서지고도……!"

사람들이 우르르 몰려 뛰어나가고, 탁자가 걸려 넘어지고, 음식이 와르르 쏟아지고, 그 음식에 미끄러져 넘어지고, 그 위에 또 겹치고…….

그러는 동안 견자단 삼 형제는 괴상한 오호맹 상인들과
대치했다.

애꾸의 얼굴은 초록색이 돌고 있었다. 소리도 아예 괴성
으로 변했다.

"크르왁!"

애초 넘어졌던 강북련 측 상인이 일어서려 하자 애꾸가
팔을 뻗었고, 괴이하게도 손톱이 쏜살같이 길어졌다.

그것을 막으려 광검이 칼을 뻗었고, 중간에서 광검의 칼
을 막으려 작은 덩치가 손을 내려쳤다.

부웅—

작은 덩치의 손은 허공을 훑고 지나갔다.

"……?!"

눈이 부릅떠진 것은 애꾸였다.

광검의 칼은 벌써 그의 목젖을 뚫고 뼈까지 갈라 버렸다!

"크키엑?"

애꾸의 머리는 어깨와 맞붙을 정도로 기울어져 버렸다.

좌아아—

피가 천장까지 솟구쳤다.

사람이 많은 곳에서 휘두르는 손속치고는 너무 잔인했다.

상인들, 특히 연미는 너무 놀라 입을 딱 벌렸다. 광검은
피가 조금만 보여도 구역질을 하던 사람이 아니던가.

한데 지금 광검은 표정마저도 아주 혹독하고, 비릿한 냉
소마저 머금고 있었다.

그리고…… 다음에 벌어진 일은 광검의 그런 변화를 조족

지혈로 만드는 것이었다.

애꾸의 목에서 피가 그쳤다.

그리고 뭔가 희끗한 것이 꾸물대며 솟아오르는 것이 아닌가!

수십수백 가닥의, 마치 기다란 지렁이 수백 마리가 뭉쳐 꿈틀대는 듯한 장면은 누구라도 할 말을 잃게 만드는 것이었다.

다만 그것은 색이 하얗다 못해 푸르른 색이었다. 그것들이 애꾸의 상처를 이내 메웠다. 메워진 곳은 흰색에서 급격히 살색으로 변해 갔고, 애꾸의 목은 순식간에 정상으로 되돌아왔다.

"……?!"

연미도, 상인들도, 객점에서 구경하던 사람들 모두 토하고 싶어 했다. 대체 이게 무슨 괴사인가!

광검은 피식 웃었다.

"만령충(卍靈蟲)이로군! 그놈은 어디 있나!"

이번엔 애꾸들이 흠칫할 차례였다.

"만령충을 알다니? 어떻게? 네놈들은 대체 누구냐?!"

광겸이 연미를 내려놓으며 히죽 웃었다.

"아저씨들 말대로 개새끼들이에요!"

광수의 손이 애꾸 일행들 중 깡마른 사내의 칼을 맞이했다.

툭, 투다닥.

사내의 칼놀림은 놀라웠다.

광수의 빗각으로 흘려내는 힘을 서너 번이나 버티고 제자리로 돌리고 있는 중이었다. 그러나 광수의 발걸음이 바짝 다가드는 순간, 균형이 깨졌다.

칼은 무리해서 광수를 노리고 파고들어 왔다. 아까보다 각이 불리한 상태였다. 하지만 광수는 손쉽게 떨쳐 냈다. 그래서 검은 바깥으로 나갔고, 상대의 가슴은 훤히 비었다.

드쿵!

비어 버린 가슴에 광수의 격공장이 작렬했다. 그런데 소리가, 폭발음이 일어난 것은 이번이 처음이다.

"크후와악!"

고개가 쳐들려지며 토해 낸 것은 기다란, 예의 그 하얀 벌레들이었다. 눈을 밀어내고 구멍에서, 콧구멍에서, 귀에서, 게다가 항문과 오줌 싸는 곳으로도 그 벌레는 계속해서 기어 나왔다.

그 광경에 연미는 더 이상 참지 못하고 비명을 질러 댔다.

"우욱!"

뒤이어 토하기 시작했다.

광검의 싸늘한 말이 객점을 휘몰아치고, 오호맹의 괴인들에게 돌진해 귀를 두드렸다.

"만령충을 어떻게 아냐고? 우린 개다! 개코가 냄새 잘 맡는 거 몰라? 아주 지독한 냄새가 나지! 썩은 내!"

사내의 가슴은 흐물흐물해져 있었다. 하얀 그 지렁이들도 더는 기어 나오지 않았다.

움직임까지 완전히 멈췄다.

그러자 애꾸들이 겨울바람 만난 사시나무인 양 떨기 시작했다.

"마, 말도 안 돼! 이건! 만, 만령충이 불사라더니만! 우, 우린! 이렇게 황당할 수가!"

광겸이 히죽히죽 웃으며 이죽거렸다.

"만령충을 넣어 주던 분이 그게 등급이 있다고 얘기 안 하던가요?"

애꾸가 부르짖었다.

"도대체 네놈들은 누구냐!"

"개 떼라니까."

광겸이 무심하게 말하며 검을 다시 찔러 넣었다.

그 느린 찌르기는 목표가 애꾸의 몸이 아닌, 애꾸 몸의 한 자 앞이었다.

그리고 그 한 점에서 마치 유리 같은 파문이 일었다. 그 파문이 커지면서 전진해 애꾸의 가슴에 틀어박혔다.

"커허…… 힉?"

애꾸의 가슴이 통째로 파문에 흔들렸다.

푸하아―

애꾸도 몸의 모든 구멍에서 그 허연 지렁이를 토해 내고는 죽었다.

너무도 허탈하다는 표정을 짓고 있는 나머지 둘을 향해 광겸이 말했다.

"아직 그 벌레 냄새가 안 나시네요. 그거 시술 안 받는 게 좋을 거예요."

너무 놀라 눈을 부릅뜨는 두 사람에게 광검이 말했다.

"빨리 꺼지란 얘긴데, 눈치 없으면 이 칼로 그냥 푹푹 쑤셔 줄까?"

광검의 칼은 아직 작은 덩치와 애꾸의 몸에서 들이마신 피가 그대로 묻어 있었다.

그걸 아무렇지도 않게 들어 흔들며 건들거리는 모습이 절로 소름 끼쳤다.

"쳇, 두, 두고 보자!"

그제야 몸을 추슬러 꽁지를 빼는 둘에게 광검의 한마디가 따라붙었다.

"장강에서도 비슷한 말 하는 녀석들이 있었지, 아마?"

둘은 힐끗 뒤돌아보며 악독하게 눈을 빛냈다. 정말 두고 보자는 것인지는 알 수 없었다.

남은 두 놈이 그렇게 도망치고 나자 정말 허탈한 것은 객점 점소이였다. 죄 뒤집어진 탁자, 부서진 의자, 바닥에 흘러넘치는 것도 모자라 벽에 칠해 놓은 음식은 아무것도 아니었다.

시체 두 구.

그 사실만으로도 끔찍한데 그게 주변의 평범한 분들 돌아가신 형태의 시신도 아니었다.

저건 도대체 어떻게 만져 볼 엄두조차 나지 않는, 그런 상태였다. 어떻게 칼에 베인 상처에서 흰 지렁이가 수십 가닥이나 솟구칠 수가 있는가.

"이거, 원래 오호맹이 물어 줘야 하는 건데."

광겸이 아쉽다는 듯 쩝쩝거리며 말하자 광겸이 창 너머를
가리켰다.

"저 두 놈은 안 쫓을 거야?"

광수는 고개를 저었다.

"저놈들이 더 급하게 나오겠지. 일단 집으로 가자. 네놈
초야는 치러야 할 것 아니냐."

그에 연미의 입이 저절로 벌어졌다.

"엑?"

여태 가난하게 살아서 그냥 식이고 나발이고 다 생략하겠
다는 말이야 얼마든 수용할 수 있었다. 하지만 이 많은 사
람들 앞에서 대놓고 말을 해 버리면 어쩌자고!

그러나 연미가 걱정한 부분은 말끔히 해결되었다. 사람들
은 그 말을 들을 만한 상태가 아니었던 것이다.

모두 입구를 쳐다보며 좌아악— 비켜서고 있었다.

그 비켜서서 만든 틈으로 거지 둘이 들어왔다.

젊은 거지는 옷이 좀 더럽다는 점을 빼고는 얼굴은 잘 씻
은 상태, 늙은 거지는 한쪽 눈이 찌그러진 황색 의안이었다.

그리고 그제야 점소이와 객점주의 곡소리가 일었다.

"아이고, 분타주님! 황안걸개 님! 저희 이제 장사 어떻게
합니까요!"

그러자 약간 칼칼한 목소리의 늙은 거지가 딱하다는 듯
말을 받았다.

"사람 죽었다는 말에 내달려 왔네. 자네야 내일도 모레도
살아 여기서 장사할 것 아닌가. 시신 앞에 두고 심한 엄살

은 안 좋네."

그러자 꽤 좋은 의복을 입고 점잔을 빼던 상인들도 고개를 숙여 여기저기서 늙은 거지에게 인사를 하고, 젊은 거지에게 포권하며 예를 표하는 모습이 보였다.

개방 인사인 것은 틀림없어 보이는데, 강호에 나온 지 두어 달이 될까 말까 한 삼 형제로서는 소가 닭이고 닭이 소였다.

눈만 깜빡.

그러자 연미가 물어 왔다.

"저분들 모르세요?"

광검이 어이없다는 듯 웃었다.

"아이, 제수씨. 우리가 무슨 무림백서라도 외우는 줄 아쇼?"

그때, 젊은 거지가 문득 이쪽을 바라보는 것이 보였다.

연미는 고개를 살짝 숙여 보였다.

그러나 광수의 반응은 없었고, 광검은 아예 코웃음을 쳤으며, 광겸만이 홀로 머리를 벅벅 긁다가 마지못해 까딱, 고개를 아주— 살짝 숙였다.

개방 서안 분타의 이름을 누구나 다 존경해야 한다는 법은 없다. 하지만 개방은 대대로 강호 협도를 지키는 일에 배신을 때려 본 적이 없고, 그 협의를 지키는 일에 목숨까지 건다는 점에서 강호는 개방의 이름을 존중했다.

게다가 삼 형제 자신들이 저지른 일이 아닌가.

그래서 이 견자단 삼 형제의 태도는 사람들의 웅성거림을 잠시 자아냈다.

그러나 젊은 거지는 그런 격식에 그리 큰 신경을 쓰지 않는 모양이었다.

연미와 광겸에게 답례로 고개를 마주 숙여 보이더니만, 도로 고개를 쓰윽, 시신으로 돌리더니 쿡쿡 여기저기 쑤시는 것이었다.

게다가 목소리는 맑고 단아했다. 이게 거지 소리냐 싶을 정도로.

"흠, 이 친구들 죽기 전에 특이한 면발을 잔뜩 시켜 먹었던가? 뭘 이리 희안한 걸 잔뜩 토해 내고 죽었나?"

연미는 다시 토하고 싶은 심정이었다. 저 둘이 어떻게 죽었던가.

"흥."

광겸이 다시 코웃음을 노골적으로 토해 내고는 얼굴을 홱 돌렸다.

그러자 늙은 거지 옆에서 상황 설명이 나왔다.

"에, 저 사람들은 상처를 입었는데, 그 흰 지렁이 같은 것들이 상처에서 나와서 그걸 치료하더군요. 어찌나 끔찍하던지. 지금도…… 우웨엑!"

그제야 늙은 거지, 황안걸개의 얼굴이 심각하게 굳었다.

"만령충! 물러서라!"

파닷.

말이 떨어지기 무섭게 젊은 거지는 침착하게, 그러나 빠른 동작으로 타구봉을 꺼내 사람들을 빙 둘러가며 시신에서 떼어 놓았다.

"사부님, 어인 일입니까?"

황안걸개가 굳은 얼굴로 객점 주인과 점소이에게 먼저 말했다.

"이 시신은 무공을 익히지 못한 보통 사람이 만지면 아니 되네. 이것을 화장시킬 터이니 어서 장작을 준비하게."

사람들이 그 말을 듣고 알아서 우르르 몰려 나갔다.

그다음은 당연히 심문을 할 차례였다.

가장 달갑지 않은 순서.

황안걸개는 일단 인사부터 했다.

"흠, 일단 이 몸은 강호 동도들이 누런 눈깔이라고 불러 주는 거지일세. 몇 가지 질문해도 되겠나?"

황안걸개가 강호에서 받는 존경으로 인해 생긴 위치는 이렇게 점잖게 양해를 구하고 말고 할 정도가 아니었다. 그러나 문제는 이 견자단 삼 형제가 상식적이지 않다는 것 아닌가.

"흥, 만령충을 아는 배분이라? 그 배은망덕한 영감탱이들하고 같은 세대신가?"

사실 광검의 말투는 싸가지가 정말 없었다. 일단 젊은 거지의 얼굴이 일그러졌다. 그러나 황안걸개의 표정은 그렇지 못하니, 참고 있을 수밖에.

"아니, 난 그때 그분들에 비해…… 반 배분 정도 아래 되지. 만령충에 대해 전하는 이야기만 들었을 뿐이네."

"제대로 안 해 줬던 모양이군! 도망가면서 다시 온다고 이빨 갈았는데! 그 돌아온다던 때가 요맘때라는 것도 말이야!"

이제 황안걸개의 얼굴은 정말 딱딱하게 굳어졌다.

"그게…… 정말인가?"

광검은 비릿한 웃음을 지으며 한 자, 한 자 끊듯이 확실하게 말해 주었다.

"의심 나면 물어봐! 그 잘난 구대문파가 둘이나 있는 섬서잖아! 세상 나 몰라라, 동굴에 처박혀 늙어 죽지도 않는 영감들한테 말이야!"

연미의 입은 왕창 벌어졌다. 뭔가 모자라 보이더니, 결국 말을 저따위로 하는구나!

황안걸개에게 말을 저렇게 할 수 있는 사람은 없다. 구대문파 안에서 현직에 있는 사람이라면 장로급은 물론이고, 장문인도 이렇게 막 대하지는 못한다.

게다가 동굴에 처박혀 늙어 죽지도 않는…… 들은 필시 종남산의 전전대 기인 창선이기와 화산의 전대 기인을 지칭하는 말이 분명했다.

광검은 그렇게 독한 말을 하고도 오히려 자신이 씩씩거리는 중이었다. 빨리 뒈져 주면 좀 좋으냐, 라는 말까지 중얼거리는 배짱도 보였다!

아직은 마음 여린 기미를 보여 주는 광겸이 보다 못해 나서려는 순간이었다.

"황안 장로님—! 분타주님—! 변고가 생겼습니다!"

거지 하나가 구르듯이 뛰쳐 들어온 것이다.

"무슨 일이냐?"

황안걸개가 확인하자 들어온 거지가 숨을 헉헉대며 보고했다.

"지, 지금…… 여기 죽은 자들의 동료였던 자들이 가다가……."

말을 끊은 거지가 견자단 삼 형제의 눈치를 살폈다.

견자단 삼 형제의 귀가 쫑긋 세워지는 것은 당연했다.

젊은 거지가 고개를 끄덕였다.

"괜찮아. 들을 만한 정도가 아니라 꼭 들어야 할 사람들이다."

그제야 겨우 나머지 말이 풀려 나왔다.

"그중 작고 단단한 덩치를 가진 자가 나머지 한 동료를…… 저, 그게 저……."

"저, 뭐?"

황안걸개가 답답하다는 듯 재촉했다. 그래서 얻어 낸 답은 황당한 것이었다.

"저, 그 동료를…… 삼켰답니다."

"뭐?!"

표정이 어지간해서 변하지 않을 것 같던 젊은 거지, 서안분타주 살구봉(殺狗棒) 도현호마저 입이 딱 벌어졌다.

"뭣이 어떻게 되었다고?"

하지만 삼결을 맨 거지는 자신도 황당하다는 듯 고개를 갸웃거릴 뿐이었다. 그게 어찌 황당하지 않을 손가!

"아마…… 여기 이분들의 검에 찔린 곳 같은데, 거기서 흰 지렁이 같은 실이 꿈틀대며 무더기로 쏟아져 나오더니 같은 동료를 휘감았답니다. 그리고 실이 도로 상처로 들어갔는데, 사람도 같이 들어갔다는군요."

"이런 썅! 속았다!"

광검이 외쳤다.

광수의 얼굴색도 이때만큼은 변했다.

"사부님 말씀대로 변화한 놈들이 있었어! 그놈 필시 죽여야 한다!"

황안걸개의 얼굴색이 하얗게 질렸다.

"만, 만령충도 무서운데, 그게 변화라니! 대체 이게……!"

그러자 광검이 버럭 성질을 냈다.

"그러게 잘 알지도 못하면서 사람 뒤통수는 왜 쳐? 겨우 애 하나가 어른 될 시간 만에 도로 돌아올 일을! 댁들이 만든 일이니 당신네 애들 다치는 거 난 몰라!"

황안걸개는 침음했다. 자신은 그때 결정권이 없었다. 하지만 선배들이 그랬다고 발뺌할 수도 없는 일이었다.

자신은 이미 모든 것을 물려받은 것이다.

무공, 조직, 사람들의 신망…… 강호의 모든 것. 그랬다. 선배들의 치부까지도 말이다.

그걸 부정하면 안 되는 것이 세상 이치였다.

황안걸개는 삼 형제를 지그시 바라보았다.

'그는…… 살아 있을까? 이들은 그의 제자일까?'

광수가 다그치듯 물었다.

"그놈들 간 곳이 어디요?"

그러자 삼결 거지는 당연히 자신의 상관, 서안 분타주 도현호를 쳐다보았고, 도현호는 눈을 반짝였다.

"생색내긴 뭣하지만, 개방의 정보에 한 번 의존하는 거요."

"이런 제길! 도움 안 받아! 치사한 것들!"

광검이 유난을 떨었다. 그러자 광수가 손을 들어 제지하며 도현호에게 답했다.

"급하니 어쩔 수 없구려. 도와주시오."

광검이 악을 썼다.

"그냥 가! 우리끼리 찾아! 형은 밸이 꼴리지도 않아?"

광수는 냉막하게 끊었다.

"만령충이 정말 천 명, 만 명을 다 잡아먹은 다음에 그림자나 쫓을 테냐?"

"이런 쌍! 하필이면 이럴 때 나타나, 그 망할 개자식들은!"

광검이 투덜거리자 광겸이 염장을 질렀다.

"작은형, 개자식들은 우리 이름이지."

"이놈의 자식!"

광겸이 부리나케 창문으로 튀었다.

"빨리 튀어야 잡지!"

도현호도 바로 뛰어 움직였다.

"대가는 내게 옛일을 한 번만 들려주면 되는 거요. 저 이상한 면발인지 만령충인지, 그리고 우리 사부님이 모르시는 부분까지 말이오."

광수가 고개를 끄덕였다.

거래는 성사되었다.

삼결 거지는 부리나케 뛰어 앞장섰다.

그나마 맏이인 듯한 광수가 감정적으로 나오지 않는 것이 다행이라 황안걸개는 한숨을 쉬며 뒤를 따랐다.

홀로 남은 연미는 역시 거지가 안내했다.

"소저는 안전을 위해 저희 분타로 가시지요. 좀 누추하긴 합니다만……."

이에 연미는 손을 내저으며 사래를 쳤다.

"누추하다니요. 세상에 의협으로 이름 높은 개방의 쉼터가 누추하면, 어느 곳이 맘 놓고 쉴 터란 말입니까? 영광입니다."

이렇게 예쁘고 단아한 여인이 냄새나는 거지 소굴에 들어가면서 내뱉은 말에 새끼 거지들의 입도 좀 일그러졌다.

거지 소굴에 대한 찬사치고는 좀 심했지만, 하여간 좋은 게 좋은 거니까.

개방의 정보력은 일단 남다른 머릿수로 끊임없는 교대 감시가 가능하다는 것에 있었다.

거지들이 움직이는 길은 그대로 경공술이 되었다.

좀 극단적으로 평가하면, 길을 잘 안다는 것이 바로 경공이었다.

서안 분타의 추적망은 삼 리에 사람 하나씩이었다.

그렇게 네 명의 안내를 받고 나자 산골짜기로 접어들었고, 그게 견자단이 애초 넘어온 여산 끝 부분에서 약간 더 이어진 골짜기였다.

그리고 그 작은 골짜기를 다섯 명이 감시하고 있었다.

휘이익—

골짜기 입구로 뛰어들며 광수가 갑자기 휘파람을 불었다.

'……?'

숨어 있는 자가 충분히 들을 수 있는 크기였고, 경각심을 가질 수 있었다.

왜 이런 행동을 하는지 도현호는 문득 의문이 일었지만, 휘파람의 끝 부분에서 바로 의문이 풀렸다.

가슴에서 뭔가 지리는 진동이 느껴졌던 것이다.

'특이한 음파!'

만령충과 관계되는 음파임에 분명했다. 특이하더라도 일단 내공이 심후해야만 가능한 종류라는 것은 확실했다.

도현호는 새삼 견자단 삼 형제를 쳐다보았다.

'며칠 전의 소문이 오히려 축소된 모양이군.'

그때, 반대쪽에서 광검의 악다구니가 들려왔다.

"나와! 한 번 속였다고 기고만장했냐? 너, 안 나오면 개 푼다!"

광수의 고개가 가로저어졌다.

"저놈의 자식들……."

그때, 얼어붙은 골짜기의 중앙에서 뭔가가 희끗하게 솟구쳐 올랐다.

츄와아아악—

그것은 이미 흰 지렁이가 아닌, 흰 뱀 떼였다.

길이도 반 장은 족히 될 것 같았다.

"다섯 척? 충분히 무기가 되겠군."

광수의 중얼거림은 바로 다음 순간에 증명되었다.

흰 뱀 떼, 그게 수십, 수백 가닥이 한 사람의 등에서 시작되고 있었다. 그리고 그 한 가닥, 한 가닥이 골짜기의 바윗돌을 부수며 파편을 날려 댔다.

빠박! 빡! 빠바바바박!

"크하하하하! 애송이 놈들! 개방의 눈 밑에서 빠져나올 수 없을 것 같아 동료까지 먹었다! 이제 이 무적의 몸 앞에 덤벼 보려무나! 크하하하하!"

길이가 다섯 척, 그게 수백 가닥이니 다가들 엄두가 나지 않는 것은 당연했다.

그나마 만령충이 뭔지는 알고 있는 황안걸개가 아연실색했다.

"옛날의 위력에 비교할 수조차 없으니, 이거 큰일 났구나!"

그때, 광검의 목소리가 다시 퍼졌다.

"큰일은 무슨. 개방귀가? 막내야!"

광겸은 쌍도를 뽑아 올리며 투덜거렸다.

"만날 나만 시켜!"

그러나 광겸의 쌍도는 말과는 정반대로 무섭게 달려들었다.

"아까는 제대로 속였어요, 아저씨!"

"어억! 저!"

도현호와 황안걸개의 비명이 터질 만큼 무방비처럼 꼿꼿하게 선 채로 달려드는 광겸의 신형.

거기에 흰 뱀 떼가 득달같이 덮으려 들었다.

슈하악—

뒤이어 벌어진 장면!

도현호는 다시 입이 벌어져야 했다.

타카카카카카카카캉—!

바윗돌을 부숴 파편을 날리는 정도야 이류 수준의 초입을 넘으면 누구나 할 수 있다. 그러나 저렇게 한 호흡에 연달아 수십, 수백 번을 저런 위력으로 때려 내는 일은 가능한가?

이류 아니라 일류도 그렇게는 안 된다. 생사를 가늠하는 다급한 현장에서 한 번 정도 구명절초로 쓴다면 모를까, 사실 절정고수에게도 벅찬 일이었다.

게다가 그런 타격을 그런 속도로 맞아 정면으로 버티는 것도 마찬가지였다.

그러나 광겸의 쌍도는 버텨 내고 있었다.

한 번에 서너 개씩 걸리니 충격도 대단할 것이다. 소리가 증명했다.

카카카카캉—! 가각! 카카캉!

게다가 한 번에 서너 개가 다른 각도로 걸리기 때문에 이화접목처럼 힘을 흘려 내기도 불가능했다. 오로지 힘 대 힘으로 무식하게 버텨야 하는 것이다.

이제 눈을 너댓 번 감았다 떴을까, 평범할 때의 숨으로 두 번이나 채 들이 마셨을까 말까 한 시간.

그러나 바위를 팍팍 부숴 대는 타격은 벌써 수백 번 이상 광겸에게 날아들었고, 그것은 보통의 고수들이 호흡 때문에 진기가 딸려 맞아 죽고 황천길에 올라 젯밥 받아먹고 물 마시고 이 쑤실 시간이었다.

여전히 광겸은 잘 버티고 있었다.

그래서 도현호는 손에 땀을 쥐었다.

초절정, 절정을 다시 넘은 자가 아니라면 호흡과 진기의 영향은 절대적이었다. 인간이기 때문이다.

'얼마나 버틸 수 있을까?'

그러나 도현호의 걱정과는 달리 막내 개, 광겸의 특기는 '버티기'가 아니었다.

그 정신 사나운 수백의 타격 속으로 광겸은 한 발을 오히려 쑥 집어넣었다!

숨을 크게 들이마시는가 싶더니, 서너 번을 아주 세게 몰아쳤고, 그래서 흰 만령충들이 확 흐트러진 것이다.

그 틈이었다.

도현호의 입이 딱 벌어졌다.

지금 상황은 일류 고수 수십 명이 합공을 번갈아 가며 해 대는 것이나 마찬가지였다.

그걸 스스로의 힘으로 헤치고 틈을 얻어 내다니!

'나보다 훨씬 어려 보이는데?'

황안걸개의 입에서도 탄성이 흘러나왔다.

"오!"

그렇게 들이밀어진 광겸의 발은 그 한 번에 깊이 들어갔다.

"으어억!"

두 자루의 칼이 열십자로 긋고 지나갔다. 아주 순간적이고, 적절한 마무리였다.

보통 사람이라면 그랬을 테지만, 만령충 시술자에게는 그게 아니었다.

츄화악!

갈라진 틈에서 흰 뱀 떼가 확 쏟아져 나왔다.

"젠장!"

순진하려고 그렇게 애쓰던 광겸이 마침내 욕설을 내뱉었다.

뒤로 훌쩍 물러나는데, 달려드는 뱀 떼를 쳐 내면서 그 가속도를 얻었다. 저만큼 엇갈린 공격 서너 개를 한 번에 받으면서도 어느 정도 흘려 내기를 하는 모양새가 확실했다. 믿어지지 않을 만큼 정교하고, 믿어지지 않을 만큼 침착한 대응.

도현호는 연신 벌어지는 입을 다물려고 애를 써야 했다.

도대체 쟤 나이가 몇이란 말이냐!

'대체…… 어느 고인이 저런 혹독한 수련을 시키셨나?'

도현호의 그런 생각은 무리도 아니었다.

아무리 엄해도 제자에게 혈육 같은 정이 쏠리는 점을 생

각하면, 생명이 오가는 수련은 아예 기관 장치를 해 놓는다
거나 남에게 보내 부탁하는 것이 일례였다.

　그러나 기관장치가 아무리 정교해도 저만한 수련은 안 된
다. 게다가 저만한 수련을 시킬 다른 누군가에게 보낸다면
그건 일단 소문이 나게 되니, 결국 그 양반 스스로 제자를
저렇게 혹독하게 다뤘다는 의미였다.

　'살과 피를 가진 인간이…… 그 정도로 냉정한 게 가능하
긴 한 거냐?'

　저건 수련이 아니라 아예 죽여 버리겠다는 수준이나 가능
한 것이었다.

　'대체 저 셋은…….'

　어떤 사연을 지니고 있단 말인가!

　잠깐의 상념은 광검의 외침에 깨졌다.

　"뱀 구경 시키느라 수고했다만, 거기까지다!"

　말을 이따위로 길게 늘어놓는데도 작은 덩치는 돌아볼 수
가 없었다. 광겸의 두 자루 칼이 수백의 만령충 촉수를 압
도하고 있었기 때문이다.

　물론 아무리 치명타라도 빠르게 치료된다는 점을 감안해
그냥 대놓고 돌아서려면 그럴 수도 있었겠지만, 그래도 별
효과는 없을 것이 분명했다.

　광검이 한 점을 찍어 그린 저 투명한 파문 앞에선 말이다.

　가슴 정중앙, 손바닥만 한 원을 그리던 파문은 이내 몸통
전체를 삼키는 정도로 커졌고, 몸 바깥의 흰 촉수 일부도
그 원 안에 집어넣었다.

그 안에서 모든 것이 흔들렸다. 물결 모양, 작은 덩치의 가슴은 요동치다가 물결과 함께 가라앉았다.

출렁—

가벼운 폭발음이 일었다.

드쿵!

그리고 예의 구토.

"우웨엑—!"

만령충이 폭발을 타고 쏟아져 나왔다.

츠콰아—!

작은 덩치는 온몸의 구멍이란 구멍에서 흰 뱀 떼를 토해내며 부들부들 떨었다.

그리고…… 갈라진 열십자 상처에서 사람의 뼈가 튀어나왔다. 집어삼킨 동료의 잔해였다.

개방의 거지들은 어지간한 지저분함과 잔인함 앞에서도 웃으며 먹고 마신다. 그러나 이 순간, 손을 입으로 가져가는 제자들도 있었고, 사실 도현호의 비위도 뒤틀리는 순간이었다.

도현호는 이를 갈며 중얼거렸다.

"사람을 생으로 삼키는 대법이라니…… 강남아! 너희는 어디까지 타락할 건가!"

황안걸개의 근심 가득한 음성도 계곡에 울려 퍼졌다.

"조심해서 시체를 태우도록 해라! 혹시 모르니 저 촉수를 직접 만지지 않도록 가죽 장갑을 끼도록 해라!"

거지가 가죽 장갑?

그러나 사결 제자들이 눈을 부라리자 거지들은 나름 서안의 가게들을 꿰고 있다는 제자들을 보냈다. 그러고는 대답했다.

"예!"

삼결 제자들의 씩씩한 대답이 들려오자 황안걸개는 부리나케 나무들을 꺾어 장작을 만들었다.

그나마도 아랫것들이 다 뺏어 했으나, 황안걸개는 시신이 불타는 것을 '직접' 확인하고 싶어 했다.

정말 부리나케 달린 모양이었다. 서안까지 가죽 장갑을 가지러 간 거지가 한 식경 후에 돌아왔다.

객점의 시신 두 구를 완전히 태웠다는 소식과 가죽 장갑이 전달되자 쌓여진 장작 위에 시신이 놓여졌고, 곧바로 불을 붙였다.

타다닥, 따닥!

열기가 골짜기 전체를 덮힐 정도로 강한 불이었다.

만령충의 촉수는 계곡의 열기에 맞물려 불어오는 바람에 들썩였다. 그럴 때마다 황안걸개의 신형이 움찔거리는 모습을 보였다.

이미 죽었다.

그럼에도 경험 많은 노고수를 저렇게까지 긴장시킬 수 있는 것이 바로 만령충인 것이다.

불길에 따라 이리저리 붉게 비쳐지며 음영을 변화시키는 만령충의 촉수는 얼마 안 되어 불길에 삼켜졌다.

"후우—!"

태산을 무너뜨릴 듯한 한숨이 황안걸개의 입에서 나왔다.

이제 무엇을 해야 할지 너무도 명확했다.

구대문파 전체가 다시 모여야 할 때였다. 전쟁을 의미하는 것이다.

너무도 큰 상심을 안고 나온 한숨은 황안걸개의 주름을 더 깊게 파 버리는 것 같았다.

"갑시다. 사부님, 돌아가시죠."

도현호가 흔들림 없이 사람들을 재촉하고 나섰다.

"흥!"

광검이 코웃음을 쳐 사람들의 김을 뺐다. 그러자 도현호가 한쪽 눈썹을 삐딱하게 올렸다. 한쪽 어깨도 같이 올라갔다.

그러고는 고개를 기우뚱하면서 웃었다.

"약속은 지키셔야지."

광수는 고개를 끄덕였다.

"그럽시다."

광검은 저렇게 순순히 움직이는 광수가 너무 불만이었다.

"헹, 사부처럼 뒤통수 맞으려고 구대문파랑 친분을 트는 거요? 난 안 갈 테니 형 혼자 맞으라고."

그러자 광겸이 혀를 날름 내밀어 보였다.

"저녁 먹을 돈은 전부 우리 여보야가 가지고 있걸랑. 지금 개방 서안 지부에 있을 텐데?"

광검이 콧바람을 세게 불며 으르렁거렸다.

"안 먹어!"

그래서 결국 광수의 손이 들려졌다.

"맞을래?"

그건 평소 광검이 광겸에게 하던 말 아닌가.

그래서 광겸은 괴상한 소리로 마구 비웃어 주었다.

"크카카카카카! 작은형 맞는 거 한 번만 더 봤으면 한이 없겠어!"

"이런, 싹수가 약 먹은 환자 오줌발보다 더 샛노란 자식아!"

빡!

광겸의 머리가 흔들렸다. 머리칼도 흔들렸고, 비듬이 우수수 날렸다. 그러자 저만치 뒤에서 개방도 하나가 중얼거렸다.

"비듬이 우리 거지만큼 날아다니네. 머리 꽤 무거울 텐데……."

그래서 이번엔 광검이 통쾌하게 웃었다.

서안은 유서 깊은 도시다.

그래서 개방 서안 분타도 꽤 전통이 있었다. 그래도 정식 건물이 없는 것은 마찬가지였다.

지금의 분타는 폐사찰이었다.

달빛 아래 담장도 없이 넓기만 한 마당에 빙 둘러 모여 있었다.

과연 서안 분타는 삼결 제자 이상만 모였음에도 기백 명을 헤아렸다.

그래서 연미는 생각했다.

'사실 누구는 먹고 누구는 못 먹고, 이건 아니야.'

그래서 연미는 아예 돼지 네 마리를 샀다.

타구봉에 잘 두들겨 맞은 돼지는 이제 잘게 쪼개져서 모닥불에 구워지는 중이었다.

쪼로로로록—

"술은 빈속에 첫잔."

내밀어지는 잔을 광겸은 술의 흥취를 아시는군요, 라면서 날름 받았고, 광검은 뱉도 없는 자식이라고 투덜대다가 다시 광수에게 맞을 뻔했다.

격식은 없었다.

황안걸개가 있었다면 모르겠지만, 그는 만령충의 공포를 간접으로나마 경험한 탓에 결국 종남과 화산으로 연락을 취하러 직접 떠나 버렸다.

도현호는 잔을 들고 건배했다.

광수가 마주 들어 주었고, 광겸이 따라 들었다. 그러나 광검은 콧방귀만 뀌어 댔다.

광수의 울퉁불퉁한 손이 광검의 머리 쪽으로 슬며시 움직이자 그제야 광검도 잔을 들었다. 물론 술잔을 든 팔보다 입이 더 길었다.

도현호가 말했다.

"좋은 얘기를 위해 건배."

김이 모락모락 피어오르는 구운 돼지고기가 놓여졌다.

도현호는 한숨을 쉬었다.

"간단한 얘기는 아니겠지만, 대체 뭐가 어찌 된 얘기인지 들려주시오."

광수는 잔을 내밀었다.

거기 술이 다시 채워졌고, 그 안에 든 달을 마셨다.

입가를 훔친 광수는 웃었다.

"허허허. 저 달이 오늘처럼 떠 있는 밤이었소. 우리 삼형제는 죽어 가고 있었소. 아마…… 그 달을 좋아하던 악마를 쫓아 왔던 사부님이 아니었다면 정말 죽었을 거요."

말을 끊을 시점은 아니었다. 그래서 도현호는 잠깐 생각했다.

'월광마? 아니, 이십 년쯤 전인 것 같은데…… 그럼 누구지?'

"우리가 그 악마에게 당했다는 걸 안 사부님은 그대로 우릴 거뒀소. 인정이 많은 분이기도 했지만, 그 악마의 추적을 포기할 만큼 사부님 자체가 급박한 상황이기도 했고, 게다가 우리가 당한 형태가 대단히 특이하기도 했기 때문이오."

도현호는 비로소 말을 끊었다.

"특이……?"

그다음 말은 확실히 견자단, 개자식들이란 이름값을 할 만큼 황당한 말이었다.

"우린 만령충에 감염됐거든."

도현호의 입이 쩍 벌어졌다.

"대체, 대체 이게……?"

광수가 다시 한 번 쓴웃음을 흘렸다.

"설명하려면 긴데…… 막내야, 도 분타주 잔 비었다."

광겸은 사람 좋은 웃음만 헤헤 지을 뿐이었다.

도현호의 잔에도 달이 채워졌다.

"마교를 아시오?"

"……!!"

도현호의 눈이 의혹으로 물들었다.

"설마, 정사대전……?"

그러자 광수의 고개는 가로저어졌다.

"황실이 정치적인 이유 때문에 마교라 이름 붙인 그들과는 다른 얘기요. 정말 종교 경전에나 나오는 악신들을 경배하고 모시는 곳이니까. 글자 뜻 그대로 마교, 악마를 숭배하는 종교 단체를 말하는 거요."

"그런 게 진짜로 있소?"

도현호의 의혹 가득한 질문에 이어 광겸의 버르장머리 내팽개치는 소리가 흘러나왔다.

"흥."

"사실 극과 극은 통한다고, 마교의 교주들도 대대로 영생 불사를 연구했소. 그러나 사람의 육체를 고스란히 지닌 채 영생 불사한다는 것은 말이 안 되는 이야기였지. 여러 가지 방법이 나왔소. 그중에……."

그때, 옆에 앉아 있던 꼬마 거지 하나가 지루한지 하품을 잠깐 했다. 한데 하품하던 입이 그대로 딱 굳었다. 광수의 말 때문이었다.

"흡정신공을 극단적으로 발달시킨 무공도 있었소. 남의 내공을 빼앗는 무공 말이오. 그 흡정신공의 극한 형태가 바로 만령충이오."

"어떻게 그럴 수가?"

도현호의 놀람은 쉽게 가라앉지 않았다.

'내단을 형성한다는 이론이야 있기는 하지만…….'

그러나 그건 어디까지나 '전설'에 불과한, 옛날이야기 아닌가.

그나마도 도가 계열에나 있는 이야기이고, 불가 계열에서는 농담거리에 불과했다.

고승의 몸에서 나온 '진신 사리'와 용이나 이무기가 가지고 있다는 '내단'은 아주 다른 이야기였다.

그런데 그걸 넘어서서 만령충 자체가 진기의 덩어리로 만들어진 형체라니?

"그게 어떻게 가능하단 말이오?"

이해 불가능이었다.

그러자 광검이 싸늘하게 코웃음을 치며 대신 대꾸했다. 찬바람이 획획, 모닥불을 일그러뜨리는 냉기가 뿜어졌다.

"흥! 머리가 좋아야 이해하는 게 아니지! 쉽게 말해 내공이 아주 강하면 되는 거지!"

"아주…… 강하면?"

광검의 눈이 표독스러워졌다. 생각만 해도 화가 치밀어 누그러뜨릴 수가 없다는 듯이.

"그래! 아주 강하면! 구대문파 장문인들처럼 점잔 빼느라 사도의 수법을 쓰지 못할 일도 없잖아! 마교 교주라…… 사악한 방법의 원 뿌리 아닌가!"

도현호는 어렴풋이 짐작 가는 바가 생겼다.

"으음, 혹, 소문에 악마를 섬기는 무리가 숨어서 사람의 피를 마신다고 하더니, 그런……."

그러자 광검이 술잔을 단숨에 비우더니 내뱉었다.

"얘기 잘렸어."

도현호의 얼굴이 어리둥절해졌다.

잘려?

"마신 게 아니지. 그걸 받아 모았으니까."

"……!!"

도현호와 기백 명 거지들의 속이 다시 뒤집히게 만드는 소리였다.

모아? 사람의 피를?

광검의 냉소 어린 말은 계속 몰아쳤다.

"수백 명분이나 받아 놓고서 내공을 이용해 뭉쳐서 살과 뼈를 만들어 보려고도 했으니까. 말하자면, 내공으로 자신의 정신을 남기고, 그것으로 생을 이어 갈 육체를 만들려고 했단 말이야!"

도현호가 고개를 갸웃거렸다.

"오히려 이해가 안 가는데? 내공으로 정신을 남긴다? 그게 무슨……?"

그러자 광수가 무거운 표정으로 말을 이었다.

"바로 전대 교주였소. 그가 원영신을 이루는 데 성공했지. 이제 이해가 가오?"

"워, 워, 원영신?"

도현호는 입을 딱 벌리고 잠시 유지하다가 술을 죽통째로 처박았다. 그러나 도로 내뿜어졌다.

"피와 살로 된 육체는 벗었으되, 진기가 덩어리져 육체처럼 자신의 혼령을 보호한다는, 그 원영신?"

광검은 코웃음을 치고, 광수는 무거운 표정을 벗지 못한 채 고개를 끄덕였다.

"……!"

뭐라 할 말이 없었다.

도현호는 기가 막히고 어이가 없는 심정을 침묵으로 표현했다.

'대체 어떻게 원영신이란 경지가 가능한 거냐?'

물론 모르지는 않았다.

무공을 도현호만큼 끌어 올리기도 쉽지 않다.

협의 방파 개방의 서안 분타주만큼 수련하려면 죽어라 몸 혹사시키는 것만 가지고는 불가능했다. 여러 가지 책들을 들춰 보고 정신 수양도 병행해야 하는 것이다.

도가 계열의 책을 안 볼 수가 없고, 거기 원영신에 대한 이론도 있었다.

"이론일 뿐인 그것을 이뤘는데도…… 더 욕심이 생기더란 말이오?"

광검의 코웃음 치는 소리가 모닥불을 아예 꺼뜨릴 지경으로 커져 버렸다.

"흐─응─! 괜히 마교준가? 원영신이면 이미 천지 만물 간의 조화에 응답하기 시작했단 소리잖아! 그런데 나쁜 맘을 계속해서 먹고 있으면 어찌 돼?"

정말 간단한 이야기였다.

도현호의 머릿속에 그제야 아, 하는 감이 왔다.

아예 기로 이뤄졌다면 나쁜 생각을 할래야 할 수가 없는 것이다. 아니, 자신의 정체성 자체가 천지 조화 속으로 사라질 수도 있는 일이었다.

천마(天魔)의 현세 강림이 오히려 꿈으로 물거품이 되는 것이다.

"그래서 육체가 다시 필요해졌다?"

광수의 고개가 끄덕여졌다.

"그렇소. 그것도 영생불멸의 육체가 말이오."

그리고 중요한 것은, 만령충은 그 수단 중의 '한 가지' 라는 점이었다.

'이게 무슨 전국 춘추시대에 혼자 수천 명을 도륙하던 장수가 떼거지로 쳐들어오는 황당한 이야기란 말이냐!'

저런 세력을 어떻게 막아?

게다가 황안걸개는 이런 이야기를 전혀 해 준 적이 없지 않은가.

물론 껄끄러웠을 것이다.

'가만, 껄끄러워?'

그 생각까지 하고 나서야 도현호는 비로소 전대 고수들의 해악이 아직 안 나왔다는 것에 미쳤다.

"그럼, 그 이야기는 어찌 된 거요? 강호 전대의 선배 고수들이 귀하들의 사부를 배신했다느니 하는 이야기 말이오."

"황안걸개께서 들려주실 거요."

광수는 딱 잘라 말했다.

"우리 가족사가 섞여 있소. 남에게 드러내지 못하는 일도 있으니 양해해 주시오."

불만은 도현호보다 광검에게서 터져 나왔다.

"아니, 형! 그 얘기 하려고 얼마나 별렀는데! 우리한텐 가장 중요한 얘기잖아! 형, 진짜 협객이 되려고 환장한 거야? 그런 거야? 피바람의 강호에서 성인군자인 척 위선 떠는 구대문파 자식들을 용서해 주려고 그러는 거야? 그런 거야?"

긴 원한의 말.

광검이 부들부들 떨면서 여태 가지고 있던 원한을 좌르륵 쏟아 내자 광수가 짧게 대답했다.

"그래."

"커—허—윽!"

광검은 억울하다 못해 화를 주체하기 어렵다는 듯, 뒷머리를 쥐고 쓰러졌다!

"으으윽! 혈압이야! 아이고—! 저런 바보, 멍청이, 해삼, 말미잘, 드렁 뿅 같은 우리 형아 땜에 못살아! 나 여기서 뇌출혈로 그냥 뒈져 버리련다! 으아아아아아아악—!"

그때, 광겸이 그렇게 발작하는 광검 옆에 쪼그리고 앉더니 말했다.

"형, 그러면…… 도요척한테서 형이 챙긴 돈은 누구 줄
거야?"

당연히 가족이 물려받아야 하잖아, 라는 의미로 눈을 반
짝이기까지 하는 것이다!

물론 발작하던 자세 그대로 튕겨져 날아오르며 광겸의 발
이 돌려졌다.

당연히 광겸의 얼굴은 피했다.

"이, 이 자식이 피했어? 감히?"

멀찌감치 피한 광겸이 혀를 쏙 내밀었다.

"그럼! 그거 맞으면 우리 여보야가 나를 포기해야 할 만
큼 중상일 텐데?"

광겸이 어처구니없다는 듯 말했다.

"귀엽다니까 진짜인 줄 아네? 니 얼굴은 생긴 게 원래 중
상이야! 뒈지게 맞아 봐라!"

"꽤애액! 큰형! 둘째 형이 나 장가도 못 가게 훼방 놓아!"

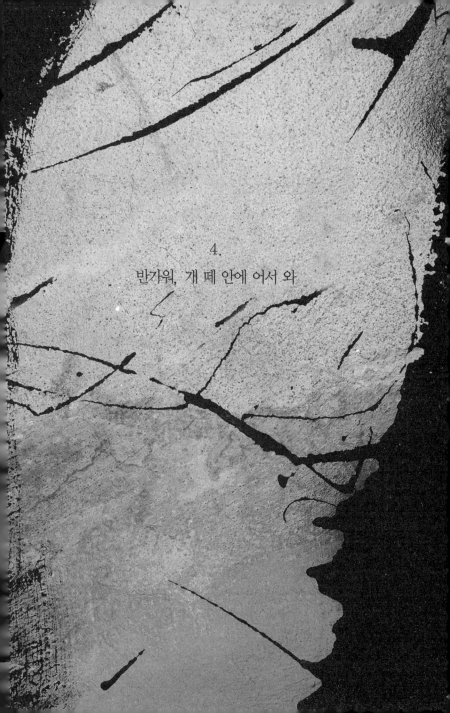

4.

반가워, 개 떼 안에 어서 와

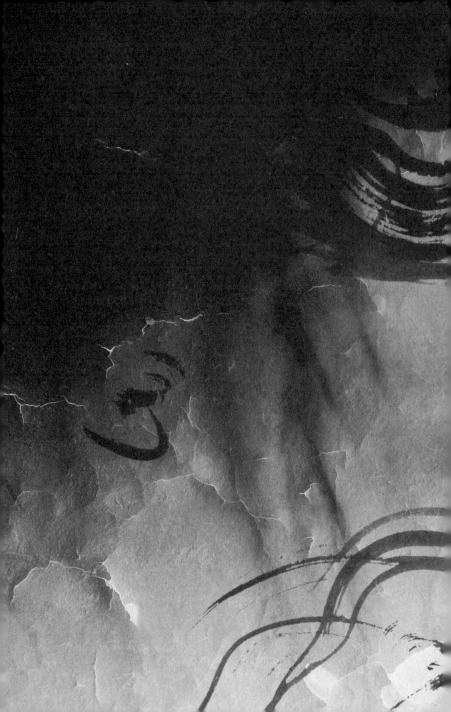

기백 명.

그것도 새끼 거지는 거의 다 다리 밑으로 들어가고 남은 것은 어디 나가서 제법 행세깨나 할 수 있는 삼결, 사결 거지뿐이었다.

그런 사람들 기백 명 앞에서 이런 추태를 보이는 둘을 향해 광수가 빽! 고함을 질렀다.

"돈 다 압수한다!"

뚝!

둘의 행동과 입은 그 순간에 얼어붙었다. 더불어 광수의 무게감 있는 행동을 기대하던 기백 명 개방 거지들의 눈도 같이 얼었다!

대체 저 삼 형제의 머릿속에는 뭐가 들었을까?

이야기는 그 수준에서 마무리 지어졌다.

물론 도현호는 불만을 표현했지만, 광수는 더 자세한 이야기까지는 해 주지 않았다.

도현호는 불만이라는 심정을 비꼬듯이 표현했다.

"남편 정력이 토끼 같은 아내들의 불만이 이제 감이 오는구려. 이야기를 듣다가 이제 초입에서 끊으니 심기가 오히려 불편하오. 강호 전체가 피바람으로 범벅이 될 수도 있을 만큼 중요한 일인데……."

"때가 되면 자연히 알게 될 거요."

도현호는 어쩔 수 없다는 듯 픽, 웃었다.

"수많은 강호 대협들이 그런 말을 하지. 그 대사, 지겨울 때 안 됐소?"

광수는 희미하게 웃었다.

"원래 오래 듣던 말이 좋은 거요. 옛날의 향수라는 게 있잖소."

그 말을 끝으로 셋은 정말 일어서 객점으로 가 버렸다.

도현호는 한숨을 쉬고 곰곰이 생각하다가 결국 말했다.

"방주님께 연락을 넣었느냐?"

"방금 출발했습니다."

"지금 사부님은 어디 계시느냐?"

"종남에는 잠깐만 들르시고, 벌써 여산을 넘으셔서 화산에 도착하셨다는 전갈이 왔습니다."

다시 한숨이 깊어질 도리밖에 없었다.

이렇게 중요한 일에 종남은 또 별 반응 안 보인 것이 분명하지 않은가.

노구를 이끌고, 그것도 밤에 화산으로 내쳐 부리나케 길을 갔다는 것이 증명했다. 서안에서 종남산은 한 시진이 채 못 되면 닿는다. 그러나 서안에서 화산까지는 여산도 가로막을뿐더러, 제아무리 고수도 반나절 만에는 힘들었다.

물론 황안걸개가 보통 고수가 아니라는 점도 있기야 했지만, 종남에서 황안걸개를 만류하지도 않은 셈이다.

'뭉쳐도 모자랄 판에…….'

도현호는 속이 쓰렸다.

'아까 시신을 괜히 태웠다.'

눈으로 똑똑히 보라고 던져 줄걸!

그리고 그것보다 더 종남에 보여 주고 싶은 것이 있었다.

광겸의 쌍도술이었다.

수백의 일류 고수가 두 호흡 들이마시는 사이로 한꺼번에 합격하는 것을 버티고, 틈을 만들어 내기까지 하는…… 정말 글자 그대로 한 세대를 무적으로 주름 잡을 수 있는 도법.

종남은 그 도법을 버틸 수 있는 자가 셋이나 있을까?

아니, 종남 '만' 그럴까?

'후우, 구대문파라고…… 너무 고여 있었구나.'

걱정이 결국 버티지 못하고 입으로 떨어져 나왔다.

"종남으로 간다."

사결 제자가 조심스럽게 물어 왔다.

"저, 분타주님…… 차라리 화산으로 가서 같이 논의하시는 게…… 황안 장로님조차 박대를 당하신 듯한데……."

도현호는 이를 갈아붙였다.

"남들이 태산이라고 추켜세워 주니 정말 태산인 줄 아는 게지! 사부님이 흘리셨으면 제자인 내가 당연히 챙겨야 할 것 아니냐! 일단 종남과 화산이 공동 대응하도록 만드는 것이 우선이다!"

내친김이라고, 당장 뛰어가던 도현호의 입에서 한마디 새어 나왔다.

"이런 일을 꼭 거지가 일일이 챙겨야 하냐? 돈 많은 문파엔 젊은 놈들 다 얼어 죽었대? 젠장!"

그러나 누굴 탓하겠는가.

개방의 발과 눈이 넓고, 더불어 오지랖도 넓은 전통이 있는 게 탈이 아닌가. 도현호는 다짐했다.

'나도 제자 키워 일찍 은퇴해 버린다!'

한숨은 객점에서도 나왔다.

연미도 함께 돌아서긴 했다. 그러나 까마득한 절벽을 마주한 듯한 기분은 도현호와 마찬가지. 잠이 올 턱이 없었다.

'마교라니!'

저 서쪽에서 온 배화교도 아니고, 그냥 악마를 섬기는 무리라니!

'영생불사?'

너무 황당한 이야기들이었다. 자신같이 평범한 여자들, 그렇게 평범한 가정을 이루기를 원하는 여자들이 감당할 수 있을 성질의 절벽이 아니었다.

광겸이 순진하고 귀엽게 보이던 시간은 까마득한 옛날로 느껴졌다.

연미는 날렵한 몸매와는 어울리지 않게 성격은 우직한 편이었다. 그나마 광겸과 연애하고 사귈 시간이라도 조금 있었다면 이런 갈등은 오지 않았을 것이다.

그놈의 말 한마디가 웬수였다.

―결혼해 주실래요?―
―며칠만 기다려 주시면 그렇게 할게요.―

그런 급한 결정을 하도록 만든 자신의 식구들은 그 보람도 없이 다 죽어 버렸다.

'휴우……'

물론 살부지한의 한을 갚아 준 것만으로도 광겸을 평생 받들고 살 만한 이유는 되었다. 게다가 장원 식구들이 죽은 것은 연미 자신이 순진한 탓이었지, 견자단이 실수한 것은 아니지 않은가.

그러나…… 지극정성의 효심으로 인해 감사함으로 한 남자를 주종처럼 떠받들고 살기란 그리 쉬운 일이 아니었다.

오죽하면 나라에서 효자, 효녀비를 세워 주겠는가!

"어휴!"

연미는 벼룩이 있지도 않은 이불만 엎치락뒤치락 구박하며 날을 새고 말았다!

견자단 삼 형제의 집은 서안에서 가까운 곳에 있었다.

불과 두어 시진 만에 당도했고, 그래서 연미는 셋이 그렇게 두려워한다는 홍춘을 드디어 만날 수 있었다.

홍춘.

연미가 홍춘을 본 첫인상?

말도 없었다.

인사도 없었다.

그냥 어, 하는 사이에 벌어진 일이었다.

홍춘이 몸을 돌려 셋을 보자마자 접시 하나가 날려진 것이다.

기가 막히고 황당한 일이라 연미는 입만 뻐끔했다.

그 접시를 광수가 받아 들자 홍춘은 소리부터 질러 댔다.

"내가 늦어도 어제까지 오라고 했어, 안 했어!"

"……?"

셋이 어리둥절한 표정을 짓자 홍춘은 기가 막힌다는 표정으로 바로 쏘아붙였다.

"아버지 제사였잖아!"

그제야 셋의 얼굴에 한꺼번에 붉은 기운이 올라왔다.

연미로서는 누구의 아버지를 칭하는지 알 수는 없었지만, 여하튼 제사일이 어제였다?

'그런…… 혹시 나 때문에 하루 더 묵은 것을 말해 볼까?'

그러나 홍춘의 노기등등한 얼굴, 그리고 이어진 다음 행동은 연미의 이런 순진한 생각을 저만치 날려 버렸다.

홍춘은 등을 홱 돌려 매몰차게 대문을 나가 버렸다.

"오늘 밥 굶어!"

삼 형제는 서로 얼굴을 쳐다보며 눈빛을 교환했고, 광겸이 기어이 한마디를 하고 말았다.

"형수, 오늘은 좀 상태가 좋네."

연미의 입은 손으로 막혔다. 연미 스스로 틀어막은 것이었다.

'이게…… 기분이 좋은 거라고?'

기가 막혔다. 저런 윗동서 형님을 모셔야 하는 거냐!

이건 화가 나면 말인지 막걸리인지 구별이 안 가는 지경이 아닌가.

"후우……."

연미는 한숨을 내쉴 수밖에 없었다.

광겸이 그런 홍춘의 뒷꼭지에 대고 소리쳤다.

"형수, 어디 가요?"

그러자 연미의 머릿속에서 사발 깨지는 소리가 들릴 만한, 그런 황당함이 대답으로 나왔다.

"며칠 전까지 이름 척척 잘 불러 젖히더니, 밥 굶으라니까 무섭냐! 내가 왜 니네 형수야, 미친놈아! 나, 니네 형이랑 같이 잔 적도 없어!"

그래 놓고 뒤도 돌아보지 않는 상태로 휘적휘적 걸어가는 홍춘에게서 투덜거림이 새어 나왔다.

"배은망덕한 새끼들! 남자 새끼들은 이래서 다 필요 없어!"

이건 같은 여자 입장에서 듣고 있던 연미의 볼이 화끈거릴 정도였다.

광겸은 머쓱하게 광수만 쳐다봤고, 광수는 깊숙한 눈빛만 홍춘의 뒷발에 던지고 있을 따름이었다.

그러다가 광겸의 말에 일행들이 눈을 돌렸다.

"어, 어, 형수 또 만월루 가는 모양인데……."

연미는 그 말에 뜨끔했다.

이름 듣자하니 기루로 간다는 말이 아닌가.

대체 뭐가 어찌 돌아가는 분위기인가. 이번 궁금함은 도저히 참고 어쩌고 할 사안도 아니어서 연미는 드디어 물어봤다.

"기, 기루에 무슨 일로 가신다는……?"

셋은 대답이 없었다. 대신 광수가 천천히 홍춘의 뒤를 따라가기 시작하자 광겸이 중얼거릴 뿐이었다.

"아현이 데리러 가는 거야?"

연미의 이맛살이 찌푸려졌다.

'아현? 아이가?'

그것도 기루에 놀러 다니는 아이?

종잡을 수 없는 사연. 그래서 연미는 더 지켜보기로 했다.

광수는 홍춘에게 품속에서 뭔가를 꺼내 주었다.

홍춘이 소리를 질렀다.

"뭐야, 이건? 집에서 반성이나 하고 있으라니까!"

"은 오십 냥이다. 아현이 데려와."

"……!"

뜻밖의 사태였다.

연미는 그제야 아현이 홍춘의 아이라는 것을 눈치챘고, 그래서 더 이해가 가지 않았다.

'아니? 이 삼 형제의 실력이라면 그깟 은 오십 냥이 별 문제될 리가……?'

절정고수. 하다못해 마교에서 유별난 대법을 시술받은 무시무시한 괴물.

'그게 괴물이야, 사람이야?'

연미의 눈에는 그게 그거였다.

하여간 그런 것도 간단히 잡는 무적의 견자단이 애를 왜 기루에 잡힌단 말인가!

게다가 중요한 것은 그게 아니었다.

홍춘은 분명히 말했다. 광수랑 같이 잔 적이 없다고.

'그런 대체 아현이란 아이는……!'

광수, 큰아주버님의 아이가 아니잖은가.

'대체 이게 어찌 된 일이야? 과거가 있는 여인?'

그때, 홍춘의 눈은 붉어져 있었다.

"이, 이걸…… 이 큰돈을 어디서 났어?"

입술도 바르르 떨렸다.

아이 때문에 그런다는 것은 금방 짐작할 일이었지마는, 홍춘의 손은 금방 그 돈을 받지 못하고 머뭇거리고 있었다.

광수는 고개를 저으며 웃었다. 쓴웃음이었다.

"걱정 마라, 누구 등치고 뺏은 돈 아니니까."

그러자 홍춘이 소리를 다시 질렀다.

"거짓말하지 마! 칼 들고 건들거리는 것들이 그런 짓 말고 어떻게 이 큰돈을 구해! 너, 정말 막 나가자는 거야?"

그리고 덧붙이는 말이 황당했다.

"이런 식으로 살면 나 콱 죽어 버린다고 했지!"

견자단이란 이름 때문에 지금 서안이 아니라 강북 전체가 뒤집어졌을 것이다.

고수들, 특히 신진 고수의 소식이란 하루 만에 천 리도 가기 때문이었다. 연미는 이해를 할 수가 없었다.

'아니, 어떻게 같이 사는 사람들의 실력도 모를 수가 있지? 이제 강호의 대협이신데…… 완전 삼류 건달 취급을 하니, 이거야…….'

그러거나 말거나, 광수는 홍춘을 달래기에만 급급하는 모습이었다.

"너, 아현이는 어쩌라고 죽긴 왜 죽니. 일단 애를 먼저 데려와. 사연은 천천히 들어도 이상한 게 아니니까."

"무슨 돈인지 빨리 밝히라니까!"

결국 앙칼진 고함이 대로를 크게 울렸고, 지나가던 사람들의 눈이 쏠리자 연미가 나서고 말았다.

"저기, 죄송합니다만…… 이거, 그런 돈 아닙니다. 제가 증인입니다."

그리고 홍춘의 눈은 그제야 비로소 연미에게로 향했다.

"소저는 뉘신지……?"

그나마 처음 보는 사람에게는 예의를 갖추는 정도가 제법 교육을 받은 것 같았다. 그래서 연미는 홍춘이 더 헷갈렸다.

"저는…… 곽 씨 성을 가진 연미라고 합니다."

"아, 그러시군요. 아까는 실례했습니다."

홍춘의 대구에 연미는 괜히 얼굴이 달아올랐다. 화가 나서 연미를 보고도 신경을 안 썼다는 뜻 아닌가.

한숨을 참았다.

"아버님과…… 식구들을 흉적에게 잃고 저도 죽을 뻔했던 목숨입니다. 이 세 분 협객께서 구해 주시지 않았다면 꼼짝없이 죽을 뻔했지요."

그 말에 대해 홍춘이 보인 반응은 단순했다.

일단 입이 왕창 벌어졌다. 한 손으로 그 입을 막으며 더 듬거리기까지 했다.

"마, 말도 안 돼! 이런 개뼈다귀 같은 인생들이!"

오히려 연미가 더 황당해할 차례였다.

개뼈다귀?

"아니, 장강에서 사람을 잡아 고기를 파는 자들을 처리한 것이 이미 한 달 전인데, 견자단의 이름이 천하에서 인정을 받기 시작한 것이 이미 오래전인데 그걸 아직까지 모르셨단 말씀입니까?"

그러자 홍춘은 고개를 갸웃거렸다. 그러고는 거침없이 말을 흘려냈다.

"한 달 전에 확실히 장강에 다녀온 일은 있는데…… 놀러 갔다 온 거 아니었나? 그리고 그 견자단은 다른 글자겠지. 설마 이 개자식들하고 무슨 상관이 있겠어요?"

그것도 흥분을 가라앉히지 못하고 씩씩거리기는 마찬가지

였다.

그렇게 헷갈려 하다가 손가락을 들더니, 광수와 광검, 광겸을 몰아 찍고, 연미에게로 돌리면서 말했다.

"설마 이 아가씨까지 구슬려 사기 치는 건 아니겠지?"

아직도 의심의 눈초리를 보내는 홍춘. 연미는 정말 너무 꽉 막혔다는 생각에 고개를 흔들었다. 그러다가 순간 스치는 생각이 있었다.

"저기, 외람되지만…… 원래 무인을 싫어하시나요?"

넘겨 짚어본 사안에 홍춘은 아니나 다를까, 크게 흥분했다.

"세상에 칼 들고 건들거리는 것들은 다 죽어야 해요! 그것들은 사람도 아니야! 이 눈앞의 개뼈다귀 삼 형제도 포함해서!"

원래 무인에 대한 불신이 강한 경우라면 이해가 안 가는 바도 아니지만, 그럼 애초에 홍춘은 무인인 광수에게 어떻게 기대 살게 되었는가. 역시 불가사의였다.

연미가 잘라 말했다.

"아무튼, 그 돈은 저희 아버님을 해한 그 원수 놈이 저희의 적에게 넘기려고 모은 돈입니다. 강북련과 오호맹의 대치 상태는 설마 아시겠지요? 그 원수 놈은 죽었고, 강북련은 공을 세운 협객들에게 포상이 확실합니다. 이 돈은 그런 돈입니다. 안심하시고 아이를 데려오십시오."

그러자 홍춘의 몸이 사시나무 떨리듯 떨렸다.

"정말, 정말……."

그리고 부들부들 떨리는 손으로 천천히 광수의 손에 놓여진 그 주머니를 잡아 가는 것이다.

그 손 위로 눈물이 떨어졌다.

"이게, 이게 거짓말이라도…… 아현이를, 내가, 다시 데리고……."

홍춘의 떨리는 손은 아직도 연미의 말을 믿고 있지 않음을 보여 주고 있었다.

양심의 가책을 받고 있는 것이다.

칼 든 자가 건네는 돈. 그 의미가 선하다는 것 자체를 믿지 않는 홍춘.

그 꽉 막힌 양심으로도 자식을 도로 찾을 수 있다는 현실은 어쩔 수 없는 모양이었다.

결국 홍춘의 떨리는 손은 그 주머니를 쥐고 말았다.

"난, 난 벌 받을 거야. 하지만…… 아현이는, 그 아이를……."

주머니를 연 홍춘의 눈은 화려한 광채를 자랑하는 오십 개의 은화를 끝까지 쳐다보지 못하고, 질끈 눈을 감아 버렸다.

사연을 잘 모르는 연미도 가슴이 아릿해지는 대목이었다.

'얼마나 가난했으면…….'

얼마나 어렵게 산 것일까, 홍춘은?

그런데 광겸이 갑자기 말을 꺼내는 것이었다.

"모자라면 내가 보태 줄게요."

'……?!'

연미는 새삼 말을 하지 않기를 잘했다는 생각이 들었다. 이건 사연도 보통 사연이 아닌 듯하지 않은가!

한데 광수의 대답은 단호했다.

"넌 신접살림 차려야 하니 안 돼."

연미의 가슴이 다시 뜨끔해지는 대목이었다. 하지만 막상 이 셋이 돈이 필요한 대목인 것 같은데 어찌 모른 척하겠는가. 돌아가신 아버지가 그런 식으로 살지 않았는데 말이다.

"저, 돈이라면 저에게도 땅과 하인들을 살 만한……."

솔직하게 얘기하고 싶었지만, '집'은 꿀꺽 삼켰다.

'따로 나가 살래요'라는 속내가 드러날까 제 발 저리는 단어였기 때문인데…… 광수는 고개를 저었다.

"제수씨는 적응하기 힘들 거요. 집도 장만해서 따로 살아요. 흙벽 집에 달랑 방 세 칸인 거 봤죠?"

내색은 못했지만 연미가 그 말에 얼마나 가슴 쓸어내렸는지!

한데 광겸이 산통을 다 깨 버렸다.

"안 돼! 같이 살아야지! 아예 집을 좀 크게 짓지 뭐. 돈 남아돌잖아!"

연미는 울지도, 웃지도 못하고 속으로만 이를 갈아붙였다.

'이, 이 덜떨어진 서방님아! 저런 동서 형님을 모셔야 할 내 입장도 좀 생각해 줘요!'

그러나 대답은 바로 나왔다.

"네, 당연히 그래야죠. 어차피……."

홍춘을 지명하려다가 동서 형님이라는 말을 아직 스스럼
없이 붙일 만큼은 아니지 않은가. 그래서 연미는 홍춘을 가
리키며 말을 이었다.

"하인 들이면서 좀 집안일에서 해방도 되셔야 하
고……."

어쩔 텐가. 곁눈질로 광겸의 얼굴이나 째려보는 수밖에.

"일단 아현이 빼 와. 누가 뭐랄 사람 없어."

광수의 마지막 말에 홍춘의 얼굴은 딱딱하게 굳어졌다.

그냥 주머니만 한 번 더 보고는 그걸 꼭 안아 쥔 채 홱 돌
아섰다.

연미는 홍춘의 뒤를 따르는 셋의 발걸음에 맞추는 한 보,
한 보가 그냥 한숨뿐이었다.

'에휴, 내 팔자야……. 아부지…….'

연미가 아무리 이런 생각에 가득 찼어도 홍춘의 상태를
염려하지 않을 수는 없었다.

홍춘의 걸음걸이는 누가 봐도 정상이 아니었다.

꿈인지 생시인지 모를 상황. 가슴은 터지듯이 두근거리
고, 아무것도 들리지 않을 것이다.

'저렇게 아이를 위하면서 어떻게 기루에…….'

저 상태로 닳고 닳은 기루 사람들과 흥정을 한다는 것이
어찌 될지는 안 봐도 빤했다.

'하지만 삼 형제가 있는데 뭐 설마.'

믿음직한 견자단도 입을 다물고 그냥 걷기만 했다.

어느 결에 서안의 입구에 다다른 지점이 보이기 시작했다.

유흥가가 길게 이어진 부분. 거기서 홍춘은 가장 막다른 기루의 문을 두드렸다.

사실은 정오도 지나지 않았기 때문에 기루의 문이 열리려면 아직 멀었다. 특별히 낮에 밖으로 불려 나가는 예약 기녀가 아니면 일어나지도 않는다. 침식을 잊어야 하는 수련생이라면 혹 모를까.

그래서인지 호위무사는 인상을 썼다.

"어이, 홍춘이. 기루는 이 시간이 이른 새벽이야. 거, 알면서 그래."

그러나 기루의 호위무사는 얼굴을 찌푸려도 잘생겼다.

그래서 위협이 안 되는지, 홍춘의 원래 성격 때문인지, 일방적으로 통보했다.

"아현이를 불러 줘."

그러자 호위무사가 역시 귀찮음이 주렁주렁 달린 어투로 대답했다.

"걔 지금 자."

그랬다가 홍춘의 품에 안겨진 주머니를 보고는 눈을 반짝였다.

"아, 그거 전해 주려고? 이리 줘, 내가……."

"닥치고 빨리 불러와!"

홍춘의 독기 서린 말에 호위무사의 그나마 친절이란 가느다란 예의는 사라졌다.

"이년이, 대로 앞이라 좀 사람 같이 대해 줬더니 뵈는 게 없냐? 야, 너, 니 딸내미 앞으로 못 만나고 싶어? 앙?"

저 잘생긴 얼굴에서 저런 말이 나올 수도 있다는 것을 여기 몰래 출입하는 돈 많은 과부들은 알까?

연미는 멀리서 한숨을 쉬었다.

홍춘이 더 이상 굳어질 수 없는 표정으로 다시 입을 열었다.

"아현이 먼저 데려와. 여기 은자 오십 냥 갖고 왔으니까."

"뭐?"

그제야 눈이 휘둥그레진 호위무사가 입을 딱 벌리더니, 잠시 홍춘이 안은 주머니를 노려보았다.

홍춘은 주머니를 열어 은화 몇 개를 꺼내 보였다.

반짝이는 은화. 호위무사의 얼굴이 굳어졌다는 것을 멀리서 지켜보던 연미만 알아차렸을 것인가.

홍춘의 마음에도 아차 하는 생각이 스쳤다.

"빨리 데려와! 그렇지 않으면……."

호위무사는 웃었다.

"안 데려오면? 뭐?"

연미는 소름이 끼쳤다.

'잘생긴 것들이 저런 웃음을 지으니 더 구역질 나는구나.'

홍춘은 침착하려고 애를 썼다.

"안 데려오면……."

"왜? 관가에 고발이라도 하게? 여기 호위대장이 포도아문의 칼잡이 정팔이야. 야, 아현이 고것에게 들어간 돈이 얼만데 겨우 은자 오십 냥을 가지고……!"

탁!

호위무사는 은화 주머니를 낚아챘다.

홍춘의 얼굴이 샛노래졌다. 저것만 믿고 한달음에 온 것
아닌가!

"무슨 짓이야! 아이를 받기 전에는 절대 넘겨줄 수 없
어!"

호위무사는 달려드는 홍춘에게 오히려 짜증을 냈다.

"아, 우리 총관에게 보고할 거야! 일 년만 더 있으면 기
생 호적에 올라 한 달에 기백 냥을 벌어 줄 아이인데, 겨우
오십 냥으로 흥정이 되겠냐구!"

그 말이 결정타였다.

홍춘은 고래고래 악을 썼다.

"누가! 누가 그 아이에게 그따위 더러운 짓을 시킨대! 어
떤 사내새끼라도 아현이 몸에 손을 댔다간 내가 이빨로 갈
기갈기 다 찢어 버릴 거야!"

길에 사람들이 모이기 시작했다.

이건 홍등가도 아니고, 점잖은 문인 선비들을 모셔야 하
는 청루에서 이런 추태가 벌어지면 한동안 물갈이를 위해
꽤 많은 돈이 깨져야 한다. 그래서 호위무사는 손을 쳐들었
다.

"이 쌍년이! 개자식들이랑 붙어먹더니 너도 개 됐냐? 어
디서 감히 생떼야!"

그때였다.

아이는 엄마 소리를 무던히도 잘 듣는다. 엄마와 떨어져 있다가 가끔 만나는 아이는 더욱 그런 것이 세상 이치 아닌가.

"아현아!"

결국 아현이 대문 밖으로 빼꼼, 고개를 내밀었다.

그 모습에 연미도 눈이 시큰해졌다. 귀엽고, 골격이 조금 더 자라면 당연히 예뻐질 아이였다. 세상에 저런 아이를 기적에 올리겠다니.

홍춘이 얼마나 애간장이 탔을까? 그걸 지켜보기만 했던 광수의 속은 어땠을까?

"엄마!"

"들어가지 못해!"

호위무사의 손이 들려지는 순간, 다른 손이 내려치는 경로를 막았다.

그 희디흰 손과는 아주 대조적인, 울퉁불퉁하고 검게 탄 손이었다. 그리고 얼마 전에 천하의 구절편을 사정없이 부숴 버린 손이기도 했다.

아현은 그 손의 주인을 서슴없이 불렀다.

"아빠!"

홍춘은 아니라고 부정했지만, 이때만큼은 아현의 입을 막지 못했다. 광수는 쓴웃음을 떨치지 못했다.

"살살 좀 하지. 우리."

호위무사의 얼굴이 씰룩이는 순간이었다. 그때, 홍춘의 날카로운 음성이 둘의 귓가를 갈랐다.

"싸우고 사람 패면 나 그냥 죽어 버린다고 했어!"

연미는 대체 이해할 수가 없었다.

아무리 무인이 싫다고 해도 그렇지, 자기 자식을 찾느니 마니 할 이런 때조차 저런 말을 서슴없이 한단 말인가.

"호, 넌 사람 패면 안 되는구나? 그래, 그럼 네가 오늘 뒈지게 맞아 봐라!"

호위무사는 분풀이를 광수에게 할 모양이었다.

그리고 한 발을 내딛으며 정권을 내질렀다.

연미가 보기에도 제법 빨랐지만, 그게 도요척의 칼보다 빠른 텐가. 그게 나희령의 구절편보다 강할 텐가.

툭.

간단히 빗겨져 나간 주먹. 게다가 호위무사는 그 손을 허공에 마구 흔들어 대면서 오만 인상을 다 써 댔다.

"으익! 이, 이자식이 이화접목을 써? 윽! 손이야. 너, 오늘 제대로 한 번 맞아 볼래?"

연미가 보기에 얼마나 한심한지 '잘생긴 남자' 혐오증이 생길 정도였다.

그리고 사람들이 대문 앞으로 모일 무렵, 더는 견디지 못하고 만월루의 총관이 나오고 말았다.

"그만들 해! 이게 무슨 추태냐!"

씩씩거리는 호위무사를 질책하며 총관이 아현에게 일단 들어가라는 손짓을 했다.

아현이 울먹이는 얼굴로 항의했다.

"엄마가 내 몸값인 오십 냥을 가지고 오셨다구요!"

총관은 싸늘하게 말했다.

"애초 그 돈은 루주께서 지불하신 투자금에 불과한 것이고, 너는 이제 그 투자 수익을 뽑을 상품이 된다! 나는 그걸 지켜야 할 총관이야! 나는 권한이 없으니 루주께 보고하겠다!"

연미의 머리에 김이 오를 지경이었다.

돈에 대해 꽉 막힌 사람들. 둘은 아주 정반대로 꽉 막혔지 않은가.

사람보다 돈이 먼저라는 말은 이 바닥 사람들에게는 진리다.

산골에서 자란 연미에게 그걸 이해하라는 것은 무리였다.

드디어 연미는 광겸의 옷깃을 잡아당기고 말았다.

"아주버님이 저러고 계시면 당신께서라도 좀 혼내 주셔요. 도대체 사람을 돈으로만 환산하다니, 화도 안 나세요? 피가 안 섞였어도 서로 가족이라고 인정하니 조카잖아요!"

그러나 홍춘의 노기등등한 기세는 간단하지 않았다.

광겸도 별 도리가 없는지 말을 툭 꺼내 던졌다.

"루주와 대면을 합시다. 얼마나 더 달라고 할진 몰라도, 돈이 더 있기는 하니까."

총관의 입이 뭐라고 벌려지기 전이었다.

느닷없는 목소리가 끼어들었다.

"얼마든 간에 여기 계신 분들이 견자단 대협님들이시라면 돈을 더 내실 필요 없습니다."

모두의 시선이 돌아가는 것은 당연했다.

만월루 호위무사와 총관도 눈살을 찌푸리며 말을 받았다.

"이 바닥에서 최초 투자한 돈을 이자도 없이 그냥 회수하는 법이 없다는 것을 모른다면, 입을……."

말은 끝까지 이어지지 못했다.

총관의 눈앞에 들이밀어진 것은 바로 강북련 섬서성 지부장이 지니고 있는 호패였다.

"헉!"

총관의 눈이 찢어질 듯 커지더니 사방으로 굴러갔다. 일단 상황을 보는 것이다. 그의 눈앞에 내밀어진 패는 그만큼 상인들에게 절대적인 영향을 미치는 상징이었다. 그대로 허리가 구부러졌다.

"어, 어인 일로 이 누추한 곳에……."

명패를 내민 사람은 중년인이었다.

홍춘도, 삼 형제도, 아현도, 연미도 모두 어안이 벙벙한 표정으로 그를 쳐다보았다. 그는 일행에게 고개를 약간 숙여 보인 후, 총관에게 아주 고압적인 말투로 명령했다.

"여기 루주 불러와."

총관은 본능적으로 일이 잘못되었음을 깨달았다.

강북련 섬서성 지부장, 탁명옥 대인은 아무에게나 반말을 쓰지 않는다. 상대에게 대단히 화가 났을 때, 극히 이례적인 일에나 그런 일이 벌어지는 것이다.

그게 소문이 전하는 바였고, 그 '대단히 이례적인 일' 이 만월루에 닥치려 한다는 것이 느낌이었다. 하지만 강북련의 대단한 위세를 어찌 감히 일개 기루가 저항하겠는가.

광수에게 주먹을 날리던 호위무사는 총관의 눈짓을 받고 황급히 뛰어 들어갔고, 곧 만월루주가 나왔다.

"아니고, 이거, 저희같이 작은 곳에 왕림해 주시다니, 영광입니다. 안으로 들어가셔서 차라도……."

하지만 그 말은 냉정하게 잘렸다.

"귀하가 만월루의 주인이오?"

탁명옥은 보통 심각한 인상이 아니었다. 만월루주의 닳고 닳은 화술도 어쩌지 못할 만큼 심각했으니, 여기서 잔머리를 굴리면 외려 안 좋았다. 그래서 만월루주는 솔직하게 물었다.

"혹여, 저희가 무슨 실수라도……."

탁명옥은 만월루주를 바라보며 말했다.

"강남의 오호맹이 못된 마수를 뻗어 견디기 힘든 상황일 거요."

"그거야 강북련이 잘 대응을 하시니까 저희같이 작은 사람들은 그나마 입에 풀칠이라도 할 수 있지요."

그러자 탁명옥은 약간 풀렸다는 듯 말을 이었다.

"그렇게 생각해 주시니 다행이오. 한데 이틀 전, 오호맹의 도적이 마교의 끈을 닿고 있다는 것이 확인되었소. 이미 련의 본단과 각 주요 방파, 지점에 서신이 갔으니 모종의 조치가 취해질 거요."

만월루주의 고개가 번쩍 들려졌다.

"마, 마교라니요!"

소스라치게 놀라는 것이 당연했다.

그 의미가 그렇게 간단한 것이던가.

세상이 핏물에 통째로 빠져 버릴 이름이 아닌가.

오호맹이 마교와 관련이 있다니!

탁명옥은 고개를 저었다.

"여산 쪽으로 향하는 곳이오. 여기서 말 달려 세 시진 거리밖에 안 되는데 아직 그 얘기를 못 들었단 말이오? 이 물장사 바닥에서 뼈가 굵은 사람이?"

그 말에는 연미도, 견자단도, 홍춘도 놀랄 수밖에 없었다. 개방의 소식은 확실히 빨랐다.

광수의 쓴웃음이 더 깊어졌다.

'강북련에서 더 귀찮게 굴겠군. 오히려 우리가 더……'

그때, 탁명옥이 가장 홍춘에게 잘 들리는 말을 했다.

"그리고 그나마도 이 세 분 대협이 강북련을 도와 처치하는 과정에서 밝혀진 것이오. 이 세 분은 강북련뿐 아니라, 강북무림과, 나아가 온 천하에 마교의 음모를 밝히는 큰일을 하셨소."

그제야 호위무사와 총관도, 그리고 만월루주도 입이 완전히 땅에 닿을 듯이 벌어지고 말았다.

"그, 그럼 소문의 그 견자단이…… 바로 그냥 이, 이 눈 앞의 이 개자식…… 아니, 아니, 그게 아니라…… 이, 이들이었다는 말입니까!"

홍춘의 입도, 아현의 입도 딱 벌어지는 것이 당연했다.

마교라니!

그게 어떤 이름인가.

아무리 최하급 무사라도 피에 미쳐 날뛰면 구대문파의 이 대 제자쯤은 너끈히 저승 길동무로 삼는다고 할 만큼 무서운 놈들이 아닌가. 그런 세력이 오호맹의 뒤에 도사리고 있었다니!

그리고 그런 마교를 저…… 후줄근해 보이는 셋이 해치웠다니!

호위무사는 도무지 믿지 못하겠다는 듯 고개를 흔들었지만, 만월루주와 총관은 강북련 섬서 지부장이 어떤 사람인지 잘 알고 있었다. 그래서 빨리 이해했다.

탁명옥은 마지막으로 운을 떼었다.

"당신의 잘못은 이 세 분 대협이 천하를 위해 얼마나 소중한 분들인지 몰랐다는 거요! 만월루 문 닫게 해 드릴까?"

마지막 말은 만월루주보다도 총관의, 그리고 호위무사의 가슴을 찔렀다.

그 견자단이 이 견자단?

'이런 치사한 자식들! 그런 실력을 왜 여태 감추고 애까지 기루에 파는 짓을 한 거야? 이것들, 변태냐?'

홍춘의 심정을 알 리가 없는 사람들이었다.

말할 것도 없이 만월루주는 두 손 들고 항복했다.

아현을 안고서 아예 눈물조차 흘리지 못하는 홍춘을 보며 탁명옥은 말을 이었다.

"이제 강북련에서 여러분을 모시고 싶습니다. 허락해 주실 수 있으신지요?"

광수의 입은 열리지 않았다.

그러나 겨우 사태를 조금 이해한 홍춘의 입이 열렸다.

"아니요. 성의는 고맙지만, 저는 그런 거창한 곳에 들어가고 싶지 않아요."

탁명옥은 별로 놀라지 않았다. 이런 반응이 나올 거라는 전언을 듣지 않았던가.

그때, 광수가 물었다.

"때를 어떻게 이렇게 맞췄습니까?"

그러자 탁명옥은 웃으며 손을 들었다. 그 손끝에 거지 한 명이 보였다.

매듭을 다섯 개나 묶은 그 거지는 손을 흔들더니만, 웃으며 소리쳤다.

"하하하! 광수 대협! 저희 사형께서 종남과 협의하러 떠나시며 세 분을 잘 보살펴 드리라 하시더이다! 개방의 생색을 잊지 말아 주시오!"

광검이 마주 소리쳤다.

"우리 형수 개고기 잘 무쳐요!"

"하하하하! 언제 한 번 새끼 거지들 데리고 가지요!"

거지는 손을 흔들며 사람들 사이로 사라졌다.

탁명옥은 손을 들어 한 주루를 가리켰다.

"일단 식사라도 먼저 하시지요. 강북련에서 직접 모실 수 없다 하더라도, 설마 여기 서안에 집 한 채 구해 드리고 싶은 마음마저 뿌리치시는 것은 아니겠지요?"

"아, 그게 뭐……."

모호한 대답이 나오자 광검의 눈이 빙글 돌아갔다.

"아, 뭐, 막내도 결혼한다잖아! 큰집 있어야지!"

탁명옥의 눈이 동그래졌다.

"오호, 두 자루 역날 만도의 신기를 지니신 천조쌍도(天爪雙刀) 소협께서 성혼을 하신단 말입니까?"

그러자 역질문이 나왔다.

"천조쌍도…… 요?"

탁명옥이 너털웃음을 지으며 설명했다.

"개방의 큰어른이신 황안 장로께서 소협의 쌍도술을 그렇게 표현했답니다. 화산에서 지난 하룻밤 사이에 먼저 소문이 나서 저희도 바로 오늘 아침에야 소식을 받았습니다. 수백의 공격을 한꺼번에 마주 받아 내는 모습이 마치 하늘의 수백 개 발톱이 두 자루 칼에서 튀어나오는 것 같았다고 하시더군요."

광겸은 멋쩍은 웃음을 지었다.

하지만 연미는 가슴이 두근거리는 말이었다.

'수백 개 하늘 발톱을 쏟아내는 쌍도……!'

같이 사는 게 고민된다는 때가 채 이각이 지나기 전의 일이었는데도 강북련의 힘은 이렇게나 컸다.

그래서 홍춘이 눈을 돌렸다.

"그럼, 막내 삼촌이 혼인한다는 그 아가씨가 바로……."

연미는 그제야 홍춘에게 고개를 숙여 인사할 수 있었다.

"이제야 인사드려요. 앞으로…… 동서 형님으로 깍듯이 대접해 드릴게요."

며칠 밤을 새우던 고민은 죄 어디로 갔는가.

연미는 괜히 얼굴이 붉어졌다. 누구 하나 그 마음을 훔쳐 보는 사람도 없는데.

홍춘은 어정쩡한 웃음으로 견자단 삼 형제와 연미를 둘러 보며 말했다.

"소저, 안 말릴 테니 잘 생각해 봐. 칼잡이 마누라가 어 떤 생을 사는지 난 잘 알거든."

그 뜻밖의 말에 탁명옥은 점잖은 체면에도 불구하고 입을 조금 벌렸고, 광겸의 반항이 있었다.

"아니, 형수! 나더러 빨리 장가가래메!"

홍춘은 아현을 이끌고 평소 가장 들어가 보고 싶다 손꼽 았던 서안제일루로 들어서며 말했다.

"막내 삼촌은 가만히 있고, 어차피 여자 팔자는 '알았어 요'라는 승낙 그 한마디로 부엌데기가 되는 건데! 소저, 정 말 여기 이 개들하고 한 식구가 될 거야?"

연미는 잠깐 망설였다.

이상한 성질의 이상한 구성원들인 가족.

강북련, 구대문파, 마교까지……

꼬이기도 참 복잡하게 꼬였다. 연미는 다시 광겸의 얼굴 을 보았다.

광겸은 그냥 헤벌쭉, 순진하게 웃고 있었다.

연미의 손을 누군가 잡고 흔들었다. 작은 손, 아현이었다.

"우리 숙모 돼 줄 거죠?"

연미는 픽, 웃었다.

옛날, 어린 기억에 아마 아버지가 그랬던 것 같다. 그때는 여산 자락의 장원이 그렇게 크지도 못했고, 총관에게 가족을 부양할 만큼의 녹봉을 줄 형편도 아니었다.

하지만 연미의 아버지는 웃으며 흔쾌히 총관 직을 맡았다.

연미의 웃음은 아버지가 그때 보여 준 웃음이었다.

"난 여기 분들과 이미 같이 살부지한을 풀었습니다. 이제 같이 의지할 곳도 없고, 함께하고 싶습니다."

말이 떨어지기가 무섭게 홍춘의 대꾸가 이어졌다.

"반가워! 개 같은 인생에 합류했어!"

광검이 투덜거렸다.

"거, 개도 개 나름이지. 쓸 만하다니까 꼭 개는 자꾸 들먹여, 들먹이길. 형수, 오랜만에 전 식구 다 모여 밥이나 먹자고!"

말마따나 정말 오랜만이었다.

"홍춘이 원래 가난하게 살았던 것은 아닙니다. 처음엔 유복했죠."

그렇다면 집안이 갑자기 망한 경우인데, 탁명옥은 광수의 말에 동감을 표시했다.

"더 힘들었겠군요."

죽엽청이 든 잔은 비워지지 못하고 손가락 사이에서 희롱만 당하고 있었다. 광수의 투박한 손가락에 든 것은 서안제 일루의 명물, 염옥잔(炎玉盞)이었다.

불꽃처럼 붉은 옥이 대체 있기는 한가.

천산북로가 아닌 남로, 즉 사막으로 가면 춘추전국 시대에 화씨의 벽으로 유명한 옥 생산국이 나온다. 군소 국가 중에 화염산처럼 붉은 옥을 캐내 가공하는 곳이 있는 것이다.

이게 전체가 붉은 것은 아니었다. 푸른 기운이 전체적으로 도는데 날름거리는 뱀의 혀처럼, 붉은색이 한 가닥 지나가는 것이다. 그래서 이걸 사설옥(蛇舌玉)이라고도 했다.

술의 잡맛은 그냥 없애는 것이 아니다. 찬 성질도 있고 뜨거운 성질도 있다. 일일이 술마다 맞춰야 한다. 한데 그게 염옥잔에 들어가면 신경 쓸 필요 없이 부드럽게 변한다.

고관대작들이 금주령이 날 때도 여기다 술을 마시면 예외로 쳐도 된다고 할 정도의 명품이었다. 한마디로, 아주 더럽게 비싼 물건이라는 소리였다.

그렇게 귀한 것도 광수에게는 별 의미가 없는 모양이었다.

광수는 염옥잔을 만지작거리기만 하고 있었다.

탁명옥이 홍춘의 무인을 극도로 싫어하는 이유에 대해서 물어본 직후부터였다.

말없이 돌려지던 잔은 결국 객점에 불이 켜지고 나서야 입에 대어졌다.

"홍춘의 아버님은…… 집안을 거의 돌보지 못했습니다. 자신도 위급지경이긴 했지만 갑자기 문제가 생겨 돌아가시기 직전까지 집에 돌아가지 못했죠."

"흐흠, 안 됐군요. 그런데 식구들을 그렇게까지 돌보지 못할 사정이란 것은 대체……?"

광수는 안주를 들지 않은 채 다시 염옥잔에 술을 채워 넣었다.

"마교에서 행해지던 생체 실험은 많은 사람들을 삼켰죠. 그게 한 명의 탈주자도 없이, 행방불명자 수백이라는 그 막대한 양의 보푸라기도 철저하게 감춰졌습니다."

챙.

광수는 같이 듣고 있던 개방의 부분타주 막걸개와 건배했다.

막걸개의 심정은 당연히 좋지 않았다.

개방이 왜 의와 협에 다른 문파보다 광분하는가.

정보 때문이었다.

천하의 귀.

그런 명성이 무색한 것이다. 마교에서 삼킨 사람들은 누가 제사 지낼까?

"그러다가 삼십 년 만에 사고가 난 건, 아마 지진 때문이었을 겁니다. 대지진이었죠. 사람들은 죽어라 탈출했지만, 결국 전부 다 잡혔습니다. 마교의 위력이 정말 대단하다는 게 드러나는 것 같았죠. 하지만 사실 거기서 몇 명이 잡히지 않았습니다."

"……!"

탁명옥은 눈을 빛냈다.

정말 그런 사람이 있다면, 아마 마교를 대비하는 데 귀중한 자료가 될 터였다.

"어느 대협이 지하에 숨은 마교를 추적하고 있었고, 게다가 인정도 많아서 행방불명된 사람들의 사연도 털지 못해 같이 조사하던 중이었습니다. 결국 그 고수는 마교의 생체 실험실 근처까지 찾아왔고, 지진으로 탈출한 사람들을 잡고 돌아가던 마교의 고수들과 충돌했죠. 한데 그 고수는 의외로 살아남았습니다. 마교의 집법당주들은 강했고, 열두 명이 한꺼번에 합공을 했습니다만, 그 고수에게 중상만을 입히고 결국 몰살했습니다."

실로 놀라운 얘기였다.

전설로 치부되는 마교. 그 마교의 집법당에는 하늘을 쪼개는 고수들로 이루어져 있다고 했다. 마교의 조직 체계를 유지하는 율법을 집행하기 때문이다. 마교의 율법을 거부하는 자를 처단해야 하니, 마교를 거부할 만큼 강한 자를 상대해야 한다.

마교를 거부하는 자가 보통 고수겠는가. 그런 마교 집법당 고수 열둘을 한꺼번에 상대하고도 살아난 고수의 존재가 궁금해지는 순간이었다.

"대체…… 그분이……?"

광수는 쓰게 웃었다.

그런 후, 하나의 글귀를 읊었다.

"칼이 휘둘러지나 죽은 죄는 있어도 죽은 사람은 없어 붉은 피도 없도다."

주변에서 탄성이 일었다.

"하늘이 사람에게 자비를 베풀 듯이, 그의 검은 사람에게 자비롭도다! 피를 보지 않으니 눈물을 흘리지 않는, 눈물 없는 검! 무혈루(無血淚) 윤홍광 대협!"

탁명옥도, 막걸개도 술이 확 깨는 듯 깜짝 놀라며 외쳤다.

무혈루 윤홍광.

그는 강호 사상 최초로 구대문파나 거대 세력이 아닌 곳에서도 절정을 다시 한 번 넘는 고수가 탄생할 수 있다는 것을 보여 준 사람이었다.

그런 인생 역정을 가진 사람이니 한두 줄 글귀만으로 표현이 가능한 사람도 물론 아니었다.

벼락같은 칼놀림 끝에는 죽거나 다치는 사람조차 없었다.

거대 문파라는 자존심마저 패배를 인정하는 마음을 갖지 않을 수가 없었다.

윤홍광에게 패했다면 말이다.

검만이 아니라 그 검법을 익히기 위한 손의 수련법부터 해서, 갖가지 전설을 만들어 낸 사람이었다.

그리고 결정적으로 이십 년 전 마교와의 은밀한 전쟁에서 가장 공로가 컸다.

그 공로를 보상받지는 못했지만.

마교와의 은밀한 전쟁은 아는 사람만이 알 뿐, 개방의 일개 분타주조차 잘 모를 정도로 기억 밑에 가라앉았다.

심지어는 마교와 은밀히 충돌해 죽었다는 말도 있었다.

탁명옥과 막걸개로서는 당연히 흥분할 수밖에 없었다.

"대체, 그, 그분이 살아 계시기는 한 겁니까? 어찌 그간 세상에 안 나타나셨답니까? 이건 정말……."

"아……."

광수는 쓴웃음만 술잔 속에 뚝뚝 떨구며 화살같이 쏴 대는 질문 공세를 막았다.

"이십 년 전, 마교와의 비사는 지금 거론할 만한 이야기가 못 됩니다. 구대문파 어르신들이 스스로 입을 여시기 전까지는요. 사부님도 그걸 원하셨고요."

그래서 막걸개도, 탁명옥도 인상을 썼다.

말해 주지 않아서가 아니었다.

"대체 어르신들이 어떤 식으로 막 나갔길래 그런 정명광대한 분이 입을 함구하라 하셨습니까? 나 참……."

광수는 고개만 흔들 뿐이었다.

"때가 되면 스스로들 말씀하실 겁니다. 막 부분타주 같은 세대의 여러분이 실제 일을 해야 할 위치가 되었는데 모르고 할 수는 없으니까요. 어쨌든……."

광수는 염옥잔을 다시 만지작거렸다.

"그분이 탈출한 그 사람들을 구했습니다. 게다가 삼 형제였습니다."

탁명옥의 입도, 막걸개의 입도 같이 벌어지는 순간이었다.

"그럼, 겨, 견자단이 바로……."

생체 실험에 끌려갔단 말인가!

광수의 입에 대어진 염옥잔 속 죽엽청은 그래서 썼다.

"사부님은 우리를 구하시고 시간을 또 소모했습니다. 마교의 호법들이 입힌 상처가 위중하기도 했지만, 우리가 당한 만령충을 제거하느라 그만큼 시간이 걸린 것이죠."

그때, 묵묵히 술만 마시던 광검이 한마디 끼어들었다.

"집에 가시지도 못했소. 시집간 따님, 그 외손녀도 있더랬는데 말이지."

탁명옥은 입에 광수의 쓴맛이 전염되기 시작했다.

"그 말씀은……."

"검아!"

광수가 나무라자 광검이 흥, 코웃음을 치더니 말했다.

"유언? 사부님이? 언제? 그냥 다 들려줘!"

"혹시 그 따님이……."

광수는 더 볼 것도 없다는 듯이 고개를 끄덕였다.

"예, 홍춘입니다."

탁명옥의 얼굴에서 식은땀이 흘러내리기 시작했다.

"그럼, 광수 대협과 같이 사는 저 홍춘이란 여인이 바로 윤홍광 대협의 유일한 혈육이란 말입니까?"

광수는 자조의 쓴웃음을 거두지 못했다.

"그렇습니다."

탁명옥은 뭐라 말을 할 수가 없었다.

막걸개도 마찬가지로 입이 궁해졌다.

저 정도로 사람들의 안위를 위해 일을 하다니. 여기까지만 들어도 사실 집안이 어찌 되었을지 짐작하고도 남을 만한 일이 아닌가!

오죽하면 홍춘이 눈에 넣어도 아프지 않다는 딸을 기루에 팔았겠는가!

윤홍광이 강호에 어떤 일을 했던가.

그 점을 생각하면 이것은 강호 전체가 윤홍광을 배신한 것이나 마찬가지였다.

막걸개가 믿어지지 않는다는 듯 말했다.

"세상에, 천하제일의협의 피를 이어받은 혈육이 사는 꼴이 이렇게 망가지도록 아무도 몰랐다니……."

말의 표현이 조금 셌다. 하지만 막걸개를 탓하는 사람은 아무도 없었다. 강호 사람들은 그렇게 욕을 먹어도 쌌다.

"그러니까 홍춘은…… 윤홍광 대협이 돌아가셨다는 소식이 들리자마자 버림을 받았습니다. 늙으신 사모님과 어린 아현과 같이 길바닥으로 나앉았죠."

탁명옥도, 막걸개도 황당해 입을 쩍 벌렸다.

당시 윤홍광의 과년한 딸이 시집을 간 곳은 오대세가 중 가장 큰 세를 과시하던 모용세가였다.

얼마나 화제를 뿌렸던가. 윤홍광과 인척을 맺는 집안은 과연 어디가 될까라는 추측은 그것 하나만으로도 사람 흥분시키는 소재였다.

광수가 여전히 쓴웃음을 지으며 술을 한 잔 더 들이켰다. 역시 썼다.

"사부님은 딱 한 번, 홍춘의 결혼식 날 찾아갔다고 합니다. 홍춘은 그날 울었다고 했어요. 그리고 그게 마지막 만남이 될 줄도 몰랐고. 우리를 치료하기 위해 돌아오신 후, 이 년 만에 돌아가셨으니까요."

윤홍광의 시신도 모용세가의 종복이 연락을 위해 찾아왔

다가 그의 모옥에서 발견했다. 그러니 모용세가에서 걸은 기대가 한순간에 무너진 셈이었다.

"아무리 그렇다 해도 그런 식으로…… 모용세가가…… 그렇게 황당한 집안이었다니…… 도대체……."

"나희령이 문제였습니다. 그 악녀에게 모용세가 가주가 비명횡사하고, 그걸 모용세가에서는 사부님께서 어떻게든 복수를 하고 세가의 무공을 발전시켜 주리라 기대한 것이 워낙 컸어요. 어쨌든 윤홍광의 사돈 집안이니까. 기다림 끝에 배신당한 셈이나 마찬가지가 된 것이죠. 어쨌든…… 모용세가에서 그렇게 쫓겨난 홍춘은 몸에 지니고 있던 장신구로 간신히 장만한 집도 원인 모를 화재로 잃었습니다."

한숨이 나올 지경이었다.

뭐라 말하겠는가. 막걸개의 손이 탁자를 쥐고 부들부들 떨렸다.

"사부님에게…… 아주 길게 설명을 들려 달라고 졸라야 할 문제군요. 이건 대체…… 하늘에서 내린 인의대협이라고 떠받들던 사람을 어떻게 그렇게 합심해서 몰락시킬 수가……."

광검은 이제야 마음에 든다는 듯 킬킬대며 웃었다.

"거대한 모든 것은 작은 것들을 착취함으로써 생명을 유지한다!"

실로 구대문파에게는 지독한 모독이었지만, 막걸개도 탁명옥도 딱히 반격할 만한 상태가 아니었다.

윤홍광이 세상에 어떤 일을 했던가.

변명할 여지가 없지 않은가.

광수의 말은 그래도 담담하게 이어졌다.

"둘째야, 그 세상을 저주하는 입 안 다물면 일단 너부터 팬다. 어느 날인가, 사모님이 심하게 아프셨다고 합니다. 약값이 있을 턱이 없어서 진짜 똥구멍이 찢어지게 가난한 관계로 홍춘은 아현을 기루에 팔았습니다."

당시 홍춘의 남편은 그나마 몰래 생활비를 주다가 모용중걸에게 걸려 참담한 수모를 겪은 직후였다.

"그 직후에 우리가 도착한 겁니다. 사부님의 유언을 전할 때, 홍춘은 받아들이지 않더군요. 다 필요 없다고……."

"감히…… 이해한다는 말을 꺼내기도 두렵군요."

홍춘의 인생 역정을 누가 위로하겠는가.

막걸개가 말을 덧붙였다.

"제 대사형이신 서안 분타주께서 종종 이런 말씀을 하셨죠. 나, 후계자 빨리 길러서 빨리 은퇴한다고……. 전 그때마다 대사형에게 감히 핀잔을 던졌는데, 윤홍광 어르신의 참담한 일을 들으니, 사형의 심정도 이해가 갑니다. 세상인심이란 것이 참……."

탁명옥이 서둘러 분위기를 바꾸려 했다.

"어쨌든, 윤홍광 대협의 혈육을 찾았으니, 강북련에서라도 천인검 대협의 은혜에 조금이나마 보답을 해야겠소. 다행히 아현 아가씨도 밝은 모습이라, 그나마 안심이오."

그러나 광수는 안심하지 못했다.

"앞으로가 걱정입니다. 만령충 시술을 받은 자가 이렇게

빨리 진화해서 세상에 모습을 드러낼 줄이야······. 이제 마
교의 움직임은 빨라질 겁니다. 우리도 사부님의 유지를 받
들어야 합니다. 같이 바빠질 것이고······."

죽을 수도 있겠지요, 라는 말을 꿀꺽 삼키는 광수였다.

혼잣말이라도 그런 말은 홍춘에게 너무 미안했다. 그래서
말을 바꿨다.

"홍춘은······ 다시 혼자 아현을 길러야 하겠지요."

이게 무슨 소리인지 알아듣지 못하는 바보는 이 자리에
없었다.

탁명환이 먼저 진저리를 치며 손을 휘휘 내저었다.

"견자단주, 우릴 다시 배은망덕한 사람으로 만들 셈이오?
그런 말은 두 번 다시 입에 담지도 마시오!"

대답은 없었다.

다시 술잔이 오가며 강호 정세의 미래에 대해 화제를 옮
겨 갔지만, 광수의 마음속 염옥잔은 채워질 줄을 몰랐다.

5.
은거기인이 들러붙다

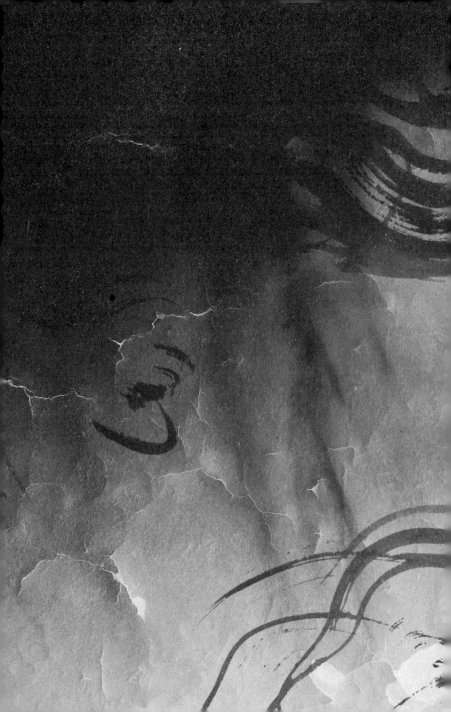

도현호는 그래서 종남 설득을 위한 회담에 성공했는가 하면, 대략 '반은 건졌다' 로 설명이 되었다.

애초 도현호가 쫓아간 곳은 종남의 본산이 아니었다.

개방의 삼결 거지, 참깨는 어리둥절했다.

"저기, 분타주님. 여긴 그냥 깊은 계곡인데요?"

이 야밤에 구미호가 나올 것 같은 깊디깊은 계곡을 뭐 하러 왔는가.

확실히 분타주라는 것은 아무나 하는 것이 아니었다.

'저놈, 물건이군' 이라고 찍혀진 후에 여러 강호의 선배들이 돌아가며 눈도장을 찍어 둔 후에야 본격적인 지도자 수업이 들어가게 된다.

그 여러 강호의 선배들 중에 이제는 은퇴해 종남의 심산

유곡에 처박혀 세상에 나오지 않는다는 종남일기의 직전제자가 있었다. 도현호는 유달리 그와 친했다. 그래서 종남일기를 한 번 만날 수 있는 영광까지 안았던 것이다.

도현호는 계곡의 동굴 앞에서 우렁차게 외쳤다.

"저, 서안의 꼬마 거지 도현홉니다! 주무십니까?"

"……."

동굴 안이 왕왕 울려 댔지만 인기척은 없었다.

한참을 기다렸다.

참깨의 눈이 어리둥절하게 변했다. 워낙에 도현호가 종잡을 수 없는 행동을 많이 하기는 했다. 하지만 이 야밤에 이 깊은 계곡 동굴에서 미친놈처럼 소리 지르는 일까지 하고 다녔던 것은 아니었다. 그래서 물었다.

"저기, 분타주님. 여기 대체 누가 살고 계십니까?"

그러나 대꾸 없이 도현호는 다시 외쳤다.

"어디 딴 데 안 나가시는 거 알고 있습니다! 아랫것들이 발에 불이 붙어서 난리가 날 지경입니다! 도 닦으시면서 청정 하시는 것도 좋지만, 좀 해량해 주십쇼! 예?"

그때, 동굴의 대답이 아니고, 종남 본산에서 고수들이 내려왔다.

야밤에는 소리가 더욱 멀리 가는 법이고, 동굴 아니라 계곡을 쩌렁쩌렁 울려 대는 소리였으니 사람이 안 나오는 게 더 이상하지 않은가.

"아니, 여기 계시는 어르신이 누구인 줄 알고 함부로 어리광을 부리는가! 썩 물러가지 못하겠는가!"

그러나 도현호는 버텼다.

"어르신! 이십 년 전 악몽이 지금 저흴 덮칩니다!"

그러자 종남의 고수들이 소스라치게 놀라며 검까지 빼 들었다.

"그 어른이 그 일 때문에 은거하신 줄 몰라서 그러는 것이오! 이제 와 다시 건드리면 어쩌자는 게요! 이 검은 경고가 아니오! 썩 물러가시오!"

그러나 도현호는 아예 넙죽 엎드리고 말았다.

"만령충이 사람을 삼킵니다! 이게 종남의 코앞, 서안에서 있은 일인데, 안 나오시겠습니까! 사람 위한 협의가 뭡니까! 답답합니다!"

그러자 종남의 고수들의 안색이 붉으락푸르락해지며 검을 치켜들고 말았다.

"이, 이자가!"

일촉즉발이었다.

식은땀을 흘리며 참깨의 타구봉도 마주 움직이려 들려겼다.

그러자 도현호가 경고했다.

"그 타구봉으로 종남의 칼과 부딪친다면 나는 차라리 죽어 버릴 것이다."

움칫, 칼이 멈췄다.

그리고 동굴이 울렸다.

—그놈 성질하고는. 어째 어릴 때랑 그리 변한 게 없누? 에잉, 내가 도 깨우칠 그릇이 아닌 게지. 네놈이 내 자존심

을 팍팍 죽이는구나. 이리 들어오거라!

그러자 종남의 고수들이 칼을 내던지며 무릎을 꿇었다.

"태사조님! 세상의 혼탁함에 끼어드시면 안 됩니다!"

그러자 동굴이 콰앙—! 크게 진동을 했다.

"갈!"

종남일기의 분노는 이렇게 시작되었다.

뿜어져 나온 사자후의 기운은 먼지와 동굴 벽의 작은 돌 부스러기까지 같이 날렸다.

도현호의 엎드린 몸이 들썩거렸다. 그 뒤로 동굴 앞의 육 장 정도 되는 공터를 지나 서 있는 나무들의 가지가 마구 휘 어지며 춤추고, 낙엽으로 떨어져 눈에 얼어붙었던 나뭇잎이 동굴 반대로 흩날렸다.

참깨는 새끼 거지라지만 엄연히 삼결 제자였다. 이제 막 고수라 불리기 시작한 자들에 끼인 것은 아니지만, 일류에 도달한 자들을 합공하는 훈련을 받던 중이었다.

그렇게 고수에게 대응하는 법을 알고 있는 참깨도 저 뒤 에 얼음을 깨고 날아오른 가랑잎 신세를 면치 못했다.

그냥 뒷걸음질만 한 걸음 치려던 계획은 빗나가고, 몸이 의지와 상관없이 약간 붕 떠서 뒷걸음질 치던 발이 헛발질 을 했다. 더구나 그 뜬 상태가 아주 살짝이었으니 외려 다 른 반응을 할 시간이 없어서 그냥 헛발질을 하고 말았다.

쿠당—!

어쩔 수 없어서 굴렀지만 참깨는 도로 벌떡 일어서며 도 현호의 눈치를 살폈다.

언제 어느 상황에서든 무인이 자기 몸 중심 하나 제대로 못 잡는다는 것을 도현호는 무척이나 싫어했고, 새끼 거지들에게 가장 강조하는 것이 중심을 잃지 말라는 것이었다.

물론 어느 문파든 마찬가지일 것이다.

오죽하면 낙법을 '나려타곤' 이라고 비웃겠는가.

하지만 도현호는 아무런 움직임도 없었다.

참깨는 등줄기에 식은땀을 흘리며 생각했다.

'내공이 이런 사람이 손바닥으로 바람 한 번 일으키면 어찌 될까?'

참깨의 실력으로는 그 결과가 어찌 될지 가늠하기가 어려웠다. 그리고 이런 사람에게 다시 반항하는 놈들도 있었다.

"태사조님! 종남은 강호의 분쟁에 끼어들면 안 됩니다!"

황당한 얘기였다.

구대문파가 왜 구대문파인가.

그래서 그 말은 종남일기를 동굴 밖으로 끌어내고 말았다.

나타난 종남일기는 중년인의 모습이었다.

"헉?"

참깨의 비명이 일었다.

종남의 무인도 항렬이 꽤 높아 보이는 차였다. 그런 사람이 태사조라 불렸고, 종남의 인맥으로 따질 때 나이가 이미 백여 세를 훨씬 넘었다는 이야기였다. 그러나 나타난 종남일기의 모습은 백 년을 살았다는 말을 의아스럽게 했다.

앞머리 중앙과 귀밑머리에 희끗한 기운이 남아 있으나 완전한 흑발, 탱탱한 피부.

참깨의 입이 일그러지며 말이 새어 나왔다.

"서, 설마……."

육체 나이를 내공의 힘으로 이긴다는 반로환동의 초입에 든 것이다.

물론 힘을 염두에 둔다면 반로환동이 꼭 '절대고수'의 무게를 지니는 것은 아니었다. 그냥 힘으로만 따지면 강환이나 이기어로 부릴 수 있는 강기의 경지에 오른 고수 중에서 늙은 형태를 그냥 유지하는 고수가 대부분이었다.

실제 도문의 성격보다는 속세의 성격이 강한 종남에서 반로환동의 고수가 나왔다는 것이 의외일 뿐이었다. 어쨌든, 이 모습이든 저 모습이든 살아 있는 전설이라는 말임에는 확실했다.

그가 동굴에서 걸어 나오며 대노한 음성을 그대로 쏟았다.

"대저 바른길을 추구한다는 작자들이 손에 칼 들고 힘에 의존하는 작태를 강호 동도들이 용서하는 이유가 무에냐?"

저벅.

그 추궁하는 말도, 내딛은 한 걸음도 사람의 그냥 견디기 힘들게 했다. 종남 무인 둘은 그냥 엎드리고 말았다.

"협의를 걸을 것이라는 믿음 때문이 아니냐?"

저벅.

발걸음 소리는 다시 엎드린 사람을 또 압박해 댔다. 엎드린 종남 무인은 참기 어려운 듯 신음을 흘렸다.

"태사조님……."

종남일기는 계속 다그쳤다.

"그 믿음을 저버리면 손에 든 칼은 대체 뭐란 말이냐? 우린 그냥 강도란 말이더냐?"

"태사조님……."

종남의 두 고수는 엎드린 채 울먹였다. 그러나 그게 종남일기가 건드린 심적 압박 때문은 아니었다.

"태사조님…… 으흑!"

울음소리가 나오자 그제야 도현호도 종남일기도 뭔가 다른 사연이 있다는 쪽으로 생각했다.

종남일기가 의아한 표정을 띠고 물었다.

"도를 닦는 녀석들이 웬 눈물이더냐? 본산에 무슨 일이 있던 게냐?"

종남 무인 중 한 명이 다시 울먹이며 사정을 털어놓았다.

그 내용은 충격적이었다.

엎드러진 도현호가 깜짝 놀라 일어설 만큼, 대노했던 종남일기가 헛바람을 들이마실 만큼, 참깨가 발을 또 헷갈려 다시 넘어질 만큼 놀라운 말이었다.

"태사조님…… 아까 개방의 황 장로님이 다녀가시기 직전에…… 본산의 이대 제자들이 마구 발작을 하다가 넘어졌습니다. 무려 사십여 명에 이릅니다. 처음엔…… 저희도 영문을 몰랐습니다. 윽, 흑흑!"

이 말까지는 놀랍다기보다 정말 황당한 수준이었다.

이대 제자의 발작도 그렇고, 영문을 모르다니?

일대 제자는 이미 장로 급을 위한 지도자 수업이나 현직을 받고 문파를 위한 일에 이미 뛰어든 사람들이었다.

강호에 명성을 혁혁하게 드날리는 경우도 많았다.

그럼 이대 제자는 어떤 수준인가.

통상 일개 문파에는 장문인의 재직에 따라 사대 제자까지 모습이 보이게 마련이다. 그중에서 상급이니 좀 과하게 말하면, 지금 당장 허락을 받고 하산해 속가 문파를 세워도 이상할 게 없는 사람들이 바로 이대 제자였다.

한데 그 정도 수련을 쌓은 사람들이 갑자기 떼로 넘어가 발작을 하다니. 이미 고수라 불리기 시작한 사람들이 단체 식중독일 턱도 없지 않은가.

"대체 무슨 괴사란 말이더냐?"

종남일기의 추궁이 이어지자 놀라운 얘기는 그제야 쏟아졌다.

"황 장로님…… 도착하셔서 만령충에 중독된 사람들이 나왔다는 이야기를 하시고 난 후에야 알았습니다. 저희 이대 제자들은 만령충에 감염되었습니다! 태사조님, 이 일을 어찌하면 좋습니까! 어흑흑! 욱!"

휘이이잉—

바람이 썰렁하게 동굴 앞 공터를 휘몰며 가랑잎을 다 쓸어 갈 때까지 누구도 입을 열지 못했다.

너무나 어처구니가 없기 때문이었다.

다 큰 어른, 그것도 자기 마음을 다스리는 수련을 이십 년도 넘게 해 온 무인들이 징징 짜고 있으니 '네놈들, 혹시

자다 꿈꿨냐?' 라고 물어보기도 곤란한 일이잖은가.

결론은 하나였다.

종남일기는 도현호에게 고개를 돌렸다.

"개방에서 만령충을 직접 봤다고?"

도현호는 얼이 빠져 입만 벌리고 있다가 느닷없는 질문에 깜짝 놀랐다.

"에? 아, 예. 예, 저와 제 사부님이 직접 봤습니다. 그…… 견자단이 직접 그자들과 싸웠는데…… 전에보다 진화된 형태라고……."

"뭐야?"

반로환동, 이제 세월을 거스른다는 종남일기의 입도 드디어 흉측하게 일그러졌다.

"진화라니? 더 무서워졌다는 뜻이 아니냐?"

도현호가 퍼뜩 깨어나며 식은땀을 훔쳤다.

"아, 예! 정말…… 무섭더군요. 그게……."

"가자!"

종남일기의 신형이 종남 본산으로 쏘아졌다.

"따라오너라! 같이 가서 살펴보면서 이야기 좀 들려다오!"

그러나 종남 무인 둘은 얼굴이 펴지질 못했다. 도현호가 참깨에게 남긴 한마디 때문이었다.

"넌 가서 방주님과 화산에 이 소식을 빨리 전하도록 해라! 이미 종남이 이 지경이면 마교에서 손을 쓴 곳이 더 있을 수도 있으니까!"

천하에 발표하라는 말이나 다름이 없지 않은가.

그러나 워낙 중요한 사안이니 황안걸개에게 숨긴 것도 지탄을 받을 만한 일이었다. 막을 도리가 없었다.

참깨는 참깨대로, 도현호는 도현호대로 무지막지하게 뛰었다.

이것이 바로 어젯밤에 벌어진 일이었다.

그래서 강북련에서 당일 날 장만해 준 새집에서 알콩달콩 살려던 견자단의 두 색시는 하룻밤만 지내고 다음 날 또 신랑을 내보내야 했다.

셋의 등 뒤에 대고 던진 홍춘의 말이 걸작이었다.

"빨리 안 돌아오면 바람피운다!"

재빨리 아현의 귀를 막고 뒷말을 못 듣게 하는 연미가 어설프게 웃었다.

"거, 걱정 마시고, 몸 건강히……."

그러나 홍춘의 뒷말이 연미의 입을 막았다.

"올 때 아현이 좋아하는 육화과나 사 와!"

연미의 표정이 울 듯 말 듯했다.

어디 놀러 가나?

늘 그렇듯이 삼 형제는 산모퉁이 길에서 나란히 검은 머리 셋을 꼭대기부터 드러내는 모습으로 종남에 첫인상을 남겼다.

"여기가 종남이군. 너, 와 봤냐?"

손을 눈썹에 붙이고 높은 종남의 담과 건물을 올려다보던 광겸의 질문에 광겸은 웃었다.

"헤, 무슨 일로 여길 와? 여긴 부자도 엄청 부잣집인데, 우리 인생이랑은 상관이 전혀 없던걸."

안내하던 참깨가 속으로 생각했다.

'아무리 내가 거지지만……'

종남더러 부짓집이라니.

어젯밤 화려한 그 싸움이 아니었다면 아마 참깨는 이 셋을 도로 돌려보냈을 것이다.

대문 앞에서 마당을 쓸던 제자들이 다가와 참깨에게 인사를 했다.

"안녕하십니까? 이분들은……"

그러자 참깨가 손으로 셋을 가리키며 입을 열었다.

"아, 이분들이 바로……"

거기까지 얘기했을 때였다.

"아, 우린 개자식들이오."

광겸이 중간에 말을 가로채 느물거렸다.

그 태도도 헐렁헐렁하기 그지없었다.

아무리 처음 보는 사람에게 실례를 범하기 싫다 해도 종남 제자들의 입이 가로로 길어지며 약간 벌어지는 것이 당연했다.

뭐, 이런 놈들이 다 있냐는 심정이 그대로 나타나는 얼굴이었다. 그래서 참깨가 끼어들며 수정했다.

"견자단 분들이십니다."

이런 수준의 분위기가 형성되었음에도, 맏이인 광수는 아무렇지도 않다는 듯 정중하게 포권을 취했다.

"처음 뵙겠습니다. 귀 파의 큰어른께서 부르셨다고 하더군요."

모르는 사람이 보기에 역시 안 어울리는 짓이었다.

그리고 헐렁헐렁한 둘의 머리를 쥐어박았다.

"네놈들은 인생 자체가 기득권층 씹어 대기로 허송세월하기 위해 태어난 인생들이냐?"

누가 종남의 면전에 대고 '기득권층' 운운하는가.

종남 제자들의 입은 세로로 조금 더 벌어졌다.

연미의 노력 덕택에 광겸의 비듬은 가라앉았다. 머리를 오랜만에 감았으니까. 그러나 맞은 덕택에 수그러진 고개를 그대로 이용해 손을 올려 포권을 취하는 행동은 역시 게으름의 극치를 보여 주고 있는 것이었다.

광겸은 그나마 꼿꼿이 세워 사람 얼굴을 정식으로 한 번 보고 다시 고개를 숙이며 포권을 취하지 않는가.

종남 제자들이 마주 포권을 취하며 인사를 받는 순간, 광겸의 고개는 발딱 세워졌다.

"견자단 둘째 개요."

그나마 약간 똑똑해 뵈는 입문 제자 하나가 잽싸게 이들 셋을 안으로 이끌지 않았다면 어떤 말이 더 나왔을지 아무도 모르는 일이었다.

그렇게 일행이 안내된 곳은 종남일기가 묵은 정명각이었다.

고수의 면면은 이미 다르다더니, 이 셋은 누구랄 것도 없이 우뚝 발을 멈췄다. 그게 정명각이 오 장여나 떨어진 지점이었다. 이미 연락을 받은 일대 제자 한 명에게 입문 제자가 물었다.

"사백님, 저분들은 혹시 태대사조 어르신의 기운을 느낀 것입니까?"

질문을 받은 일대 제자 최윤한은 사대 제자와 입문 제자들의 지도 감독을 총괄하고 있었다. 제자가 물으면 답을 해야 하긴 하는데, 대답할 말이 궁했다.

"글쎄다……. 원래 고수가 늘 퍼뜨리고 있는 기의 파장은 넓기는 하다만…… 동급이나 자신보다 윗길의 고수를 만나면 저렇게 멀리에서 느끼지는 못하는 것이 일반적이란다."

설마 반로환동보다 더 높은 고수란 말인가, 저 개자식들이?

하지만 그렇게까지 짐작할 수는 없었다.

이 셋이 하는 짓을 보라.

"거기, 꿈틀대는 흰 구더기 떼 있지 않소?"

난데없이 큰 소리로 물어보는 것 아닌가.

광검의 헐렁한 말투에 정명각에서 들려온 대답은 빡빡했다.

"느꼈으면 냉큼 들어와 눈으로 볼 것이지, 왜 멈추고 섰느냐? 강호 동도라는데, 급한 사람 약점 잡고 희롱하느냐?"

광검은 그래도 여전히 헐렁헐렁하게 대답했다.

"개 같은 것들이 다 그렇지, 뭘."

견자단의 이름이 다시 한 번 각인되는 순간이었다. 최윤한은 한숨을 내쉬었다.

'어쩌다 이런 자들에게까지 도움의 손길을 요청하게 되었 더란 말인가.'

좋아해 주려고 해도 정말 한 군데도 정이 가는 구석이 없 지 않은가.

그렇게 견자단은 종남에 왔다.

광검과 광겸은 종남의 안마당에서 칼부터 뽑았다.

정명각에서 종남일기의 음성이 터져 나왔다.

"무슨 짓이냐? 여기 우리 제자들을 모두 죽여야 한다는 말이냐?"

그러자 광수가 천천히 동생들의 걸음에 맞춰 품 자로 건 물을 감싸는 자리로 가며 대답했다.

"느끼고 계시지 않습니까? 만령충은 서로 공명합니다. 그것부터 끊어야지요. 건물 밖에서도 공명이 그리로 들어가 고 있으니 말입니다."

그제야 정명각의 문이 열렸다.

덜컹.

이대 제자들의 집단 변고가 얼마나 마음이 아팠는지, 머 리가 도로 희어 버린 종남일기가 나타났다.

잠을 못 자 충혈된 눈, 검던 머리가 백발이 성성한 모습.

그래서 근방에 서 있던 종남의 제자들은 땅에 그대로 엎 드려 송구함을 표했다.

종남일기는 손을 흔들어 일어나라는 의사표현을 하고는 광수를 바라보며 씨익 웃었다. 그리고 한마디를 내뱉었다.

"불러들인 의원이 돌팔이는 아닌 모양이군."

하긴, 개똥도 약에 쓰려는 시도가 가끔 있다고 속담이 전하지 않는가.

견자단은 정색을 하고 진기를 끌어 올렸다. 품 자 형으로 딛고 선 셋이 서서히 바람을 형성하기 시작했다.

곧이어 정명각을 중심으로 한차례 바람이 휘돌았다.

후우웅—

정명각의 크기는 가로 십삼 장, 세로 오 장. 삼각으로 둘러싼 셋을 지나는 원형의 바람이었다.

동시에 지름이 무려 이십 장이나 되는 원형의 먼지가 휘몰아쳤다. 먼지는 금세 원뿔 모양으로 가늘어졌는데, 그게 돌고 있었다.

휘류류류류류류류룻——!

최윤한은 아직 절정에 이르지 못했다. 하지만 그렇다고 일류 고수의 면모가 어디 가는 것도 아니었고, 게다가 구대문파, 종남의 연륜이 가르친 깊이였다. 그럼에도 불구하고 이 상황을 전혀 이해할 수가 없었다.

정확히는 견자단을 이해하지 못했다.

"이럴 수가! 이, 이 강하고 큰 바람을 저 세 명이 인위적으로 만들 수 있다는 말입니까!"

옷자락이 세게 날려 펄럭대고, 그게 최윤한 같은 고수의 무게중심을 일부러 신경 써서 잡아야 할 만큼 흔들어 대고 있었다.

옆에 있던 입문 제자는 아예 눈도 뜨지 못하고 마구 흔들리는 마른 정원수를 붙잡고 있었으니, 무리도 아니었다.

그 와중에 종남일기는 신기하다는 듯 웃었다.

"허! 옳거니!"

뭐가 옳다는 말인가.

순간, 견자단 셋의 얼굴이 붉어졌다. 호흡이 달리는 모습을 보이고 있으니 정말로 저 셋의 진기만으로 이런 현상을 연출했다는 말이 되었기에 최윤한은 다시 놀라야 했다.

종남 무인들, 수련 제자들, 많은 이들이 입을 벌리고 구경하러 나왔다.

침울했던 분위기였다.

이대 제자 사십여 명!

쉽게 말해 종남의 힘이 될 속가 문파 사십 개가 탄생할 수도 있는 힘이요, 앞날 창창한 젊은이들이 악몽 같은 만령충에 휩쓸렸다니!

그렇게 될 때까지 도대체 마교의 인물이 어떤 수를 썼는지, 그런 일이 있었는지조차 몰랐다는 것은 충격을 넘어 절망이었다.

한데 그런 분위기에서 견자단은 거창한 묘기를 보이는 중이었다.

사문의 가장 큰어르신도 은거를 깨고 나올 만큼 대재앙이었으니 잠을 어찌 잘 수 있을 손가!

"대, 대체 이게 무슨 일이란 말인가!"

"자, 장문 사형! 좀 나와 보십시오!"

"장로님! 이게 무슨 조화란 말입니까!"

종남 도관의 한가운데에서 높이 치솟은 원뿔의 먼지바람
이 세차게 돌고 있는데도 먼지를 흩날리지 않고 오히려 종
남 안마당의 흙을 모두 집어삼킬 듯 더 짙게 모으고 있는 중
이었다.

쿠슈와아아아아아—

그리고…… 정명각이 동요했다.

콰당탕—! 파작!

문, 혹은 벽과 창문이 요란하게 뚫려지고 부서지며 만령
충에 감염된 이대 제자들이 가슴을 움켜잡고 괴로워하며 뛰
쳐나왔다.

"크아아—! 사부님! 괴롭습니다!"

"우아아아아—! 어머나—!"

지켜보던 종남의 동도들과 어른들의 얼굴이 와락 일그러
졌다.

비명을 지르는 그들의 안타까움이 같이 묻어났다.

게다가 눈동자가 희번덕일 때마다 꿈틀대는 뭔가가 비쳐
지고 있었다.

"만령충이! 만령충이 반응하고 있다! 이럴 수가?!"

이십 년 전, 마교와의 치 떨리는 싸움을 경험한 세대들은
하나같이 경악하고 있었다. 당연했다. 만령충은 미묘한 떨
림을 허공에 퍼뜨리며 그것으로 서로의 느낌을 공유하는 성
질이 있고, 그것은 제아무리 고수라도 느낄 수 있는 파장이
아니었다.

물론 예외는 있었다. 종남일기처럼 모든 것을 초탈하는

수준에 근접해 아예 자연의 근본을 이해하는 경지에 이른 사람은 느낄 수 있었다.

그러나 견자단은 가장 맏이인 광수조차 서른이 채 못 되었다.

종남의 장로 가재관은 문득 생각했다.

'견자단의 정체는 뭘까?'

윤홍광의 제자라는 말로는 뭔가 부족한 느낌이지만, 지금은 그걸 계산할 틈이 없었다.

이제 제자들의 발작은 극에 달했다.

가슴과 복부를 스스로 할퀴고 쥐어뜯는 행동들. 입이 벌려져 거품이 조금씩 흐르는 제자들도 있었다.

만령충!

이십 년 전의 그 위력!

장문인의 침통한 얼굴과 그에 따라서 장로 급들의 얼굴에도 비극적인 상황을 고려하는 표정들이 떠오르기 시작했고, 부들부들 떨리는 목소리로 제자들을 수습했다. 말이 좋아 수습이지, 종남은 완전 초상집 분위기로 바뀌었다.

"저, 저 원뿔의 풍진을 뚫고 나오는 사태가 벌어지면……."

차마 말을 잇지 못했다. 그러니 오히려 뒷말이 더 실감 있게 들렸다.

"뚫고 나오면 제압…… 하라! 무슨 일이 있더라도……!"

말이 다시 끊어졌다. 종남의 제자들이 벌써부터 눈물을 그렁거리며 이를 악무는 모습들이 여기저기서 보였다.

며칠 전만 해도 같이 웃고 땀 흘리던 가족이 아니었는가.

어떻게 이럴 수가.

성질이 불같다는 폭렬종남 가재관 장로가 정 많은 진유정 장문인을 대신해 말을 이었다.

"혹여 손에 사정을 두면 강호무림 전체에 큰 재앙을 초래할 것이다!"

그때, 종남일기가 외쳤다.

"동요하지 마라! 우리 귀중한 아이들은 저 진을 나오지 않을 것이니!"

휴우우우우우웅―

어느새 원뿔의 먼지바람은 회전이 극에 달하도록 빨리 돌았다. 그 여파에 종남 본산 전체가 빨려드는 먼지로 자욱할 지경이었다.

당금 종남 장문인 진유정이 외쳤다.

"사숙조님, 무슨 말씀이십니까? 저렇게 괴로워하는 것을 보니 정신을 놓기 일보 직전입니다!"

말은 그렇게 하면서도 한 가닥 희망을 버리지 못하고 종남일기와 진 속에서 신음하는 제자들을 번갈아 쳐다보는 진유정이었다.

종남일기는 견자단 셋을 힐끗 쳐다보며 서서히 진기를 끌어 올렸다.

"저들 셋은 어떻게 알았는지는 몰라도 만령충이 싫어하는 파장을 내는 것이다! 바로 지금 절정에 이르면 나도 도와 힘을 쓸 테니, 원진을 바짝 둘러싸고 대기하거라! 만령충이 튀어나올 것이다!"

"에엑? 그게 어떻게…….."

가재관 장로가 물었다. 사람의 몸속에서 어떻게 만령충이 튀어나오게 한단 말인가.

"그건 나중에! 바로 지금이다!"

때에 맞춰 광검의 외침도 들렸다.

"빨리하쇼! 힘들어 죽겠어, 아주!"

말을 하면 숨이 흐트러진다. 진기가 약해지니 괴로워하던 이대 제자들의 시선이 한순간에 광검 쪽으로 몰렸다.

괴로우면 필사적으로 탈출구를 찾게 마련이라 이대 제자들은 부지불식간에 광검 쪽으로 몰려들기 시작했다.

종남일기는 혀를 찼다.

"저런 참을성 모자란 놈!"

그리고 말과 함께 신형이 치솟았다.

말이야 그렇게 했지만, 사실 사람의 호흡이 그냥 참아도 반의반 각이면 눈 튀어나오게 길었다. 손가락 하나라도 움직이는 상태라면 촌각도 힘들었다.

그러한 점은 고수라도 마찬가지. 오히려 견자단 삼 형제는 믿지 못할 만큼 오래 버틴 것이었다.

솟아오른 종남일기는 빠르게 휘돌려지는 회오리바람을 밟았다.

사람이 일으킨 바람이라고는 믿기 힘든 수준의 빠르기. 그것은 정말 회오리바람이라고 불러도 무방했다.

그 회전의 표면을 밟으니 휩쓸릴 듯, 신형을 같이 휘돌릴 만한 세찬 회전력이 종남일기의 몸을 흔들었다. 하지만 종남일기는 그것을 그대로 받아들였다.

바람의 회전이 준 충격대로 몸이 돌아가는 것이다. 그러면서 계속 바람의 표면을 밟아 댔다. 그렇게 돌면서 찍어가던 종남일기의 몸이 어느 한 점에서 우뚝 멈췄다.

회오리바람의 원뿔 꼭짓점이었다.

"터허—!"

종남일기의 고함이 일면서 두 손이 활짝 펼쳐졌다.

반로환동의 경지는 자연을 이해했다는 말과도 같다. 운동, 거기에 따른 힘을 돌리는 이치도 자유롭다.

종남일기의 회전은 그대로 내뻗어진 손에서 뿜어진 기운에 힘을 더했다.

견자단이 일으킨 것은 단순한 바람이 아니라 만령충이 싫어하는 파장이 가득한 기운이었다. 만령충이 몸 안에서 발작을 할 정도로 강한 파장. 종남일기는 한눈에 이해한 것이다.

손에서 쏟아 낸 기운도 그것과 같았다.

머리 위에서 빨아들이듯 올라가던 기운이 한꺼번에 역행했다. 그리고 순식간에 견자단 삼 형제의 기운도 거짓말처럼 걷혔다.

그 바람에 종남일기의 힘이 멈춘 듯했다.

하지만 찰나의 순간 뒤, 오히려 힘을 더 받으면서 원뿔 모양처럼 확산되며 내리찍혔다. 직경 이십 장 크기의 먼지가 확 피어올랐다.

쿵—!

원뿔 안쪽에서 받은 압력은 강한 파괴력이 아니었다.

그런데도 정명각의 기왓장 수십 개가 깨지면서 허공으로 치솟아 오르고, 밑으로 우수수 흘러내렸다.

원뿔 안쪽의 이대 제자들이 흡사 짜부라지듯 무릎을 꿇고, 쓰러져 뒹굴었다.

다음 순간, 이대 제자들은 구역질을 하기 시작했다.

"우웨에에엑!"

"커헉! 우왝—!"

입에서는 분명히 하얀색을 띤, 지렁이 같은 수십 개의 촉수가 꿈틀거리며 빠르게 기어 나오고 있었다.

잠시 뒤로 벌렁 쓰러졌던 견자단 삼 형제의 신형이 튕겨지듯 일어났다.

"나온다—! 빨빨!"

꿈틀거리는 만령충. 젊은 무인들이 이것을 직접 보고 경험 하는 것은 이번이 처음이었다.

그러나 사람의 멀쩡한 입에서 기어 나오는 그 모양새만으로도 세상에서 없애 버려야 할 몹쓸 것들이라는 본능을 일깨우는 데는 충분했다.

만령충들은 강제로 끌어내어진 충격에 아직 다른 신체를 찾을 엄두를 내지 못하고 있었다.

"시간이 없다! 서둘러라!"

종남 장문인의 일갈이 울려 퍼지자 대기하고 있던 어른들과 일대 제자들의 검 수십 자루가 한꺼번에 휘둘러지며 검기를 뿜어냈다.

개중에는 색을 이미 갖추기 시작한, 유형을 띤 강기 초입에 접어든 검기도 있었고, 허공에 물결 모양을 잠시 일렁이며 스쳐 가듯 상승의 밀도를 보이는 검기도 있었다.

그렇지 못한 것도 이미 일정 수준을 넘는 것이었다.

한 번에 수십 명이 수십 줄기의 검기를 뿌리는 모습은 일대 장관을 이루었다.

파바바바바바박—! 팍—! 파박!

만령충들의 중앙이 정확히 타격당하고, 그와 동시에 갈가리 찢겨져 허공에서 육편으로 산화되는 모습이 꼭······.

"막내야, 네 머리카락에서 저런 거 많이 나오지 않았나?"

옆에서 듣고 있던 입문 제자의 손이 입을 가리는 것은 당연했다.

'왝'

저 꿈틀대는 '비듬'이 머릿속에서 희끗 꿈지럭대는 장면이 자연스럽게 떠오르지 않는가. 지금 난장판인 정명각 마당 풍경과 겹쳐서 말이다.

남의 심정이 그러거나 말거나, 비듬 같다는 말에 광겸은 태연히 대꾸했다.

"눈이 내린다고? 내 머리가 구름이야? 그럼 나는 하늘나라 천신이고? 우리 자기, 연미는 선녀네. 흐흐흐."

빠빡!

광겸과 광검의 머리가 홱 젖혀지며 광수가 중얼거렸다.

"비위가 너무 강해 남에게 식욕 부진을 안겨 주는 인생들

아. 우리도 좀 먹고살자."

그러자 광검이 머리를 감싸고 중얼거렸다.

"우리? 그걸 뭐 꼭 남의 말 하듯이……."

빡—!

광검의 머리에서 다시 한 번 터져 나온 타격음을 끝으로 종남의 아침 소동은 일단락을 지었다.

그리고 셋은 감사의 표시보다도 어떻게 만령충을 사람의 몸에서 뽑아낼 수 있는지에 대해 먼저 물으려는 종남의 어른들을 피해야 했다.

"후, 고맙네. 이걸 어찌 감사해야 할지……."

감사를 표하는 진유정 장문을 제치고 가재관 장로가 물어왔다.

"중요한 일일세. 좀 알려 주게. 대체 무슨 방법인가?"

두서없이, 예의 없이, 체면 차릴 여유도 버린 채 급히 물을 만도 했다.

이십 년 전, 이 방법을 몰라서 속절없이 동료와 식구를 죽여야 하지 않았던가.

그러나 견자단의 명성은 과연 하루 이틀 만에 쌓아 올린 것이 아니었다.

뒤돌아서 냅다 뛰었다.

"어어? 저런! 견자단주! 이렇게 그냥 가면 어찌하는가?"

광수는 대답이 없었고, 대신 광검이 소리쳤다.

"어, 형수가 점심 먹기 전에 들어오랬거든요! 나중에 서안에서 개자식들 집이 어디 있냐고 물으시면 다 알아요!"

하지만 반가운 사람이 와야 좋을 것 아닌가.

그래서 광검이 비꼬았다.

"야, 서안에 개집이 한두 개냐?"

"어, 어…… 자네들 사부 윤홍광 대협께선 살아 계시는 가? 안부라도…… 이 사람들아!"

멀어졌는데도 여전히 거리감 없이 거친 광검의 욕설이 들러붙었다.

"버릴 땐 언제고, 지금은 또 필요하쇼? 이런 제기랄!"

그러자 종남일기의 눈이 왕창 커졌다.

"아니, 저 아이들이 홍광이 제자라고? 그런데 너희는 어찌 그가 살아 있는지 여부조차 모르는 게냐?"

마교와의 전쟁이 끝나자마자 은거한 고수들은 많았다. 그 중에서도 종남일기는 아주 빨리 칩거에 들어갔으니 윤홍광과 구대문파에 걸친 묘한 분위기를 몰랐다.

대답하기 어려운 질문에 진유정 장문인은 한숨을 쉬었다.

"사숙조님, 일단 안으로 드시지요. 이제 제가 직접 마지막 확인만 하고 나면 따라 들어가 말씀드리겠습니다."

뭔가 곤란한 일이라는 것을 오래 산 경험으로 알아챈 종남일기는 수긍을 했다.

이미 견자단은 종남의 담 밖으로 나가 버린 후였다. 게다가 만령충에 감염되었던 이대 제자들의 상태가 괜찮을지 어떨지 고수 여럿이 붙어 지켜봐야 했다.

그때였다.

"어? 사부님!"

입문 제자 하나가 손가락으로 만령충을 가리켰다.

푸스스스—

만령충은 그대로 산화해 버렸다. 바람에 날리는 먼지 같았다. 그리고 먼지 가운데 정말로 작은 지렁이만 한 벌레 달랑 하나가 있을 뿐이었다. 토막 나 꿈틀거림도 멈춘 상태였다.

시체가 남으면 썩어 흙으로 돌아가야지 어떻게 이런 일이 있을 수가.

그러나 경험한 사람들에게는 신기한 일이 아니었다.

"만령충의 본체는 저 지렁이 같은 것이고, 그 촉수들은 원래 존재하지 않는 것이란다."

"......?"

아리송한 말. 최윤한은 얼굴을 굳히며 말을 이었다.

"자연히 알게 될 것이니라. 이제 곧 사방팔방에서 저 요물이 쏟아져 나올 테니 말이다."

입문 제자는 그 말의 무거운 분위기에 어른들과 같은 그늘을 느껴야 했다.

지금 보는 위력이 이럴진대, 천지에서 날뛰면 그 끔찍함을 무엇으로 당할 것인가.

'대체......'

입문 제자의 고개는 살래살래 저어졌다.

생각할 틈도 주어지지 않았다. 이대 제자들을 부축해 건물 안에 눕히고, 근력을 회복시킬 약을 준비해야 했다.

그렇게 종남의 발도 바쁘게 마교와의 일에 들여졌으니,

도현호의 바람이 반은 이뤄진 것이라고 할 수 있었다.

*　　　*　　　*

"누구시라고요?"

광겸은 젓가락을 채 입에 넣지 못했다.

강북련에서 하인 열에 하녀 다섯, 무려 열다섯이나 붙여주었는데도 홍춘은 쉬지 않고 음식을 직접 만들었다.

"밥은 집에서 먹으라고 으름장을 놓으니 말에 책임을 져야 하잖아!"

쉬는 것이 오히려 불편하다는 말을 그렇게 덮는 홍춘이었다. 동서 형님이 그러니 당연히 연미도 주방에서 서성거려야 했다. 가서 '놀고' 있으라면서 쫓아낸 탓이었다.

다행히 음식이 다 만들어지기 직전에 삼 형제는 헐레벌떡 돌아왔고, 뛰기야 말이 뛰었다지만 어쨌든 힘을 쓴 직후라 배고파 눈이 뒤집어질 지경이라는 것은 셋이 이구동성이었다.

그렇게 음식이 나오자마자 난리를 치면서 젓가락을 드는 순간이었다.

"저, 마님. 손님이 오셨습니다요."

어디서라고 질문을 던지기도 전에 하인들을 달고 방문 앞까지 밀고 들어오는 기세가 범상치 않아 삼 형제는 어쩔 수 없이 나가 봐야 했다.

음식에서 피어오르는 김이 코를 당겼지만, 가난한 집에서 어렵게 벗어났는데 집이 부서지기라도 하면 홍춘의 성질은 누가 감당하겠는가.

해서 만나 본 작자는 견자단보다 더 막 나가는 사람이었다.

"나는 화산에서, 화산에서 왔다!"

말을 왜 한 번 끊고 다시 하는가.

"딸꾹!"

딸꾹질 한 번에 풍기는 술 냄새는 방 안에서 새어 나오는 새 음식 냄새를 저리 밀어낼 지경이었다.

삼 형제의 고개가 정상적으로 돌아갈 수가 없었다.

'대체 뭐야, 이건?'

의문이 치솟았다.

"대체 우리 집은 왜 이리 사람이 많이 들락거리는 거야? 거지발싸개 같은 사이비 도사까지 오질 않나!"

그러자 도사가 눈을 게슴츠레하게 뜨며 건들건들, 여유롭게 받아쳤다.

"아, 이놈아! 거지발싸개나 개집 깔판이나 그게 그거지!"

이상한 오후의 이상한 노친네였다.

거지발싸개라는 말이 일단 싸가지 없는 건 맞다.

광검은 구대문파에 한이 많으니 일부러 열 받으라고 한 소리였다. 하지만 열 받아야 할 노친네는 오히려 웃으며 광검더러 개집 깔판이라고 대응했다.

행태 자체가 정상이 아닌 거야 한눈에 척 보면 알지만,

집주인에게 쫓겨 날 정도로 열 받는 소리를 하려면 대체 왜
일부러 찾아왔는가.

'하지만……'

그냥 술 취했다고 보기에는 너무 강한 노친네 아닌가.

광검은 조금 더 찔러 보기로 했다.

"이런 노인장, 개집 깔판? 그러는 노인장은 급한 파발마
눈앞에 땡땡 얼어붙은 빙판길 같은 존재 아니오!"

자칭 화산의 도사라는 노인은 피식 웃더니 말을 받았다.

"개집 깔판같이 비쩍 마른 녀석아, 그 주둥아리 인심도
네 몸처럼 비쩍 말랐구나?"

"아니, 뭐요? 이 노친네가……."

광검의 말은 갑자기 번쩍이는 노인장의 눈빛에 끊겼다.

"음양의 이치를 그렇게 완전히 무시하고 사니 깔판처럼
납작 널브러질 만큼 힘이 없지! 이 순 개집 깔판아!"

느닷없이 뒤통수를 한 대 맞은 것 같은 광검의 표정도,
나머지 두 형제의 표정도 순식간에 어두워졌다.

사람의 기세는 척 보면 느껴지는 것이 있기 마련이다.

이 노인의 기세는, 말하자면 종남일기처럼 자연과 동화되
는 경지와 비슷했던 것이다.

그런 사람이 내뱉는 소리가 간단한 의미일 수 없었다. 삼
형제가 오랫동안 고민해 오고, 결정적으로 계속 불안해하던
문제를 한눈에 보고 지적한 것이다.

그랬다.

광검은 음(陰)의 기운만을 익혀 왔다.

그것도 강호에서 무슨 음검이니 극양의 장공이니 하는 수준과는 전혀 다른 차원의, 음중극음(陰中極陰)의 진기를 익혔다. 보통의 수련법이라면 생명조차 도저히 유지될 수 없는 극도로 편파적인 진기였다.

그리고 화산에서 왔다는 술주정뱅이 노인은 다른, 더 깊은 문제도 역시 짚어 내고 있었다.

"저 기괴한 숨소릴 들어 보니 극에 이미 달했고…… 그게 꽤 오래되었으니 문제도 터져 나올 텐데, 그걸 어거지로 버텨 왔구나? 척 보면 착이지. 칼 잡고 남의 목숨 호령한다는 놈이 몸 꼬라지가 이게 뭐니, 이게?"

그리고 일시지간 당황해 할 말을 잃은 광검에게 작은 소리로 덧붙였다.

"그러니 개집 깔판이라지, 이놈아."

무반응을 보임으로써 그걸 순간적으로나마 인정했다는 것을 무마시키려고 광검이 성질을 냈다.

"이, 이 노친네가! 댁이 상관할 문제가 전혀 아니잖아!"

더 쏘아붙여야 마땅하지만 옆에서 듣던 광수와 광겸은 전혀 그럴 입장이 못 되었다. 그래서 광검의 말은 또다시 잘렸다.

"안으로 드시겠습니까? 아무래도 저희가 들어야 할 말이 많은 듯합니다."

구대문파 사람을 왜 이리 친하게 대하냐며 광검이 언성을 높일 차례였다. 그러나 이번엔 광겸이 가로챘다.

"어, 어차피 우리 막 먹으려던 참이었어요. 점심밥."

노인이 은근하게 물었다.

"물론 밥상에 술도 있겠지?"

술?

홍춘이 술을 허락할 리가…….

"어, 우리 형수가 좀, 엄해서……."

"커흠……."

광수의 기침에 광검이 아차 싶었는지 머리를 긁적였다.

그러자 노인이 괴상한 웃음을 흘려 냈다.

"크크큭, 엄처시하였어? 그래도 지나던 도사 양반이 점
괘 한 번 봐 준다는데 술이 문젠가."

광검이 못마땅한 얼굴로 중얼거렸다.

"양반은 무슨……."

그때였다.

방문이 열리며 홍춘이 나왔다.

"저희 둘째 삼촌 일신의 문제를 얘기해 준다면 술 아니라
이 집을 달라고 해도 드리지요."

"어?"

"뭐?"

"……!"

입이 벌어진 것은 삼 형제뿐이었다.

홍춘이 저렇게 완전한 자기 식구인 것처럼 말을 한 것이
이번이 처음이기 때문이었다.

홍춘을 처음 만났을 때, 그래서 홍춘의 아버지인 사부 윤
홍광에 대한 이야기를 꺼내자마자 광수의 뺨은 살점이 뜯어

져 나갔다.

-꺼져! 이 개새끼들아!-

당시 홍춘은 눈물, 콧물, 게거품 섞인 침을 죄다 흘리고 손톱으로 할퀴며 발작이나 다름없는 거부반응을 보였다.

탈진해서 죽기 일보 직전에 이르러서야 발작이 그쳤고, 그래도 씩씩대며 침을 뱉어 대는 홍춘을 어쩌지 못하고 서 있다가 주변 사람들에게서 간신히 사모의 죽음과 죽기 전의 처참한 고통, 그리고 약값을 구하기 위해 딸 아현을 기루에 팔았다는 사실을 들을 수 있었다.

그때, 삼 형제의 참담한 가슴을 누가 헤아릴 수 있겠는가.

홍춘의 그 참담한 눈물을 누가 감히 위로하겠다고 나설 수 있겠는가.

그렇게 멀리서 삼 형제의 홍춘 보살피기 작전이 시작되었고, 힘든 생활에서 칼밥으로 번 돈을 피부병처럼 생각하는 홍춘의 완고함은 삼 형제의 수고로 조금씩 녹아내렸다.

그러다 아현을 다시 찾으면서 급속도로 상처가 아물어지는 상태였다.

그리고 마침내 저런 반응까지 나온 것이다.

물론 이런 사정을 알 리 없는 화산의 노도사는 고개를 쳐들고 다시 괴상한 웃음을 터뜨렸다.

"그래. 고것 참, 남편을 공처가 만드는 여인네 소리는 듣기 싫었던 게지."

광검이 고개를 돌리며 중얼거렸다.

"골고루 한다, 정말."

그리고 그 '골고루'라는 발언은 또 다른 열매를 맺었다.

허공에서 음성이 던져진 것이다.

"어라? 너, 아직도 애들 뜯어 먹냐?"

누구의 목소리인지는 말할 필요가 없었다. 광겸의 얼굴은 완전히 일그러졌다. 종남일기가 여기에 왜 왔을까?

"하, 하하, 안녕하세요……."

광겸이 어색하게 웃고, 광수가 포권을 해 보이자 종남일기는 뚱하게 손을 저었다.

"아침에 봐 놓고 무슨 안녕이야, 안녕은. 그나저나 저놈이 왜 이 귀여운 애들한테 접근을 하는 걸까?"

그 말에 일그러진 것은 견자단뿐만이 아니었다.

'귀엽다니…….'

놀랍게도 그 뻔뻔하던 화산 도사가 얼굴을 찌푸린 것이다.

"어, 선배……. 오랜만이오. 아직 이승에 계셨더랬소?"

오랜만이라면서 이따위 말을 인사라고 하다니, 너 아직 안 죽었냐는 말 아닌가.

그 말에 종남일기가 코웃음을 쳤다.

"뭐, 내공으로 치면 종이 한 장 차이인지는 몰라도 네놈이 나보다 윗길 아니냐? 그러니 탈각(脫却)하고 세상 뜨는 건 네놈이 먼저일 거라고 다들 그러던걸. 너야말로 아직 선계로 안 갔구나?"

방문 안에서 나오던 연미는 발을 마저 내딛다 말고 눈을 깜빡였다. 저런 백발이 성성한 노도장에게 하대를 하는 젊은이. 당연히 전설의 반로환동을 이룬 종남일기일 것이다.

한데……

'그런 종남일기보다 내공이 더 높다고? 그런…… 가만, 화산, 화산, 화산?'

"헉!"

연미는 엉덩방아를 찧을 뻔했다.

전설은 전했다. 화산을 가르고 흐르는 황하 줄기를 막을 자가 있다면 푸른 먼지, 녹진자(綠塵子)라고.

저 멀리 천축에 가면 요가를 높은 경지로 수련한 성자라는 분들 중에 신성한 재를 허공에서 만들어 내 흩뿌리는 분들이 가끔, 아주 가끔 나오신다고 전한다.

물론 재일 뿐이다. 먼지.

그러나 그게 '내공으로 실제 물건을 만든다'는 경지가 되면 얘기의 차원이 달라진다.

그걸 중원에서 실제로 구현해 보인 사람이 바로 녹진자였다. 녹진자가 허공에 뿌려대는 먼지의 양은 가장 많았을 때가 한 번에 세 가마니 정도.

바람에 멀리 날려 흩어진 것을 제외하고도 근처의 것을 모아 놨을 때 그만한 양이 되었다.

물론 그것도 허공의 아주 미세한 먼지를 눈에 보이게 뭉치는 수준에 불과했지만, 윤홍광에게 만령충에 대한 가장 많은 깨달음을 가져다준 사람도 바로 녹진자였다.

그런 사람이 이 견자단 앞에 제 발로 나타난 것이었다.

연미는 숨을 제대로 쉬기도 힘들 지경이었다.

먼발치에서 한 번 구경하기도 힘든 사람들을, 한꺼번에 둘씩이나 이렇게 마주하다니!

그 환상 속의 녹진자가 입을 헤 벌리며 비열하게 웃는 모습이 연미의 정신을 현실로 되돌려 놓았다.

"선배, 같이 늙는 처지에 뭐 이렇게까지 딱딱거릴 필요가 어디 있소?"

그러자 종남일기의 눈이 날카롭게 빛나며 호통이 터져 나왔다.

"체통 좀 지켜라! 그 나이에 그 내공이면 애들한테 젊어지는 모습도 좀 보이고 그러면 좀 좋으냐!"

그러자 녹진자의 입에서도 투덜거림이 새어 나왔다.

"반로환동이야 뭐…… 세월 역행하는 거, 그거 하늘의 이치에 반대되는 건데……."

"아, 무위자연이라메! 그냥 내버려 두니까 육체 부조화가 맞아 들어가면서 몸이 이렇게 되던걸. 그게 조화지, 반로환동 일부러 안 하고 버티는 게 조화냐? 애들 똑바로 안 가르쳐?"

"그 나이에 젊은 처자들한테 시선 받는 게 좋으쇼?"

녹진자의 말은 좀 궁색한 것이 사실이었고, 아니나 다를까.

"무슨 홍등가만 골라서 다닐 일 있냐! 네놈이 나보다 먼저 망령 들다니!"

"허, 생긴 건 젊어도 엄연히 나이는 선배가 윗길이 아니셨소?"

둘의 입 싸움은 끝이 없을 것 같았다. 게다가 여기에 저 두 입을 말릴 만한 배분을 가진 사람도 없지 않은가.

해서 광겸이 작게 물어보고 말았다.

"근데 저기, 밥 안 먹어요?"

6.

난리, 이주 개난장

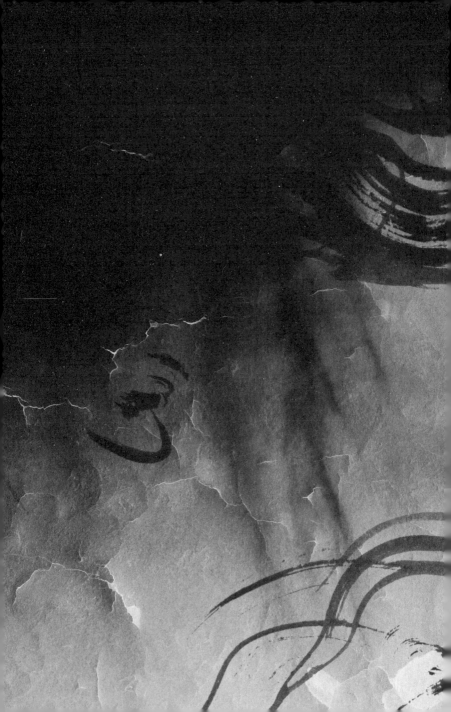

밥 먹는 분위기는 나름대로 좋은 편이었다.

젓가락질도, 국 뜨는 작은 국자도 딸그락거리는 소리 한 번 내지 않고 잘 먹고 있었으니까.

아현이도 구김살이 적어 사람들의 귀여움을 많이 받을 성격이었다. 그래서 화기애애했다, 처음에는.

그러다가 도로 나빠진 게 둘째 광검의 이야기로 화제가 돌아가면서였다.

"저놈은 왜 저렇게 몹쓸 방법을 익혔냐?"

거기까지만 애기했어도 그렇게 나빠지지는 않았을 것이다.

그러나 늙은이라는 것의 장점은 감추면 안 될 일을 과감히 까발려 드리내는 연륜에 있었다. 해서 녹진자는 다음 말까지 덧붙이고 말았다.

"얼마 살지도 못하게 생겼잖아. 쯧쯧."

딸그락.

순간, 홍춘의 젓가락이 접시를 헛 찍었다. 아현의 눈이 겁으로 물드는 것을 본 탓이다. 평소에도 둘째 삼촌 제발 웃으라고 잔소리하는 아현이었다.

광검이 시한부라······.

홍춘이 남궁세가에서 쫓겨날 때만 해도 아버지를 원망하는 수준은 아니었다.

그러나 하인, 하녀들이 다 떠나고 손에 물기가 마를 날 없이 일하게 되면서, 미래는커녕 밤을 새고 일해 두 끼 먹을 곡식조차 간신히 추스르는 나날이 봄부터 겨울까지 쉼 없이 이어지면서, 어머니의 병세가 깊어져도 몇 년 내 연락 한 번 없는 아버지가 어찌 섭섭지 않을 텐가.

한 번 돌아서기 시작한 마음은 걷잡을 수 없었다.

결국 어머니를 땅에 묻던 날, 홍춘은 눈에서 피를 쏟고 말았다.

피눈물이 아니었다. 피였다.

자식까지 팔아 약을 샀는데도 어머니는 속절없이 세상을 떠 버렸다. 이제 기약 없이 화류계에 몸담을 아현은 어쩌란 말인가!

죽지도 못했다. 아버지 윤홍광에 대한 원망으로 살았다.

그게 홍춘이 살아가는 힘이었다.

그럴 때 이 삼 형제가 나타난 것이다.

-사부님의 유언을 받들어 당신을 도와주겠소.-

도저히 받아들일 수가 없었다.

그걸 받아들이면 지난 세월 힘들게 버텨 온 독기가 무너질 것 같아 삼 형제를 미워했다.

어머니가 돌아가신, 아현이 기루에 잡힌, 자신의 마음이 독기로 가득 찬 그 모든 일에 대해 아버지의 대리인인 삼 형제에게 퍼부었다. 아버지 윤홍광이 직접 나타났다면 그나마도 못했을 테니까.

그런데 요상한 것이 사람이라, 미워한다는 것도 끝까지 변색이 되지 않는다는 것도 힘든 일이었다.

광겸의 사연은 그런 홍춘의 아픔 못지않은 것이었다.

홍춘의 손가락이 콱, 젓가락을 찍은 상태로 버텨야 할 만큼.

"둘째는…… 우리 중에 근골이 가장 좋았습니다. 그래서 만령충 시술을 가장 독하게 받았죠. 그 인정 많은, 천하제일의 눈물대협이신 사부님이 손 털고 포기하실 만큼."

광겸의 눈은 웃고 있었지만, 입은 그렇질 못했다. 씹히는 닭다리가 아까부터 계속 맴돌기만 하지 않는가.

광수는 담담하게 말을 이었다.

"그러나 스스로를 포기하지를 못해서, 결국 둘째는 사부님에게 따졌습니다. 마지막 수단을 왜 내놓지 않느냐고 그랬지요."

종남일기의 육중한 저음이 방 안을 울렸다.

"그래서 홍광이 내놓은 것이 바로 저거였군."

녹진자가 어이없다는 듯 중얼거렸다.

"아무리 그런다고 음중극음의 기운이 뭐냐? 북해빙궁의 독한 여자애들도 익히기 전에 몇 년씩이나 준비를 하고 체질 변화를 시켜야 간신히 반쪽짜리 수업을 받을까 말까 한 걸……."

"나는 후회하지 않소."

광검은 입을 고집스럽게 씰룩였다.

녹진자가 헛웃음을 치며 다시 음식을 먹기 시작했다.

"어째 그렇게 편파적이냐? 젊은 날 복수로 다 허송세월하면 누가 네 인생 책임져 주나?"

광검은 입을 씰룩이다가 목까지 치고 올라온 말을 그냥 삼켰다.

복수가 젊은 날의 전부라는 것을.

홍춘처럼 독기가 끝나면 자신도 끝이라는 것을 말이다.

아현의 눈은 그런 광검에게로 쏠려 있다가 다시 화산의 도사에게로 향하며 불안해했다.

그것을 보면서 홍춘은 새삼스럽게 생각했다.

'가족이…….'

가족.

아현은 자기를 낳은 친아빠의 얼굴도 몇 번 못 봤다.

너무 어릴 때였고, 그나마 말을 갓 시작할 때 할아버지의 압력에 못 이겨 발걸음을 끊은 것이 여태 이어진 상태였으니 당연했다.

언젠가 홍춘이 기방에서 맞을 뻔한 일이 있었다.

그때 나타나 구해 준 것이 삼 형제였다.

아현은 삼 형제와 그때부터 가까워졌다.

생각해 보면, 아현이 먼저 가까워졌기 때문에 홍춘도 조금씩 마음의 문이 열리기 시작한 셈이었다.

으리으리한 저택, 영광의 가문, 남편…… 모두 다 자신을 버린 시점에 새로 나타나 자신을 쳐다봐 준 삼 형제.

다른 남자와 애까지 낳고 쫓겨난 여편네라는 꼬리를 알고도 기꺼이 맞이해 살겠다는 광수.

무엇보다…… 하나뿐인 딸이 이제 이들을 가족으로 생각하고 있다는 점이었다.

아이를 기루에 팔다니. 어머니가 돌아가신 지금, 미친 짓 같고 정말 자기 자신을 확 어떻게 해 버리고 싶을 만큼 후회스런 일이었다. 그래서 아현에게 뭐든 해 주고 싶은 마음뿐이었다.

그런 아현이 광검을 걱정한다.

어리다고 해도 이제 열셋. 눈치로 보기에 까마득한 어른들 앞이라 말은 못하지만, 광검이 곧 죽을 수도 있다는 말은 곧바로 알아들은 눈치였다.

눈 속에 파묻힌 자잘한 떨림, 그리고 느려진 젓가락이 증명했다.

홍춘의 마음도 같이 떨려 왔다.

'가족이야, 이제…….'

피는 섞이지 않았어도 이렇게 모여 서로 사랑하면 그것이 가족이다.

홍춘도 이미 삼 형제에게 기대고 있었다. 자신은 그걸 인정치 않았다지만, 어린 아현은 이미 알고 있었다.

가슴이 울컥했다. 코가 싸하니 눈물이 돌 것 같았지만, 홍춘은 눈물 참는 건 무인으로 치면 절정고수였다.

홍춘은 내색 없이 젓가락을 움직였다.

그리고 또 내색 없이 녹진자의 다음 말을 기다렸다.

그러나…….

"이미 너무 기울어 쓰러지기 직전인 걸 어떻게 고쳐? 나 참, 뭐 건질 거 있나 하고 왔더니……."

투덜거릴 뿐이잖은가!

한숨이 나올 만한 사안이었다. 방법이 없다니! 연미의 반응으로 보아서는 정말 그 고명하다는 화산하고도 본산에서 직접 내려온 사람임에 틀림없었고, 말로만 듣던 종남일기와 스스럼없는 정도라면 보통 고수는 아닐 터라고 짐작은 했다.

그런 고수가 곧 죽겠다고 재차 확인을 하다니.

홍춘은 그제야 삼 형제에게 따뜻하게 대해 준 것이 아주 드물었던 것을 후회했다.

결국 더는 견디지 못하고 홍춘은 직접 물어보고 말았다.

"방법이…… 없으시다는 말씀입니까?"

그러자 녹진자는 인상을 팍, 아주 팍 썼고, 대답은 옆의 종남일기가 대신 했다.

"아니다. 방법이 있긴 하지. 대신 저놈이 아끼는 게 하나 사라져야 하지."

"헉! 선배!"

녹진자가 비명을 질렀다.

시선은 모두 녹진자에게로 쏠렸다.

아끼는 거? 이게 웬 반전이야?!

아현의 커다란 눈망울이 녹진자를 간절히 쳐다보자 종남일기가 의기양양하게 웃었다.

"네놈이 아끼는 걸 주려던 생각이 아니었으면 왜 이리 기어왔냐? 저, 피도 안 섞인 둘째 삼촌을 살릴 수 있을까 하고 열심히 쳐다보는 이 소녀를 봐라."

녹진자는 울상을 지었다.

"선배, 이놈이 이렇게 망가진 놈이란 걸 개방 거지가 애길 안 했소! 난 홍광이 소식 물으러 여기 온 거요! 그건 본산 살림에 커다란 도움을 주는 속가 표국의 아들놈에게 주기로 한 건데 느닷없이……."

그러자 종남일기는 코웃음을 쳤다.

"우린 내가 무시를 당할 정도라 만령충 피해를 봤고, 화산이야 네놈이 있어 만령충을 안 뿌렸다만……."

종남일기가 무시를 당하다니!

그걸 스스로 저렇게 이야기하다니, 아무리 해학이라도 지나쳤다. 자기를 못 깎아 먹어 안달이 난 사람 아니면 생각하기 힘든 행태인데, 어쨌든 그만큼 자존심 상했다는 표현이었다.

연미는 그것 때문에, 녹진자는 난데없는 대재앙이 떨어졌다는 의미로 입이 떡 벌어진 가운데 종남일기는 말을 이었다.

"니네 본산이야 그렇다 쳐도 속가는 무사하겠냐? 만령충 이번 판은 아주 색다르던데. 아무리 화산의 푸른 먼지라도 혼자선 어림없을걸? 그리고 여기 이 개들은 솜씨가 좋더만. 충분히 거래할 만하지."

"배은망덕한 구대문파 도움 따윈 필요 없어!"

광검이 벌컥 화를 냈다.

광수의 눈초리가 심상치 않았지만 광검은 개의치 않고 말을 이었다.

"누구의 도움도 필요 없어! 우린 스스로……."

말은 이럴 때 잘라야 한다. 늙은 생강은 역시 매웠다.

종남일기가 빠르게 쏴붙였다.

"마교에 복수하기엔 네 남은 명줄이 터무니없이 짧아, 이놈아! 마교가 무슨 여기 서안에 널린 개집인 줄 알아! 현실을 직시해라, 좀!"

광검이 벌떡 일어서려 했다.

"이런 제기! 얌전히 밥 한 끼 먹여 주려고 했더니……."

그때였다.

작은 손 하나가 식탁을 짚은 광검의 손등을 지그시 눌렀다.

아현이었다.

"삼촌……."

광검은 무의식적으로 뿌리치려다가 흠칫했다. 아현의 손

등 위로 한 방울 눈물이 떨어졌다.

기방에서 받는 수업은 혹독하다.

광검은 기루의 호위무사에게서 그렇게 들었다. 어린 나이의 수련생 중 유일하게 눈물 없이 밝고, 모자라 보일 만큼 잘 웃는 아이가 아현이라고.

그러나 이어지는 아현의 말도 떨리는 소리였고, 광검의 굳은 가슴도 같이 떨리게 하는 소리였다.

"난…… 그냥 좋기만 했어. 삼촌이 그런 줄도 몰랐어. 자존심이 제일 세니까…… 난, 삼촌이, 그냥…… 오래오래, 나랑 엄마랑, 삼촌 색시랑…… 오래오래 살았으면 좋겠어."

그러고는 끝내 일어서 눈을 훔치며 방을 나가는 아현이었다.

드르륵, 탁.

문이 닫혔다.

광검도, 종남일기도, 녹진자도 말문이 닫혔다.

홍춘의 눈에 눈물이 핑 돌았다.

아이로서 겪어야 했던 험난한 세월이 이제야 눈물로 나오는 것이었다. 입이 열 개라도 할 말이 없었다.

'이게 엄마냐!'

그리고 광수의 말이 방 안을 울렸다.

"사부님의 유언은 최종적으로 홍춘과 아현을 잘 보살펴 주라는 것이었다. 마교는 거기에 걸림돌일 뿐이지. 우선순위 착각하지 마라. 네가 아현에게 배우고 다닐 테냐?"

녹진자가 주목한 것은 그 말 중 '유언'이라는 부분이었다.

"홍광이, 그 아이가 결국 세상을 떴구나……."

광수가 고개를 끄덕였다.

"예. 어쩌다 보니 이번 해엔 제사도 걸렀군요. 감히 배은 망덕을 논할 처지가 저희도 못 됩니다."

장탄식이 흘러나왔다.

"세상 이치 참으로 모질다. 모질고 모질어……. 우리 본산의 아이들도……."

그러나 말은 뚝 끊겼다. 변명을 대신 해 줘 뭣 하겠는가. 저리 앞뒤 구분 없이 증오로 세상 살 만한 일을 당했는데.

고개를 절레절레 흔들며 녹진자는 헐렁한 소매 춤에 손을 넣었다.

그 손에 잡혀져 나온 것이 하나의 환단이었다.

대번에 잔소리가 튀어나왔다.

"야! 거, 종이로라도 싸서 다니든가 하지, 그게 뭐냐!"

"뭐긴 뭐요, 내 심후한 내공이 실린 살에 접촉하면 약효가 더 늘어나는 거지."

"……!"

어처구니없어 하는 것은 연미뿐이었다. 돌아보니 아무도 표정의 변화가 없어서 연미는 순간적으로 헷갈렸다.

'진짜로…… 녹진자 어른만 한 고수는 살에 비비기만 해도 그런 효과가 있나?'

설마…….

"어르신, 그것은……?"

거무스름한 환단의 모양새가 기막혀 물어본 질문이었다.

"이거…… 영험한 거지, 그럼."

녹진자의 말이 장황해지려는 기미가 보이자 종남일기가 중간에 자르려 들었다.

"약장수냐? 영험?"

그래서 녹진자의 표정이 약간 뚱하게 변했다. 하지만 이미 내뱉은 것을 도로 주워 먹을 수는 없지 않은가.

녹진자 개인이 문제가 아니라 화산의 체통이 한 방에 무너질 수도 있는 문제였으니 말이다. 약간 궁시렁거리다가 녹진자는 설명하기 시작했다.

"영물이란 건 세상에 알려진 듯이 말 그대로 영험한 거야. 영물은 세상의 기운이 흐르는 것을 보거나 혹은 느끼지. 그리고 거기 맞춰 반응해서 살아가는 거야. 이 환단의 재료가 된 놈도 그랬다."

"영물이군요."

광겸이 신기하다는 듯 자세히 들여다보며 말했다. 하지만 광검은 고개를 돌리고 반응하지 않아서 광수의 울퉁불퉁한 손이 억지로 돌려놓았다.

"험, 험. 일단, 모든 생명체는 열이 있다. 열이 있어야 하지. 북해의 차가운 바닷속을 헤엄치는 물고기도 열이 있다. 열이 없는 것은 시체뿐이야. 음중극음을 남자가 익히면 그래서 시한부 인생이 되는 거다. 아무리 극음이라도 생명인 이상 열은 미세하게 남아 있거든."

어째서 그런가?

음중극음은 원래 어두움과도 상관이 있다.

그 어두움은 극중극암, 아무것도 없는 어둠을 가리킨다.

음은 그늘이다. 햇빛의 반대급부로 생긴 것이니 곧 햇빛이 있어야만 생길 수 있는 말이다. 하지만 음중극음, 극중극암은 해조차 없는, 아예 아무것도 없는 암흑을 가리킨다. 양도 없으니 열도 없고, 한 가지 있다면 절대의 차가움뿐이다.

음과 암과 냉, 혹은 한(寒)은 그래서 통하는 말이다.

"강한 열은 음을 익힌 자에게 독이지. 하지만 최소한의 열기만을 계속해서 지속적으로 지켜 준다면 이야기는 다르지."

삼 형제의 눈이 번쩍하고 빛났다.

사실 모난 광검조차도 가장 듣고 싶은 말이었다. 제 목숨이 왜 아깝지 않겠는가. 녹진자는 히죽 웃었다.

"이제 먹고 싶은 마음이 생겼냐?"

광검은 대꾸 없이 그 검은 환단만을 쳐다볼 뿐이었다.

종남일기가 재촉하는 소리가 들려왔다.

"빨리 먹어! 마교에게 복수할 만큼 사는 시간을 늘리려면 말이지."

이렇게 광검을 둘러싸고 신경전이 벌어졌다.

늘 그렇듯이 어둠 속에서 회의가 시작되었다.

"소모전은 이제 필요가 없어졌습니다."

젊고 낭랑한 목소리였다.

이미 세상에 공표가 된 시점이다.

강북련과 구대문파의 공동 발표가 지금 막 났을 터이고, 아마 이십 일 정도 후면 천하 각지로 퍼져 나갈 터였다.

"크흐흐흐, 이미 충분히 힘을 기른 상태. 만령충도 그득하고, 우리도 나가기만 하면 된다, 이거로군."

고수라면 흔히 가지고 있는 밝은 안광이 그에겐 없었다.

다만, 끔찍할 정도로 긴 손톱이 빛나고 있었다.

붉은빛, 거의 반 자 가까이 될 듯한 손톱을 지닌 손이 움직였다.

어둠 속에서 열 가닥의 붉은 잔상이 남았다가 사라졌다.

이른바 조강(爪罡)을 아무렇지도 않게 구사하는 것이다.

"그래도 너무 이른 감이 있어요."

고우면서도 한 가닥 색기 어린 구석이 있는 여인의 목소리가 울렸다.

"그 서안에 견자단인가 하는 녀석들…… 만령충을 알아요. 이게 어찌 된 거죠?"

그러자 처음의 젊은 목소리가 울렸다.

"그 개들은 저도 뭐라 확답을 드리기 애매합니다. 강북련의 저희 첩자에게서 계속 보고를 받고 있습니다. 아마 만령충을 안다면…… 십여 년 전, 그 지진으로 인해 탈옥했던 실험체 같습니다."

그러자 침묵을 지키던 칼칼한 저음이 끼어들었다.

"죽이시오."

눈이 떠졌다.

후와압―

역시 안광은 없었다.

그러나 세상의 아무리 희미한 빛이라도 모조리 빨아들일 듯한 극중극암의 기운이 눈동자에서 일렁였다. 그 일렁임을 타고 어둠 중에서 유독 더 검은 소용돌이 두 개가 허공에 떠 있었다. 그 어둠의 소용돌이 두 개가 더욱 세차게 맴돌았다.

"그 실험체들 중 살아남은 것은 오로지 윤홍광이 데려간 것들뿐이오. 교의 대업에 충분히 방해가 되고도 남소. 죽이시오."

그러자 소용돌이가 가라앉았다.

말도 끊겼다.

원래 그랬던 듯 암흑만이 남았다.

"저 멀리 동이족에는 낙랑의 전설이 있다."

보랏빛 입술이 '음산' 하게 속삭였다.

"적이 쳐들어오면 왕성에서 알게 되는 비술. 자명고, 그 정신 공명의 비술이 있지."

붉은 입술이 '음란' 하게 움직였다.

"호동은 낙랑 공주를 유혹해 그 비술을 알아냈지. 그래서 낙랑은 망했다. 순간의 음란함을 이기지 못한 여자 하나 때문에."

붉은 입술이 보랏빛 입술을 덮었다.

눌려진 입술들이 꿈틀대며 욕망을 일깨우자 감각이 극대화되었다. 그 감각이 머릿속을 자극했다.

하얗고 섬세한 여인의 손이 남자의 등 근육을 감싸 안았다.

순간, 떨어진 보랏빛 입술에서 거친 숨결이 토해졌다.

"후욱."

붉은 입술은 그런 남자의 구석구석을 집요하게 파고들었다.

보랏빛 입술의 남자가 고개를 치켜들고 본격적인 한숨을 토하자, 그 안의 만령충도 같이 꿈틀거리며 암컷을 부르기 시작했다.

낙랑의 자명고 수법은 동이족의 지배자 고구려에게 악독한 수법으로 낙인찍혀 천 년 전에 맥이 끊겼다.

하지만 만령충의 힘을 빌리면 다시 가능한 것이다. 마교는 이런 비술이 얼마나 더 있을까?

남자를 자극시키도록 훈련받은 붉은 입술의 여인은 될 수록 천천히 움직였다.

"후우욱―!"

보라색 입술이 다시 열리며 제법 긴 한숨이 토해졌다.

다음 순간, 남자의 눈이 홱 뒤집어지며 흰자위만 드러났다.

절정에 올랐으나 분출을 하지 못하는 욕구가 강하게 축척되었다가 한순간 폭발했다.

그 정신 파장, 그것을 증폭시켜 주는 만령충의 떨림이 멀리…… 서안까지 전달되었다.

[죽여라!]

광명은 부모님이 '너만은 꼭 빛을 보라' 는 뜻으로 지어 주신 이름이다. 그리고 나이 스물다섯에 강북련 중앙의 본단 휘하 무사가 된 것은 빛을 본 것 정도가 아니라, 어쩌면 그 빛 안으로 들어간 것일 수도 있었다.

그러나 호사다마라고, 빛이 있으면 그림자도 있는 법.

광명은 지금 견자단 개자식들의 집에 있는 두 여자와 한 꼬마를 돌보는 일을 맡고 있는 중이었다.

'이게 참, 뭔 일이야?'

오호맹과의 전쟁터에서 날고 기어도 모자랄 판에!

견자단 삼 형제가 차지하는 위치가 급격히 높아지지 않았다면, 아마 다른 임무로 옮겨 달라고 신청했을 것이다.

종남일기, 녹진자.

사실 얼굴 한 번 보리라고 아예 기대도 안 했던 전설의 인물들 아닌가. 그런데 이렇게 자기와 같은 집에 있다니.

광명은 오히려 자신이 다른 곳으로 옮겨질까 걱정해야 할 신세라는 것을 깨닫는 중이었다.

방 안에서 벌어지는 삼 형제와 두 기인 사이의 설전이 안 들릴 리가 없었고, 광명은 그래서 담 너머로 자신을 쏘아보는 괴인을 약간 소홀히 했다.

그리고 그 순간에 괴인의 눈이 번쩍였다.

그 번쩍임 사이로 흰 촉수가 언뜻 지나갔다. 만령충의 조종자, 충령체(蟲令體)의 표식이었다. 지금 저 남쪽에서 벌어지는 정사가 만령충을 자극한 것이다. 서안에 있던 충령체가 그 공명을 받아 석 달 전 음식 안에 섞인 만령충의 알을 모르고 먹은 광명을 조종하고 있었다.

'커헉…….'

광명은 가슴을 쥐어짰다.

석 달의 기간이 광명에게는 천국 같던 시간이었다.

기운이 잘 느껴졌다. 진기의 소통이 잘되었다. 내공이 하루가 다르게 늘었다.

그럴 수밖에 없었다.

만령충은 흡정공의 궁극에 달한 형태였다. 극.

남의 내공을 빨아먹는 것이 아니었다.

천지에 가득한 기운을 빨아먹고 사는 벌레가 바로 만령충인 것이다. 광명이 다른 이들보다 먼저 발전할 수 있던 이유였다.

수련생 중에서 빠른 진척. 정식 무사가 되고, 그중에서도 튀어 승진, 그리고 또 승진……. 그러나 이 한순간!

꿈같은 석 달이 흔들렸다. 머리가 흔들렸다. 눈앞의 현실도 흔들렸다. 사고가 정지했다.

광명은 입을 벌렸다.

그러나 말은 나오지 않고 침만 주르륵 흘러내렸다.

광명은 그대로 방문을 열어젖혔다.

다 모여서 식사하던 방의 맞은편, 바로 아현의 방이었다.

서탁에 기대 혼자 눈물을 훔치던 아현의 얼굴이 의혹에 물들었다.

"아저씨, 어디 아파요?"

다음 순간, 흰 지렁이 떼가 광명의 입에서 튀어나왔다.

"까아아아아아악—!"

콰장창—

문짝이 부서졌다.

아현의 비명 소리가 들리기 직전, 종남일기와 녹진자는 근처에서 잡히는 괴이한 파장을 분명히 느꼈다.

그리고 그것은 만령충에 민감한 삼 형제가 간발의 차이로 먼저였다. 느껴지는 순간에 광검이 먼저 몸을 돌리면서 문을 부순 것이다.

"아현아!"

다음 순위로 방에 들어온 사람들도 멈출 수밖에 없었다.

지렁이 같은 흰 촉수는 세 척 길이로, 아현의 조그만 몸을 휘감기에는 충분했다. 광명의 입에서 나와 수백 가닥으로 갈라진 촉수가 벌인 일이었다.

그리고 그중 일부가 아현의 입을 벌리고 있었다.

놀란 아현의 눈에서 하염없이 눈물이 흘렀다.

삼 형제와 두 노고수의 눈이 집중적으로 향해진 곳은 그 촉수의 중앙이었다. 약간 굵은 촉수가 아현의 벌려진 입으로 천천히 들어가는 것이 보였다.

"아가—!"

뒤늦게 뛰어 들어온 홍춘이 절규하며 무작정 달려들었다.

"안 돼!"

수백의 지렁이가 무더기로 꿈틀거렸다.

꿈틀거림이 일어나자마자 홍춘이 서 있던 자리는 마치 창처럼 꼿꼿한 만령충의 집합이 꿰었다. 광수가 끌어낸 직후였다.

아현의 입으로 들어가려던 촉수의 중앙이 갈라졌다.

그리고 뭔가 타원형의 물체가 나왔다. 역시 흰색이었다.

"백선고의 알이로구나!"

백선고는 만령충의 근본 뿌리가 되는 원래 모습이다. 저것이 사람의 몸으로 들어가면 곧 부화해 사람을 잠식하고, 만령충으로 진화해 기를 빨아들이기 시작한다. 사람의 몸을 이용해서.

만령충의 촉수가 이 작업을 보호하고 있고, 게다가 바짝 끌어안고 있었다.

아현의 입안으로 저 끔찍한 것이 들어가려던 찰나였다.

검을 뺄 시간도, 저 알이 흔들려 아현의 입안으로 떨어지지 않게 할 자신도 없는 상황. 무엇보다 광검은 아현을 아꼈다.

광검의 입이 바득, 깨물어져 비틀어졌다.

'깨어나라! 얼어붙은 저주들아!'

광검이 북해빙궁의 저주를 풀어 백선고를 꿈틀거리게 만들었다. 몸속에서 백선고가 광포하게 꿈틀거렸다.

흰 만령충 수백 가닥, 그사이로 잠깐 비춰진 광검의 모습을 아현의 눈이 얼핏 보았다.

그리고 지금 자신이 처한 상황보다도 더 놀라는 아현이었다.

"아, 어, 어거거!"

광검의 손바닥을 그대로 찢으며 흰 촉수가 폭출되었다.

음중극음, 극중즉암, 극냉의 기운이 섞인 피가 흩어졌다.

광검의 손바닥에서 튀어나오자마자 피는 방울방울로 얼어
붙었다.

툭, 투두둑, 툭.

피의 얼음조각이 방바닥에 흩어졌다.

음중극음. 빙궁에서 익히려 애쓴다는 그 전설이 이렇게까
지 끔찍한 모습으로 변한 것이다.

그즈음에는 상황이 끝나 있었다.

광검의 손을 찢고 나온 촉수에서 다시 한 번 수백 가닥의
촉수가 갈라져 나와 믿지 못할 광경을 보여 주었다.

광명의 입에서 나온 수백 가닥의 촉수를 완벽히 제압하
고, 백선고의 알마저 꿀꺽 삼켜 버렸다.

그리고 광검의 쌍도가 휘둘러져 광명의 목을 쳐 떨어뜨렸
다.

촤아악—

피.

천장에 뿜어진 피가 도로 아현의 얼굴로 떨어졌다.

투두둑— 투둑—

그러나 아현은 그런 것을 의식하지 못하는 듯했다.

아현의 눈은 광검만 쳐다보고 있었다.

"삼촌……."

광검은 만령충을 꺼내 든 팔을 움켜잡고 있었다.

만령충은 한 번 나와서 도로 들어가기 싫은 듯 꿈틀대며
광검의 팔을 감싸고 조였다가 마구 발버둥을 쳤다.

만령충의 촉수 근육이 끼드득 대는 소리가 소름 끼쳤다.

광검의 이맛살에 굵은 힘줄이 돋아나고, 고통으로 이를 악물고서 식은땀을 흘리기 시작했다.

"크윽! 꺼, 꺼내긴 쉬운데, 도로 넣기가…… 젠장! 뭐 해! 근처에 파장이 남았잖아!"

소리를 질렀다. 그러자 호흡이 흐트러졌다. 저항이 약해진 틈을 타서 만령충의 촉수가 크게 꿈틀거렸다.

"아악! 둘째 삼촌!"

애가, 제 눈앞에서 목이 떨어진 사람을 보고도 피 한 방울 안 섞인 삼촌을 먼저 걱정한다. 아현은 피투성이가 된 얼굴로 눈물을 뚝뚝 떨궜다.

아현의 사무치는 외로움이 그간 어떠했는지, 홍춘의 눈에 알알이 박혔다. 홍춘의 쥐어진 주먹이 부르르 떨렸다.

"아현아, 둘째 삼촌 몸에 손대면 안 된다!"

광수의 손을 붙들고 간절히 쳐다보는 아현의 눈빛. 그러나 광검은 소리쳤다.

"아, 한두 번 겪어! 놔두고 가서 그 새끼나 빨리 죽여 없애란 말이야!"

긴말을 내뱉은 것이 먼저 내뱉은 호흡의 구멍을 채 메우기도 전이었다.

광검의 성깔은 이럴 때 너무 불리했다. 손바닥에서 나온 만령충 촉수는 그야말로 구렁이처럼 굵어진 상태로 광수의 팔을 거꾸로 거슬러 올라 휘감아 버렸다.

팔이 거의 두 개로 쪼개질 판이었다. 피가 마구 튀었다.

투두둑— 탁— 타다닥—

나오자마자 얼어붙으면서 여기저기 방바닥으로 떨어져 굴렀다.

만령충의 촉수는 다시 수십 가닥으로 좌악 갈라졌다.

그리고 확 늘어나며 광검의 얼굴을 덮었다.

"아악! 삼촌, 어떻게 좀 해 봐! 엉엉엉!!"

광검이 막히는 소리로 다시 한 번 악을 썼다.

"빨리 가! 멀어지고 있잖아! 킥!"

숨을 쉬어야 진기를 모으고, 그 진기로 만령충을 얼려야 한다. 그러나 만령충은 광검의 목구멍으로 쑥 들어가 버렸다.

손바닥에서 나오고, 그게 꿈틀대며 다시 입으로 기어 들어가고…….

그러나 광검은 욱욱대면서도 나머지 한 손으로 가라는 손짓을 계속해 댔다.

"에잇, 성질하고는. 진짜!"

광겸이 성질을 버럭 내며 휙 뛰쳐나가 버렸다.

입을 벌리고 서 있던 녹진자가 황당해하며 물었다.

"야, 저놈 저거, 그냥 둬도 괜찮겠냐? 저 만령충 기세가 장난이 아닌데."

"쿠우—후웩!"

광검이 구역질을 하듯 입을 크게 벌렸다. 한쪽 눈이 붉게 충혈되고 흰 촉수가 안에서 휙 지나가는 모습이 보였다. 부풀었다. 눈동자가 삐져나올 것 같았다.

"웨익— 가!"

"조심해라."

짧은 염려의 말만 남기고 광수마저 돌아섰다.

"네놈이 남아 있어 봐. 혹시 모르니까."

종남일기는 녹진자에게 말하고 광수를 따라 몸을 날렸다.

그렇게 주변이 정리되자 광검은 연미와 홍춘에게 아현을 데리고 나가라는 손짓을 했다.

아현이 채 눈을 떼지 못하며 질질 끌려 나가자 광검은 그제야 방바닥에 쓰러졌다.

손바닥은 아주 걸레처럼 찢어져 나가 만령충이 왕창 튀어나왔고, 광검의 온몸을 뒤덮어 버렸다.

꿈틀대며 광검을 내부가 아니라 바깥에서 먹어 치우려는 모습에 녹진자가 고개를 절레절레 흔들었다.

"이런 고통을 숨 한 번 쉴 때마다 느꼈을 텐데…… 독한 놈."

방문 밖, 참혹한 광검의 모습에 아현은 눈물만 흘렸다.

홍춘과 연미의 눈도 그렁그렁하게 눈물이 맺힌 채 붉어져 있었다.

아현을 구하기 위해 저런 끔찍함을 자초한 것이다.

욕쟁이 광검은…… 그런 성격이었으니까.

충령체 십오호는 달렸다.

"거기 안 서! 이 더러운 구더기 집합소 똥통 자식아!"

광겸의 쌍도는 이미 허연빛을 발하는 중이었다. 전속력으로 달리는 자신의 속도를 넘어서 계속 가까워질 정도로 빠르게 치달렸고, 게다가 저 쌍도를 하얗게 달군 것은 강기가 분명했다.

그런데 그 와중에도 고래고래 소리를 지르는 것이다.

충령체 십오호는 문득 생각했다.

'저놈 진기랑 호흡이 따로? 설마 그런 황당한 경지를⋯⋯!'

어차피 잡힌다.

십오호는 갑자기 멈춰 서서 홱 돌아섰다. 아직 이십여 장 정도 여유가 있었기 때문이다.

광겸이 이를 갈며 외쳤다.

"죽여 버린다!"

그때, 십오호의 양팔이 활짝 펼쳐지며 눈이 감겨졌다.

훤히 비어 주고 올 테면 오라는 도발!

"조심해라!"

멀리서 광수가 소리 질렀다. 그러나 광겸은 속도를 늦추지 않았다.

광겸의 몸을 한 번 뚫고 나올 때마다 만령충은 기세가 성장한다.

하마터면 아현도 감염될 뻔하지 않았는가.

걸음을 늦출 수가 없었다. 오히려 더 빠르게 박찼다. 광겸의 눈에 십오호를 정점으로 주변의 사물이 확 늘어났다.

"어억!"

가장 늦게 달려오던 종남일기가 경악했다.

'만령충을 부르고 있다!'

시장통이었다. 워낙에 빠른 추격전을 벌이는 셋을 미리 피하느라 사람들이 갈라져 길을 트고 있던 상태였다.

그런데 양쪽에서 상인 서너 명이 배와 가슴을 부여잡더니…….

푸와악—!

흰 촉수가 뻗어졌다. 충령 십오호의 미소가 언뜻 번지는 듯했다.

"흥!"

하지만 광겸의 눈에는 불길만이 있을 뿐이었다. 광겸의 모습에 분노한 칼은 늦출 수가 없었다.

"죽여 버…….."

쿠파다닥—!

쌍도에서 무지막지한 강기가 사정없이 폭발했다.

"린다…….."

만령충을 내뱉은 상인들의 목이 한꺼번에 떠올랐다.

"고…….."

촤아악—

꿈틀—

아직 두어 자밖에 자라지 못한 만령충의 촉수가 그 목을 채 따라잡지도 못하고 허공에서 춤을 추었다.

"했지! 이…….."

상인들의 잘려진 목과 머리가 광겸의 도강에 의해 터져 나가 버렸다!

퍼버버벅—!

그제야 사람들이 비로소 반응했다.

"으아아아악! 괴물이다!!"

"살인이야! 사람 살려!"

"까아아아악!"

사람들의 어지러운 비명 소리 사이로 광겸의 끝말이 들렸다.

"자식아!"

십오호의 눈이 확 떠졌다.

방패막이로 내세운 상인들도 광겸은 인정사정없이 그냥 베어 버렸다. 그 무지막지한 도강이 홱 돌아갔다.

저게 튕겨지는 순간이 마지막이다.

충령 십오호는 숨을 크게 들이마셨다. 그러고는 자신이 동원 할 수 있는 힘은 모조리 끌어 올렸다.

파팍! 팍!

귀, 코, 입, 스스로 열어 버린 뱃속에서까지 흰 촉수가 튀어나왔다.

족히 수천 가닥의 구렁이 떼였다.

광겸의 이빨도 악다물어질 만큼 많은 숫자.

그러나 바로 뒤에서 광수가 소리쳤다.

"숙여!"

광겸이 머리를 바짝 숙였다.

광수의 두 손이 오른쪽 옆구리로 모아져 있다가 왼발과 같이 앞으로 쭉 전진했다.

흰 구렁이들도 어쩔 수 없이 십오호의 가슴에 일격을 허용했다.

쿠웅―!

동그란 파문은 충령 십오호의 가슴을 울컥거리며 뒤집어 놓았다.

"커허―!"

여인과의 정사는 만령충의 파장을 극대화시키는 향을 맡으며 치러졌고, 집법당 고수들이 지켜보는 가운데 이루어졌다.

남의 눈이 있는데도 아무 상관이 없는 사람은 역시 뭔가 달랐다.

보랏빛 입술을 매만지던 희고 고운 손이 갑자기 부르르 떨었다.

"커커컥!"

그 손이 갑자기 보랏빛 입술을 쥐어 뜯 듯이 힘을 주고 마구 할퀴려 들었다. 그러나 허사였다.

붉은 입술의 육감적인 여인은 손의 동작을 멈췄다.

우득―

목이 괴상한 각도로 꺾여 힘이 빠졌다. 손도 떨궈졌다.

보랏빛 입술의 남자가 눈을 떴다.

검은 소용돌이가 확산되다가 다시 빨려 들어갔다.

제단 옆에서 향로를 지키던 복면인들의 놀란 질문이 던져졌다.

"무슨 일이십니까?"

마교다. 그런 만큼 괴사라고는 할 수 없었다.

그러나 전에 한 번도 없던 일이다. 이만큼 흥분했던 적이 없었고, 그나마 색희(色嬉)가 가르친 애들이 아니면 이 남자를 그렇게 흥분시키지도 못했다.

정사를 치르던 여인을 갑자기 죽여 버릴 만큼의 흥분이란 최소한 이 남자에게는 없었다.

냉정하고 차가운, 그리고 백선고의 여왕충을 지니고도 여태 살아 있는 남자.

갑자기 왜?

그래서 질문이 던져졌다.

"혹시 서안에 무슨 문제라도?"

보랏빛 입술이 잘근 물려지고, 감은 눈 사이로 검은 소용돌이가 한 번 더 새어 나왔다.

"십오호가 죽었다."

"충령체가 죽다니!"

충격이 대전 안을 휩쓸고 지나갔다.

"서안에 누가 있지?"

"종남이 가깝기는 합니다. 저번의 문제도 있고, 마침 종남일기가 견자단의 집에 와 있었다면······."

"아무리 반로환동이라 해도 이렇게 빨리 충령체를 죽일 수는 없어."

그러자 보랏빛 입술이 다시 열렸다.

"아니, 자연과 동화해 순수해진 그런 기운이 아니다······. 뭔가 달라······. 이것은 꼭······."

복면인들의 눈이 좁혀들었다.

그렇다면 정종심법의 깊고 유순한 성질의 것은 아니라는 말이었다.

대체 무슨 느낌을 받았단 말인가.

"일단 교주님 직속 호법단에게 알려라! 급하다!"

감은 눈. 그러나 검은 소용돌이가 그 꺼풀 안에서 일렁이는 음영이 확실하게 보였다. 보는 눈이 아닌, 빛을 빨아들이는 저 무저갱 입구 같은 마안(魔眼).

흑마안이었다.

그 흑마안이 보고 전해 준 것은…….

"우리 식구들의 기운이야."

"뭣? 그럴 리가 없어!"

견자단이 실험체로 쓰이다가 도주했기 때문에 마교의 기운이 느껴질 수도 있다.

그러나 견자단은 충령체를 죽일 수 있을 정도는 아니지 않은가.

그 의문은 곧 풀렸다.

"이십 년 전…… 없어진 또 다른 여왕충…… 느껴졌다."

"뭐라고!"

검은 복면인이 충격을 받았다. 백선고의 여왕 벌레를 간신히 두 마리나 배양해 낸 것은 마교 독학(毒學)의 쾌거였다. 그러나 지진 때 그중 한 마리는 사라졌다.

"사, 사람이 그 마물을 이십 년이나 달고 산다니! 그게……!"

가능하지 않다는 것은 아니었다.

하지만 마교 안에서일 뿐이다.

인간의 경지를 넘은 자가 인간 세상의 수단을 초월한 마교의 수단을 힘입어 통제할 때뿐이었다.

복면인들이 믿지 못하겠다는 듯 신음성을 토하자 보랏빛 입술이 다시 열렸다.

"그림자…… 극한의 그림자. 빛을 잡아먹는…… 차가운 기운…… 느껴졌다. 아주, 차가워……. 너무 차가워서 빛도 얼릴 만큼, 저주받은 암흑의……."

"아뿔싸!"

집법당은 고수도 그냥 고수가 아니었다.

세상 기운이 돌아가는 이치를 훤히 꿰뚫고 있는 고수인 것이다. 어찌 된 영문인지 단번에 알아차렸다.

"윤홍광! 그놈이 데려간 실험체에 백선고의 여왕이 들어붙었구나!"

"운홍광, 그놈이라면 북해빙궁의 저주를 구할 수 있지! 이런 무덤을 파내 갈아 버릴 놈!"

"서안 지부의 총력을 기울여 견자단을 쳐야 한다!"

복면인들은 모두 호법단으로 달려갔다.

홀로 남은 흑마안의 사내는 다시 입술을 비틀었다.

"그놈…… 강해. 만령충을 잡아먹을 만큼…… 사람을 더 보내야 해……."

독백은 천장에 붙어 있던 검은 인영이 들었고, 전음으로 다른 곳에 전해졌다. 대전은 다시 침묵으로 빠졌다.

목이 꺾인 여인의 시체만이 흉하게 쓰러져 있을 뿐이었다.

말을 못하고 눈만 왕창 커진 십오호의 가슴은 부글부글 끓어오르고 있었다.

그렇게 보였다.

가슴이 녹는 것이다. 거기서 만령충의 기가 다 흩어져 원래 백선고의 모양으로 되돌아간 벌레들이 기어 나오고 있었다. 수백, 아니, 수천은 되어 보였다.

시장통에서 구경하던 사람들을 제치고 벌써 개방 거지들이 쫓아와 있었다. 견자단의 집은 이미 개방과 종남, 화산의 영역에 들었다.

조그만 변화라도 놓치면 안 될 만큼 강호의 중요한 구심처로 떠오른 것이다.

"우, 우웩!"

"저! 생사람을 벌레가 먹다니! 저, 저!"

거지들이 사람들을 멀찍이 떼어 놓고 있는 동안 들려온 말이었다.

"천조쌍도 소협! 흩어지고 있소!"

막걸개가 급하게 외친 말에 광겸이 칼을 다시 들려 했다.

그때, 허공에서 육중한 중년인의 음성이 부드럽게 말했다. 내용도 그랬다.

"힘으로만 하지 말아라!"

종남일기의 신형은 아주 천천히 내려왔다.

능공허도. 아무것도 없는 허공을 계단 밟 듯 노니는 궁극의 보법이 수백 쌍의 눈동자에 그대로 잡혔다.

시장통의 수많은 사람들이 입을 쩍 벌리고 천신이 하강합네 어쩌네 할 만큼 노출이 되어도 사태가 급하니 어쩔 수가 없는 일이었다.

내려오면서 종남일기의 두 손이 손목을 합친 상태로 활짝 펴지고, 그게 둥글게 돌아 원을 그렸다.

통.

마치 아이들이 공을 튕기듯 부드러운 음이 한 번 일어나며 정말로 공이 나왔다.

공의 형태는 물에 파문이 일어나듯, 허공에 일어난 투명한 파문의 형태로 간간이 보일 듯 말 듯한 것이었다.

그러나 그 보일 듯 말 듯한 공은 충령 십오호의 가슴에 그대로 안착되면서 근소한 파문을 한 번 일으키고 비명을 이끌어 냈다.

"커어흑!"

충령 십오호는 눈을 까뒤집었다.

종남일기가 내뱉은 구체는 충령 십오호의 몸체 절반을 삼켰다가 다시 그대로 떠오르고 있었다.

거기 그 구체 안에 충령 십오호의 목과 팔다리를 제외한 몸통, 그리고 구체의 벽을 타고 꿈틀거리는 백선고가 가득 들어 있었다.

백선고가 기어 다니며 구체의 형상을 그대로 보여 주었다.

시장통의 방정맞은 누군가가 아는 척 소리를 질러 댔다.

"허, 허공섭물의 경지가 어떻게 저렇게까지?! 시, 신선이시다! 여산에 신선이 살아 계시다고 하더니, 저 괴물을 처리하러 내려오신 거야!"

벌써 화가 풀려 버린 광겸이 히죽 웃었다.

"언제 여산으로 이사하셨대요?"

종남일기의 중후한 얼굴이 그 웃음 때문에 체통 없이 찌그러졌다.

"이놈이, 지금 농담할 때냐?"

그와 동시에 백선고들이 한쪽으로 몰리기 시작했다.

원의 형체에서 반구의 모습으로 보일 만큼 마구 꿈틀대며 원 안쪽으로 쏠려, 종남일기의 구체 바깥으로 나가려 애를 쓰는 것이다.

왜 그럴까는 생각할 필요도 없었다.

저만치 뒤에서 한쪽 발을 절며 그 구체를 노려보고 다가드는 사람이 있었다. 광겸이었다.

백선고의 여왕체는 오랫동안 다른 백선고를 만나지 못하면 광적으로 변한다. 광겸의 성격 역시 늘 죽음과 통증의 여파로 광적이었다. 그래서 나오는 파장이 백선고에게 본능적인 공포를 안겨 주고 있었다.

이 광경을 마교에서 봤다면 또 다른 연구 거리로 삼았을 테지만, 이쪽은 그런 걸 염두에 두고 싶지도 않았고, 이해하고 싶은 심정도 아니었다.

광겸의 움켜잡은 팔에서 경련이 일었다.

부들부들.

광검의 얼굴에도 경련이 일었다.

광검은 팔을 들어 그 구체를 잡았다.

"열어 줘요."

종남일기의 얼굴이 경악으로 물들었다.

뭘 하려는지 알아챈 것이다.

"야, 이놈아! 너 인생을 그렇게 극단적으로 살 거야?"

광검은 이글거리는 눈으로 백선고를 노려볼 뿐이었다.

"내겐 복수뿐이야! 그거 없으면 난 살 이유도 없어요! 열어 줘요!"

종남일기가 꾸지람을 내렸다.

"네놈이 아까 아현이 구하려고 그 고통을 자초한 건 뭐냐? 같이 살아남는 데 집중해도 모자랄 판에 죽으려고 기를 쓰다니, 뭐 하자는 짓이야!"

광검의 얼굴에 다시 식은땀이 송글송글 맺혔다. 힘이 드는 모양이었다.

"그건…… 돌아가신 사부님의 의리 때문이오."

세상 연륜 살고 살고, 또 살아 아주 남아도는 종남일기가 사납게 정곡을 찔렀다.

"말 참 예쁘게 잘한다! 가슴속에서 호랑이가 날뛰는 걸 아현이 말 한마디에 붙잡아 얌전히 앉혀 놓은 주제에, 뭐?"

"열어 달라고, 썅!"

광검의 욕설에 개방의 인물들이 움찔했다. 종남일기가 어떤 사람인가. 당금 구파의 장문인들 배분은 마침 거의 비슷했다. 개방의 통현개만이 반 배분 정도 높을 뿐, 희한하게 비슷한 시기에 바뀐 상태였다.

그런 구파의 장문인들을 전부 다 두 배분 정도 아래로 두고 있는 녹진자였다. 그리고 그런 녹진자에게 선배 대접을 받고 있는 종남일기 아니던가. 그런데 쌍이라니!

그러나 종남일기는 막상 욕설에 신경을 쓰는 것이 아니었다.

"야! 네놈이 형이잖아! 저놈 좀 타일러 봐!"

광수의 얼굴도 입이 꽉 다물어져 괴로운 심경이 그대로 드러났다.

광수의 깊은 눈은 아직도 숨을 그르렁대는 광검을 한참이나 바라보다가 천천히 열렸다.

"열어 주십시오, 어르신."

"뭐?"

종남일기의 턱이 일 장 높이에 떠 있는 상태로도 땅에 닿을 만큼 벌어졌다.

"이, 이놈들이 아주 같이 미쳐 돌아가냐?"

광수의 입은 닫혔다.

눈도 감겨졌다.

광검도 돌아서 두 개의 칼을 마무리하고 이쪽을 등졌다.

종남일기는 기가 찬 듯 내뱉었다.

"참…… 이놈들아! 애들 눈에서 피눈물 나게 하는 게 세상 잘못 돌아가게 하는 어른 중 하나가 되었다는 증거야! 에라이, 난 모르겠다!"

광검의 얼굴이 구체 안으로 쑥 들어갔다. 백선고는 난리를 쳤다. 그러나 그것도 소용없이, 광검의 입에서는 기다란 만령충의 촉수가 튀어나와 백선고를 먹어 치우고 있었다.

"으, 으아악! 저, 저게 뭐야!"

"저, 저!"

여기저기 있던 시장통 구경꾼들의 입에서 경악성이 터져 나왔다.

지켜보던 막걸개의 얼굴에서도 땀이 흘러내렸다.

한겨울, 두터운 옷을 입어야 하건만, 거지인 탓에 그렇지 못한 상황임에도 땀이 흐르는 것이다.

견자단 둘째, 광검의 생은 저렇게 비뚤어졌다. 물론 본인 책임은 아니었다. 저걸 먹으면 광검의 복수, 즉 마교를 상대하는 일이 조금이라도 더 나아진다는 것은 막걸개도 본능적으로 느끼는 바였다.

'그래서 말리지도 못하냐……. 저건 사람의 길이 아닌데…….'

그러나 어쩔 것인가.

막걸개는 저 백선고를 먹어 치우는 광검의 헛소리를 계속 들을 수밖에 없었다.

마지막 한 마리까지 먹어 치우자 광검은 침을 탁 뱉었다.

"까불기만 해 봐, 이 자식들! 역으로 훔쳐보고 찔러 버릴 테다!"

종남일기의 얼굴이 굳어졌다.

"저놈, 오늘 이해 안 가는 말 많이 뱉는다. 애야, 저게 무슨 뜻이냐?"

광수는 전혀 웃지 못할 표정으로 대답했다.

"백선고를 검이의 몸 안에서 만령충으로 부화시키는 겁니다."

"그건 나도 알아! 그게 어쨌다는 건데?"

이어 광검의 입에서 흘러나온 말은 놀라운 것이었다.

"이미 마교에서 검이의 상태를 봤으니…… 이쪽도 마교의 시술자를 느낄 수 있는 겁니다. 충령체의 파장을 알고 있는 것들이니까요."

"뭐야? 만령충에 어째서 그런 능력이 있는 게냐? 서로를 부른다는 사실은 얼핏 알았지만, 설마 그 정도로……."

종남일기의 경악은 당연했다.

이십 년 전 마교와의 전쟁 때, 구파에 첩자가 끊이지 않는다는 의심은 바로 시기적절하게 매복하고 후방을 돌아 공격하는 마교의 작전 때문이었다.

첩자가 아니라면 도저히 상상도 할 수 없는 행태가 결국 구대문파를 서로 의심하게 만들고, 그 의심이 눈덩이처럼 불어나 결합이 풀어질 위기까지 갔다.

끝내 첩자를 밝히지 못한 것도 단단히 한몫했다.

정에 끌려 제 식구를 보호하는 것처럼 보이지 않는가.

의심은 계속 커지기만 했고, 꼬리는 보이지 않는 가운데 만령충과의 악전고투가 계속되던 지옥의 나날.

그런데 만령충의 파장을 이용해 먼 곳에서도 느끼고 보고 들을 수 있다면 이야기가 전혀 달라지는 것이 아닌가.

동시의 시간대에 수천 리 떨어진 곳에서 이런 정보의 공유가 가능하다는 것은 있을 수 없는 일이었다.

가장 빠른 파발마나 봉화도 불가능한 일이었다.

그런 개념 자체를 세우는 것조차 불가능한 것이다.

"수백 년 전에 동이족의 낙랑국에 자명고라는 정신 술법이 있었습니다. 그걸 마교가 우연히 알아내고 접목시킨 겁니다. 백선고를 이용한 거지만."

낙랑의 자명고가 무섭다는 점이 바로 이것이었다.

하지만 자명고는 꼭 필요했다.

특히 한 많은 광검에게는 더욱더. 그러나 그걸 얻는 과정은 구역질이 날 정도였다.

그럼에도 아무도 말리지 못했다. 광검의 눈만 차갑게 반짝일 뿐, 그 눈은 마치 얼음조각 같았다.

어떤 위로도, 어떤 치하의 말도 건네지지 못하고 썰렁한 바람만 시장통을 휩쓸었다.

사람들이 옷깃을 여몄다.

"가요. 우리 연미 기다리겠네."

광겸이 먼저 터덜거리며 집으로 향했다.

광검도 말없이 돌아서 따르기 시작했고, 막걸개는 고개를 저으며 한숨을 쉬다가 시체를 치우라는 호령을 내렸다.

종남일기의 한숨도 깊어졌다.

"대체, 오래 살면 뭐 하는 게냐? 내 나이 올해 이백 세수가 맞긴 한 게냐? 세상 불공평한 거 익숙해질 때도 됐구만, 참……."

광수의 눈은 광검의 등을 오래도록 쳐다보고 있었다. 찬바람이 눈동자를 할퀴어도 그냥 그렇게, 오래……

7.

짖든가, 아님 물든가

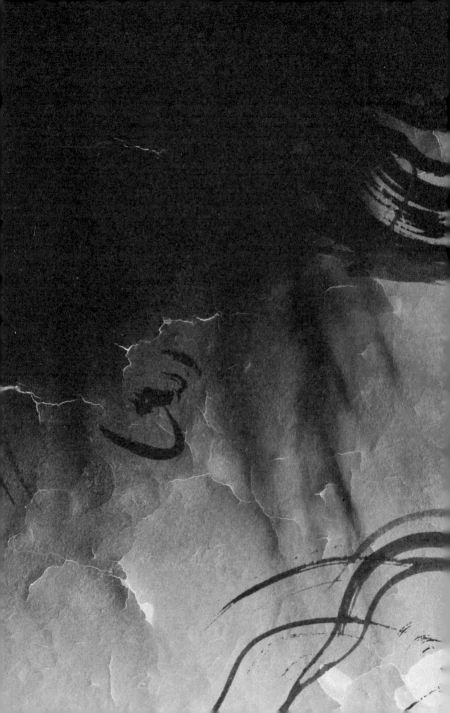

집은 북적북적했다.

개방의 급한 연락을 받은 강북련 서안 지부에서 조사관들
이 우르르 몰려나왔고, 녹진자는 번거롭다며 방에 들어간
상태. 놀란 것을 보고 놀란 가슴 진정시켜야 하는 아현과
홍춘, 연미가 질문 공세에 답을 하고 있었다.

특히 탁명옥의 표정은 못 봐 줄 만한 인상이었다.

"내가 직접 골라 데려온 녀석이……."

중후한 인격이 차마 욕은 나오지 못하게 했다.

광명의 부모에게 이걸 어찌 통보할지 막막한 심정도 있었
으니까.

강북련 중앙으로 들어가 조금은 안전하고, 조금은 보수가
더 높은 위치에 섰다고 그나마 위안을 삼을 사람들에게 덜

렁, 자식의 시신을 들이밀어야 하다니. 게다가 목도 제대로 추슬러지지 않은 시신을.

'부모가……'

기절 안 해 주면 그나마 다행일 것이다.

'어휴!'

탁명옥은 개판이 된 집 안을 추스를 책임도 같이 있었다. 무엇보다, 자신이 직접 고른 집이 아니던가.

"그만들 해!"

탁명옥의 높아진 언성에 세 사람을 정신없게 하던 말들이 쏙 들어갔다. 불편할 정도로 정적이 흘렀다.

그 틈에 연미와 홍춘이 한숨을 간신히 돌렸다. 그제야 아현의 얼굴에서 채 닦이지 않은 핏방울을 마저 지우고 있는 둘이었다.

"놀라셨네. 아무리 중요한 일이라고 해도 쉬어야 할 분들에게 뭔 짓들인가?"

"……"

탁명옥은 집 안을 휘 둘러보고 다시 지시했다.

"휴, 우선 아가씨와 부인들께서 좀 쉬시게 안으로 모시게. 의원은 불렀나?"

"예. 오는 중입니다."

탁명옥은 만령충에 대해 자세히 알 만한 세대는 분명히 아니었다.

이십 년 전이면 탁명옥도 한창 시절에 갓 접어들기 직전이었다. 알아들을 만한 나이였지만 그때 마교와의 일전은

격렬하기는 했어도 아는 사람만 아는, 그런 감춰진 전쟁이
었다.

탁명옥이 그나마 자세한 정보를 얻게 된 것은 견자단 삼
형제를 직접 관리하기 시작한 후였고, 그러니 그도 만령충
을 이제 처음 보았다.

평가고 상황 판단이고 다 집어치우고 그냥 끔찍하다는 것
이 전부였지만…… 어찌 돌아갔다는 사정을 아는 순간, 나
오는 것은 한숨이요, 눈앞을 덮은 것은 걱정뿐이다.

'대체…… 멀쩡히 잘 있던 사람을 한순간에 돌변하게 만
들다니!'

광명은 뭘 숨긴다거나 하는 성격 자체가 못 되었다.

그런데 그렇게까지 이성을 놓고 저항할 의지력마저 단숨
에 사라진 듯하지 않은가.

일단 백선고에 감염되기만 하면 백발백중이라고 봐야 했
다.

'어떻게 감염시킨 걸까?'

녹진자가 짧게 조언해 준 말로는 백선고의 알이 아현의
입에 들어갈 뻔했다니 일단 음식을 생각했다.

끔찍하고 또 끔찍했다. 얼마나 많은 사람들이 얼마나 많
은 끼니를 때웠나.

"대체 얼마나 감염된 거냐!"

눈앞이 깜깜하고 또 깜깜했다. 그 뒤를 물고 누군가의 말
이 들려왔다.

"저도 그게 걱정입니다. 어휴, 이걸 어찌 보고해야 할지,

무슨 수로 대책을 세워야 할지······."

탁명옥은 인상을 썼다.

반갑지 않은 것이 아니다. 반가웠다.

이렇게나 어처구니없는 마교의 힘 앞에 그 목소리의 주인 공들마저 없었으면 어쩔 뻔했는가.

다만, 그 목소리의 주인공은 이렇게나 진중하게 말할 성 질이 아니었다. 아현이 벌떡 일어나 소리쳤다.

"삼촌! 아빠!"

돌아보니 역시 광검이 혀를 내밀며 웃고 있었다.

"허험. 광검 대협, 모두 무사했구려."

그러자 광겸이 머리를 긁으며 중얼거렸다.

"대협? 작은형이?"

광검의 뾰족한 말투가 더욱 날카로워졌다.

"그래서 뭐가 불만이냐, 천조쌍도 나으리."

"뭐, 내가 먼저 별호를 얻었다고 그렇게 비뚤어질 필요 있는 거야?"

"그 입을 삐뚤어지게 해 주마!"

광검의 손이 다시 움직이려는 순간, 아현이 광검에게 다 가와 그 손을 만졌다.

"삼촌, 아직도 손이 차갑네?"

광겸은 입을 굳혀 버렸다.

"괜찮아, 이제."

광겸은 아현의 얼굴에 대고 웃는 여유까지 보이며 말했 다.

"아현아, 그 벌레 이제 잠자. 괜찮아. 이제 둘째 삼촌이 엄살 피우면 그대로 한 번 꼬집어 주면 되는 거야."

광검이 흥, 코웃음을 쳤다.

"착하게 클 애 꼬드겨 악독한 심성을 주입시키려는 네놈을 꼬집어 할퀴어야지!"

아현이 안쓰러운 듯 말하는 잔소리가 이어졌다.

"그만해, 이제. 난 둘째 삼촌 정말 죽는 줄 알았단 말이야."

그리고 그 말이 녹진자의 반응을 끌어냈다.

"역시나 애들한테 인생을 배우는 놈들아, 냉큼 들어와라!"

광검이 인상을 썼다.

"누가 주인이람? 어? 이거, 우리 집인데요?"

그러자 호통이 다시 들려왔다. 등 뒤, 종남일기였다.

"정확히는 강북련에 협조금을 걷어 주는 가난한 상인들의 것이잖아! 아무리 바른길 걷는 자들 안에 있어도 칼 든 놈이 웬 자기 거 타령이냐!"

거기에 대해서는 광검이 아니라 세상 어떤 무인도 할 말이 없을 것이다. 아예 원론적인 도덕을 말하는데 누가 흠집이 안 나올 손가. 그러나 말대꾸 안 하면 광검이 아니었다.

"이런 제기! 내 돈 주고 사 버릴 테다!"

그러자 광겸이 킬킬 웃었다.

"제기! 삐뚤어질 테다! 사춘기 애들 대사 아냐, 그거?"

"아, 냉큼 들어오지 못해?"

녹진자가 결국 언성을 높이고 말았다.

그렇게 분위기가 안정되는 듯싶었다.

간신히 연미는 한숨을 돌렸다.

'그나마…… 이런 농담이라도 안 들으면 아주 돌아 버릴 것 같으니…….'

한숨을 내쉬었다.

하지만 그 한숨도 도로 꿀꺽 삼켜야 했다.

강북련에서 직접 내려온 집사 장 노대가 어렵다는 표정을 지으며 다가온 탓이다.

"저기, 작은 아씨. 지금 시장 쪽에서 저희 집으로 손님이 오신다는 전갈입니다만……."

연미는 장 노대의 표정을 그냥 넘길 뻔했다.

"아, 그래요? 지금 강북련 조사관들이랑 해서 복잡한데, 누구 시킬래?"

혹시나 하는 마음에 확인한 질문이 결정적이었다.

장 노대는 홍춘을 곁눈질했다.

'……?'

연미는 그제야 정색을 했다.

"누구신데 그러는 거예요, 노대?"

채근하는 연미의 물음에 장 노대는 머뭇거리다 조심스럽게 말문을 열었다.

장 노대가 어렵게 꺼낸 말이 집 안에 있는 사람들의 몸을 모두 얼어붙게 만들었다.

"저기…… 모용세가 분들이십니다요."

하마터면 '누구라고요?'라는 질문을 던질 뻔했던 연미는 그제야 모용세가가 누군지 기억해 냈다. 홍춘과 아현의 얼굴과 몸이 굳은 것을 본 후에야.

윤홍광, 그 당대 협객의 딸과 손녀를 가혹하게 길바닥으로 내쳐 버린 집안이 아니던가.

그나마 멀쩡하게 잘살고 있어야 할 홍춘과 아현의 인생을 꼬아 버린 장본인들이 오시겠다니!

방 안으로 들어가려던 삼 형제도, 종남일기도, 탁명옥도 몸이 같이 굳어졌다.

감히 여기가 어디라고.

방 안에서 오히려 녹진자가 나와 버렸다.

"이거, 그놈들도 네놈들 때문에 미쳐 버린 거 아니냐? 낯짝은 있대냐?"

그러자 광수가 쓴웃음을 지었다.

"어차피 짐작은 했습니다. 모용세가 본가도 마침 이 근처였으니 소문을 안 들었을 리가 없잖습니까."

"무슨 소문? 아, 개새끼들이랑 사니까 유명해져서 그나마 또 잔소리하러 오는 거야?"

광검의 입부터 거칠어졌다.

광수가 따끔하게 찔렀다.

"아현이 친혈육이다. 자꾸 곤란하게 만들지 마."

"아, 저렇게 착한 애를 왜 버리고 이제 또 나타나냐고! 오지 말라 그래!"

드물게 광검마저 비릿한 미소를 지으며 광검을 응원했다.

"오지 말래도 오지 않을 수 없을걸? 나희령에게 원한이 있었잖아."

광겸의 지적은 확실히 날카로웠다.

잠시 침묵이 일었다.

맞다. 모용세가는 확실히 가주가 나희령에게 죽임을 당했다.

그 사건으로 인해 모용세가 내부는 어려움이 컸다.

물론 집안의 최고수이자 가장 큰어른인 모용중걸은 아직 살아 있었고, 섬서의 쟁쟁한 고수에 끼는 몇몇 식솔들도 건재했지만, 가주가 패했다는 상징적 의미는 대단한 타격이었다.

유명 가문의 무공은 거기 관련된 수많은 사람들에게 흥망의 기로를 좌우로 가르는 역할을 한다. 가주가 패해 죽었다는 사실은 가문의 생업에도 큰 영향을 미치기 때문이다.

그리고 모용세가와 직간접으로 연관을 맺어 먹고사는 군소 방파와 상인들의 머릿수, 그 딸린 식구들의 머릿수를 합치면 수만 단위가 금방 넘어간다.

그만한 사람들이 이를 갈아붙일 만한 일인 것이다.

그런 의미에서 나희령은 마녀였다. 많은 사람들의 생활고에 악영향을 끼쳤다는 점에서 말이다.

게다가 나희령이 모용세가에만 원한을 맺었나?

구대문파의 장문인 중 두 명이 그녀의 손에 죽었으니 이제 나희령의 구절편은 모용세가도, 그 문파들에게도 모든 것을 걸고 넘어야 할 벽이 된 셈이었다.

그런 나희령을 죽인 삼 형제에게 관심이 가지 않을 도리가 없는 것이다.

"그게 더 괘씸하지!"

광검은 확실하게 의미를 짚고 따졌다.

"형수하고 아현이 소식을 못 들었을 리가 없잖아! 십 년 가까이 팽개쳐 두다가 왜 이제야 고개를 디밀어? 자기밖에 모른단 얘기잖아!"

광수는 순간적으로 광검의 그 입을 쥐어박을 생각을 했다.

그러나 운은 이미 삼 형제의 편이 아닌 모양이었다.

"모용세가분들이십니다."

바깥문에서 쪼르르 달려온 하녀가 마침내 보고했다.

실상 홍춘이 고래 등 같은 집을 거부했기 때문에 장원은 바깥 대문과 안채와의 거리가 그리 먼 편이 아니었다.

광검의 소리는 바깥으로 똑똑히 확 날아가 버렸고, 모용세가에서 나온 사람들의 얼굴이 굳어질 수밖에 없었다.

홍춘의 얼굴도 일그러졌다.

시집가서 아이를 낳고 살던 일이 여인에게 어떤 일인가.

자기 인생을 잊어야 하는 일이다.

'자기'를 잊고 가문에 맞춰 준 대가가 어느 날 갑자기 길바닥에 나앉는 것이라면 그건 여인에게 어떤 일일까?

그나마 그걸 도로 받아 줄 친정조차 존재하지 않을 때는 자살하지 않은 것을 누구도 감히 이해하라고 말하지 못하는 일이다.

그러나 막상 힘든 것은 어른들이 아니었다.

광수가 걱정 하는 것.

다섯 살, 한겨울 길바닥으로 내쳐질 당시에 자신을 낳아준 친아빠의 얼굴을 그대로 기억하는 아현의 처절한 기억력이 가장 괴로운 것이다.

아현의 바들거리는 주먹이 그대로 증명하는 일이었다.

그 아현의 친아빠는 지금…… 건들거리며 헤헤, 웃고 있었다.

어처구니라는 것이 있어도 확 달아날 일이 아닌가.

물론 누구도 예상치 못한 일은 아니었다.

나희령에게 죽임을 당한 모용세가의 가주 모용중헌은 모용중걸의 형이다.

그러니까 아현의 생부인 모용청현의 큰아버지였다.

당시 모용세가의 세 마리 용이 다 자라면 강호를 놀라게할 것이라는 소문이 서안에 자자했다.

모용중걸의 아들 장룡, 장호, 그리고 모용중헌의 아들 청현.

그랬던 '서안삼룡'이 '이룡'으로 변했다.

홍춘이 쫓겨나고 나서 모용청현은 주색잡기로 퇴락의 길을 걸었기 때문이다.

모용청현은 중도를 잡고 진중해야 할 손이 달달달 떨릴정도로 술을 마셔 댔고, 결국 모든 가문의 일에서 제외될정도였다.

지금도 소맷자락을 길게 늘어뜨려 떨리는 손을 다 덮을

정도였다. 그런 모용청현이 웃으며 아현에게 멀쩡한 인사를
건넸다.

"헤헤헤, 우리 딸! 잘 있었어?"

"……!"

아현은 간신히 가라앉았던 눈물이 다시 고여서, 삼 형제
와 다른 모든 사람들은 어처구니가 저기 남쪽 끝 바다 해남
오지로 날아가 버려서 그 말에 대꾸가 없었다.

아마 그 혼자였다면 어떤 일이 벌어졌을지 몰랐겠지만,
불행히도 홍춘에게는 시댁 어른이 되는 모용중걸이 같이 있
었다.

그래서 홍춘의 발작은 일어날 수가 없었다.

물론 지금 길길이 날뛰어도 누구든 할 말이 없을 것이다.

그러나 여자의 마음이라는 것은, 풍진강호에 그대로 버려
져 홀로 자식을 독하게 지켜 낸 모성의 본능이란 그런 법이
었다. 지금 이 순간, 홍춘의 마음은 오히려 냉정히 가라앉
으며, 눈빛만이 독하게 반짝였다.

아주 독하게 말이다.

"그간…… 강녕하셨는지요?"

오히려 홍춘이 먼저 고개 숙여 인사를 했다.

모용중걸은 아주 뻔뻔하게 인사를 받았다.

"오냐. 그간 네 아버님이 보내신 제자들이 너를 거두었다
는 소식을 들었다. 그래서 들렀구나."

결국 홍춘을 보러 온 것이 아니고 견자단 삼 형제에게 볼
일이 있다는 말이 아닌가.

광검이 울컥, 나서려 했다. 그걸 종남일기가 잡고 눌렀다.

[애 눈에 또 눈물 흐를 만큼 발작하면 네놈 목숨 줄 연장시킬 약은 없을 줄 알아!]

이미 백선고까지 다 먹어 치웠다.

마교가 충령체를 일방적으로 부리는 것이 눈꼴시어서였다.

그러니 종남일기의 협박은 아주 제대로 정곡을 찌른 것이고, 광검은 어쩔 수없이 성질을 죽여야 했다.

그러나 그걸 어렵게 만드는 것은 정작 뻔뻔한 모용중걸이 아니었다. 미안하다는 표정을 그나마 내비치는 아현의 생부, 모용청현이었다.

"헤헤헤헤, 아현아, 아빠가…… 아현이 사 줄라고 책 봐 놓고 왔다. 아현이 책 좋아했잖아. 아빠가 그거 기억하고 있어. 아직 책 좋아하지?"

녹진자가 너무 황당해 중얼거리게 만드는 대사였다.

"이 상황을 연출하고서 애한테 저런 말이 나오냐? 저런 표정이 나오냐? 나도 술을 작작 마셔야 하려나? 저건 그냥 모자란 놈이잖아?"

모두의 눈이 아주 자연스럽게 녹진자에게로 돌아갔다.

모용중걸의 눈이 좁혀들었다.

말을 하기 전에는 모용중걸조차 몰랐다. 그러나 일단 한 번 느껴진 기도는 전에 만난 화산의 장문인을 훨씬 상화하는 것이고, 자신도 가볍게 누를 만한 것이었다.

엄청난 고수인 것이다. 게다가 술과 관련된 언사, 사람들의 체면을 아랑곳 않는 언행…….

"화산? 혹시…… 녹진자 어르신이십니까?"

녹진자는 불편한 심기를 고스란히 드러내며 인사를 받았다.

"흠, 어른 구분은 하네? 그런데 애들 구분은 왜 안 하고 사나? 저기 눈에 넣어도 안 아플 애 말이야."

녹진자의 손가락 끝에는 말문이 막힌 채 눈물만 그렁거리는 아현이 있었다. 그리고 확실히 뭔가 하나 빠져 보이는 모용청현도.

"아, 헤헤헤, 안녕하세요?"

모용중걸은 눈살을 찌푸렸다. 하지만 홍춘과 아현의 한을 생각하면 안 데려올 수도 없는 노릇이었다.

여자는 동정심이 강하다.

청현의 이런 망가진 꼴을 보고 최소한 발작적인 화를 내지는 않으리라는 기대를 하고 데려온 것이고, 모용청현은 주어진 역할을 꽤나 충실히 해내는 중이었다.

탁명옥과 강북련 사람들은 속으로 혀를 찼다. 이 많은 사람들 앞에서 저지경의 언사를 보이다니.

철저하게 망가졌다.

하지만 모용세가가 자초한 일이기도 했다. 애당초 홍춘을 그렇게 억울하게 내쫓지 않았다면 모용청현이 왜 망가졌겠는가. 인과응보라는 말의 현실적인 본보기가 있다면 바로 모용청현인 것이다.

그런 모용청현에 대해 삼 형제는 눈을 반짝일 뿐, 아무 말도 없었다. 게다가 종남일기는 한술 더 떴다.

[저놈, 제 아비보다 얻은 심득이 분명히 나아 보이는데? 왜 저런 미친 짓을 하는 거냐? 모용중걸이 인간적이지 못해서 일부러 저러는 거냐? 예를 들면 여기 광검이 놈처럼 그런 식으로?]

"내가 어쨌다고 그러쇼?"

광검이 인상을 쓰며 한소리 하자 종남일기가 드디어 광검의 머리통에 손을 썼다.

딱—

"이놈이!"

그러자 아현이 몸을 돌리며 눈물을 흘리고 말았다.

"이러지들 마세요. 제발 이렇게, 이렇게……."

그리고 방으로 뛰어 들어갔다.

"어? 어? 아현아, 걱정하지 마! 아빠가 돈도 갖고 왔어!"

다른 사람은 전혀 이해하지 못하는 청현도, 그걸 지켜보기만 하는 삼 형제도, 그리고 한심한 눈으로 바라보는 모용중걸도 서로 다른 의미의 심경이 스쳐 갔다.

자신의 의지대로 챙기지 못한 자신의 가족. 마누라, 자식.

어쩌면 홍춘보다 더 괴로운 것은 청현이 될 수도 있었다.

물론 고통이 약자인 여자보다 더 크다고 말하면 잘못된 것이다. 하지만 남자에게는 다른 자존심이 하나 더 있다.

바로 가장(家長)이라는 놈이다.

어찌 됐든 저찌 됐든 사람은 살기 위해 모여 살고, 사람이기 때문에 그 모임에는 자연스럽게 서열이 생긴다.

누가 대장이고 누가 부려지고 하는 것은 살기 위한 것이다.

그런 곳에서 우두머리라면 어쨌든 자기 구성원을 스스로 챙겨야 한다. 그게 상식적인 의미의 가장이다.

그 가장의 권위가 무너지면 남자에게 남는 것은 아무것도 없었다.

삶의 의미는 자기 구성원을 보호하는 데서 나온다.

남는 것은 술뿐.

그래서 술에 절은 청현은 헤헤 웃었다.

"아현아, 책 싫어? 그럼 먹을 거 사 줄게."

비척비척 따라 들어가려는 청현을 홍춘이 가로막았다.

"진작에, 아현이 당신을 포기하기 전에……."

말이 떨려 나왔다.

홍춘의 눈도 천하무적은 아닌 듯 결국 눈물이 나왔다.

"진작에…… 진작에 좀 그렇게 해 주지!"

절대로, 이 사람들 앞에서는 절대로 눈물을 보이기 싫었다.

사실 얼마나 꿈꿔 왔던가. 이 사람들 앞에 성공한 후 나타나 표독스럽게 말하는 자신의 모습을.

홍춘은 죽어라 이를 깨문 후 소매로 눈을 슥 문질렀다.

십 년의 마음고생, 십 년의 눈물은 죽기를 각오하는 병사처럼 독한 각오를 먹고서야 그쳤다.

"이미 늦었어. 당신 딸 마음은 닫힌 후라고. 열리지 않아. 이미 늦었다고."

청현의 손길이 아현의 방으로 향하다 멈춰 버렸다.

저런 소리를 듣고서까지 능청을 부릴 수 없던 모양이었다.

그리고 냉정한 한마디가 홍춘의 눈에서 눈물을 더 얼렸다.

"그건 우리가 상관할 바가 아니다. 난 그저 나희령을 죽인 사람들을 만나볼 필요로 온 것뿐이지."

모용중걸은 역시 혹독했다. 홍춘의 입도 얼어붙었다.

사람이 이럴 수도 있구나!

다른 사람들도 마찬가지였다.

특히 녹진자는 머리에 열이 오르기 직전이었다.

"흠, 나 있는 거 신경 쓰는 척해 놓고, 내 앞에서도 말을 그따위로 하냐? 대체 칼 든 자의 약자를 대하는 예의는 어디다 놔두고 혼자 다니는 거냐? 네 애비였던 모용풍광은 안 그랬던 것 같다만?"

칼 든 자의 약자를 대하는 예의, 그걸 짧게 직설적으로 표현하면 '개념'이다.

한마디로 개념 없단 소리였다.

확실히 녹진자 같은 배분의 어른이 내뱉을 소리는 아니었고, 뻔뻔한 모용중걸조차 눈썹이 꿈틀거렸다.

"어르신, 저는 가문에 매달린 수만의 입에 먹을 것을 넣어 줘야 합니다. 그건 기본적으로 뻔뻔하지 않고서는 어림도 없다는 것을 잘 아시지 않습니까?"

그걸 광검이 받았다.

"어쨌든 우린 댁이 필요하든 말든 관심이 없으니 어찌하겠소?"

모용중걸의 눈썹이 꿈틀거렸다.

더불어 그 기세도 같이 꿈틀거렸다.

종남일기가 녹진자에게 전음을 날렸다.

[이 자식 봐라, 이거? 이거, 어떡하냐?]

그러나 녹진자는 팔짱을 끼고 그냥 한숨을 쉬는 것으로 대꾸했다.

녹진자도 그렇고, 지금은 종남일기의 존재를 알고 있을 것이다. 그럼에도 이렇게 기세를 풀어 방출한다는 것은 녹진자와 종남일기를 무시한 행동이었다.

물론 그것만 가지고 손을 쓸 수는 없다. 예의란 후배가 알아서 지켜야지, 안 지킨다고 두들겨 팰 수는 없지 않은가.

모용중걸은 그 점까지 이용해 삼 형제를 압박하려는 것이었다.

드디어 광수의 입이 열렸다.

"모용세가에서 내친 혈육은 저희와 살고 있습니다. 정말 오랜만에 오셔서 그나마 끌어안는 모습을 보여야 하는 것이 먼저 아닙니까? 이런 모습을 보이는 분들에게 나희령을 이긴 비법을 어찌 말씀드릴 수가 있겠습니까?"

모용중걸은 서서히 압박을 더했다.

"너는 말해야 할 것이다. 그래야 서안 상인들도, 농민들도 우리 가문의 그늘 아래서 걱정 없이 살 테니까. 수십만의 입이 내놓으라는 것이다."

광검이 킬킬거렸다.

"오, 후안무치의 그늘 아래로 수십만을 끌어들이시겠다는 야망? 중걸, 참 대단한걸?"

지독한 모욕이었다. 낱말 끝, 글자 하나를 가지고.

모용중걸의 입술이 파르르 떨렸다.

"너희들이 스스로를 개라고 한다더군. 개처럼 맞아야 꼬리를 말고 엎드리겠느냐?"

아무리 명성이 자자해졌다지만 이제 갓 소문이 났을 뿐이고, 아직은 모용중걸과 비교 대상 자체도 아니라고 생각하는 모양이었다.

어처구니없는 발언이었다.

그래서 광검도 평소의 견자단처럼 어처구니없이 맞대응했다.

"개가 달리 개요? 집 안에서는 안 가르쳐도 서열을 알고 알아서 꼬리를 말지만, 다른 식구들에게는 싸워 이기면 그만이지. 우린 견자단이니까."

너도 사뿐히 '즈려밟아' 줄 수 있다는 말이었다.

우린 개니까!

언제 모용중걸이 이런 말을 들어 보았겠는가.

모용중걸은 하늘을 향해 웃음을 터뜨렸다.

"크하하하하! 견자라, 견자! 과연!"

웃음을 뚝 그친 모용중걸은 기세를 집중시키기 시작했다.

"네놈들이 견자라고 이름 붙인 것은…… 네놈들이 상대하는 적들을 모욕하기 위한 것이었구나? 네놈들 스스로를

욕하더라도 상대방을 같이 개로 만들겠다는, 그런 게냐?"

광검이 코웃음을 쳤다.

"머리 좋군. 맞아, 개랑 싸우면 그게 똑같이 개지!"

결국 '너도 개자식'이라는 말에 살기가 뿜어져 나왔다.

마당에는 고수들도 있지만 무공을 모르는 사람들도 한가
득이었다. 살기는 그런 사람들을 괴롭힐 지경이었다.

탁명옥이 경고했다.

"서안의 중도를 나뿐만이 아니고 강북련이 존중하는 바이
지만, 무공을 모르는 사람들을 염두에 두지 않는다면 아마
강북련은 모용세가에 실망하게 될 겁니다."

모용중걸은 한숨을 돌리며 다시 강조했다.

"말로 할 생각은 없느냐?"

그러자 광검이 아닌, 가장 동안이라 새파랗게 어려 보이
는 광겸의 입에서 분노의 말이 쏟아져 나왔다.

"말? 죄 없는 두 모녀의 인생을 망가뜨린 말? 개는 사람
말 안 해! 짖든가, 아님 물든가!"

모용중걸의 얼굴이 굳어지며 하늘을 보며 장탄식을 했다.

"아, 형님이 어쩌다 그런 냄새 나는 계집의 암수에 걸려
쓰러지지만 않으셨어도 세가의 이런 치욕이 오지 않았을 것
이거늘!"

그리고 다시 삼 형제를 바라보며 한 자, 한 자 끊어서 내
뱉었다.

"내 오늘 세가의 영광을 다시 빛낼 발판을 마련할 것이
다. 너희의 말은 기필코 내가 들어야 한다."

그 뻔뻔함은 광검을 누르고 있던 종남일기를 울컥하게 만들었다.

그래서 모용중걸에게 한마디 쏘아붙였다.

"영광? 놀고 있네. 운종룡풍종호, 구름은 용을 따르고, 바람은 호랑이를 따르는 법. 그러나 오직 똥은 개에게 꼬일 뿐이니, 너도 개 주변의 똥파리가 되는 게로구나! 서안의 용, 모용이 똥이 되었구나. 개를 스스로 찾아와 싸우다니."

더할 수 없는 모욕에도 모용중걸은 꿈쩍하지 않았다.

말없이 눈썹을 꿈틀거리며 살기가 물결쳤다.

이미 대결은 막을 수 있는 선을 넘었기 때문에 탁명옥은 사람들을 멀리 떨어뜨려 놓고 있었다.

모용중걸이 천천히 말했다.

"너희 셋 다 나오거라. 나희령을 합공했다고 했으니 나도 한 번 받아 보자꾸나."

그러자 청현이 울상을 지었다.

"아이고, 아버님. 이런 데서 싸우시면 어떡하십니까? 더구나 셋이라니요?"

모용중걸은 이런 못난 모습을 보이는 조카의 모습에 더 살기가 뻗쳤다. 자신의 실수인 것처럼 느껴지지 않는가.

하지만 자신의 의도는 맞아떨어졌다.

윤홍광은 딸인 홍춘과 손녀 아현을 완전히 버린 것이 아니었다. 과연 이들을 거두려 사람이 나타나지 않았는가.

그래서 십 년간 죽 지켜보고 있던 것이다.

물론 모용중걸은 윤홍광 본인이 직접 나타날 줄 알았고,

나희령에게 딸의 시댁 가주가 죽었음에도 나서 주지 않은 일에 대해 직접 따질 생각이었다. 어찌 보면 간 큰 생각이기도 했다.

이것은 무엇보다 윤홍광이 인정에 약한 자라는 사실을 이용한 극도의 이기심이었다.

그러나 그 제자들이 왔다.

견물생심이라, 모용중걸은 이참에 윤홍광의 심득까지 훔쳐 낼 생각이었다. 내공은 나이에 정비례하는 것이 당연했다. 윤홍광이 일찍 죽은 것은 마교와의 싸움으로 인한 상처 때문일 것이니 견자단이 받은 것은 별로 없다고 확신한 이후였다.

그러나 광겸은 웃었다. 비웃음이었다.

"셋? 골고루 하시는데, 얘, 막내야!"

"오늘 개싸움 한 번 더 하지 뭐!"

광겸이 이를 갈아붙였다. 정말 혼자 나서려는 것이었다.

그러자 녹진자의 말이 이어졌다.

"선배, 저거 말려야 하는 거 아니오?"

이게 무슨 뜻인지 제대로 알아듣지 못하는 사람은 오로지 모용중걸, 한 명뿐이었다. 알아들었다고 해도 그는 마지막 비장의 수가 하나 더 있었다. 그래서 자신 있게 도를 뽑아 들었다.

스르릉.

모용세가의 오늘, 서안의 용이라는 칭호를 얻게 해 준 중도였다.

광겸은 씨익 웃었다.

"작은형, 개, 개, 개. 역시 견자단이라고 이름 짓기를 잘했어. 꼴리는 인간들한테 개싸움 걸기 좋잖아?"

광겸의 이빨이 번들거렸다.

방 안에서 흘리는 아현의 눈물이 반짝이는 만큼 광겸의 이빨도 움직였다.

"간다고! 멍멍!"

부우우우우—

단순히 떨리는 소리라 치기에는 괴상한 음높이.

도신이 떨렸다.

이른바 칼을 떨어 울게 만든다는 검명(劍鳴)의 경지였다.

아니, 검이 아니고 도이니 도명이다.

지금 모용중걸이 든 것은 길이 네 척, 너비만 한 뼘을 훌쩍 넘어가는 중도였다. 두께도 칼등 부분은 손가락 한마디에 달했다.

그렇게 육중한 쇠가 통째로 떨리는 광경?

아주 세게 부딪쳤을 때나 간신히 손이 울릴 만큼 떠는 경우를 누구든 경험해 봤고, 그 느낌을 알고 있다.

그런데 지금 이건 그냥 생으로 진동이 이는 것이고, 그게 꽤 높은 소리가 나는 것이었다.

게다가 저렇게 떨리는 것은 얍실한 두께의 검이 우는 것과 같은 의미였다. 어디로 튀쳐나올지 감을 잡기도 힘든 것이다.

육중한 중병의 힘을 그대로 발휘하면서도 표홀한 가벼움

은 꽃잎을 톡톡거리며 희롱하는 벌 같다고 해서 모용세가의 도법 이름이 '화봉밀(花蜂蜜)'이었다.

애초에 만나기조차 불가능한 두 가지 특성이 봄날 눈 녹 듯이 완벽한 조화를 이뤄 누구도 당할 수 없는 도법이 된 것 이다.

그 덕분에 종남과 화산의 전초기지이자 앞마당인 서안에 서도 절대로 군림했다. 나희령에게 깨지기 전까지 말이다.

물론 아직 서안제일인 모용중걸은 깨진 것이 아니었다.

그랬기에 광겸의 손에 들린 얄팍한 칼이 애처로워 보일 지경이었다. 두 개라지만 길이도 두 척이 될까 말까 했고, 너비도 손가락 길이 하나, 두께는 칼등 부분이 반의반 치도 채 되지 못하는 것이다.

하지만 그 얇은 두 개의 칼을 뒤로 돌려 세운 채 몸통박 치기를 할 듯 머리부터 밀고 들어가는 광겸이었다.

"간다고! 멍멍!"

어리숙하게 보이던 모용청현의 눈에 언뜻 놀람의 빛이 스 쳤다.

모용의 중도는 그 진동만으로도 근접 박투를 하려는 자의 짧은 병기쯤은 언제든 산산조각 낼 수 있다. 진동이 자유자 재로 정교한 찌르기 같은 궤적을 가능하게 만들기 때문이다.

중병이라고 해서 마음대로 피해 낼 수 있는 것이 아니었 다. 그랬다면 화봉밀이란 이름이 붙지도 않았을 것이다.

상대방이 정면에서 보면, 떨리는 시점부터 이미 도의 끝 머리가 수십, 수백 개로 보인다. 그러면 수백 개 중 어느 것이 튀어나올지 몰라 일단 수비적인 태도를 취한다. 결국, 저 육중한 중도를 자신의 병기에 그냥 속절없이 부딪쳐야 하는 것이다.

중병. 글자 그대로 무거운 병기의 이점은 상대방이 자신보다 터무니없이 높은 내공만 아니라면 부딪치는 순간 무조건 유리하다는 것이다.

간단히 말해 광겸처럼 저렇게 무식하게 돌진하면 결말이 빤했다.

그러나 개방의 황안걸개는 강직한 사람이었다.

그런 사람이 젊은 사람의 호기를 부추기도록 '하늘의 발톱 같은 쌍칼'이라는 극찬을 괜히 했을 것인가.

홍춘의 옆에서 지켜보던 모용청현은 믿을 수가 없었다.

"간······."

광겸의 두 칼이 등 뒤로 돌았다. 가슴이 훤히 비었다.

부우우우우우—

모용중걸의 칼이 그 큰 몸체를 간댕거릴 만큼 세게 떨어 댔다.

"다······."

한 발이 튀어나오는 순간에 광겸의 몸이 죽 늘어났다. 아니, 그렇게 보였다.

"고······."

모용중걸의 칼은 제 주인의 손까지 잡고 멋대로 떨어 댔다. 이젠 손잡이를 쥔 손도 여러 개로 보일 지경이었다.

"멍!"

광겸의 신형이 모용중걸의 도신 바로 앞으로 쑤욱 들어와 내밀어졌다. 동시에 뒤로 감춰졌던 두 개의 칼이 앞으로 돌기 시작했다.

이 순간이 바로 모용청현에게 싸움을 말려야 한다는 감각이 강하게 닥쳐온 시점이었다.

"멍!"

그러나 광겸의 말이 맺어짐과 동시에 한 가닥 소음이 같이 일었다.

짝―!

요란하던 도명이 사라졌다.

모용중걸의 얼굴은 홱까닥 돌아가 있었다.

광겸은 이미 모용충헌의 옆을 살짝 지나쳐 있는 상태였다.

드쿵!

파사삭―

광겸을 스친 모용중걸의 도기가 뒤편의 안채 처마를 부수고 기와 몇 장을 떨어뜨렸다.

방금 그 장면을 마당에 같은 높이로 내려와 있던 사람 중 제대로 본 사람은 모용청현뿐이었다.

천하의 모용중걸이 뺨을 맞았다!

"헉!"

제대로 본 모용청현의 입이 아닌 다른 사람의 입에서 헛바람이 새어 나왔다.

중도의 극한까지 올랐다는 모용중걸이 새파란 애송이의

도신에 뺨을 맞았다!

뺨이 드디어 붉은 자국을 내보이기 시작했을 때, 모용중걸은 마침내 그 상황을 이해했다.

자신은 광겸보다 한 수는커녕 한참이나 아래이고, 게다가 광겸은 예의고 나발이고를 떠나 자신의 자존심을 개 패듯 뭉갰다는 사실을!

"크으으흐!"

괴상한 신음이 모용중걸의 입에서 흘러나왔다. 고개는 아직도 돌려지지 않은 채였다.

그때, 녹진자의 한마디가 던져졌다.

"그래서 내 말려야 한다고 했잖소."

그 말이 그제야 모용중걸의 가슴에 아프게 찔러 들었다.

이건 아예 경멸하는 정도니 말이다.

옆의 종남일기가 맞장구치는 말은 모용중걸의 염치조차 날려 버리는 것이었다.

"아, 그놈의 자식. 모용세가가 저리됐으니 서안 전체가 빠져들 충격은 어쩌라고. 어른이고 서안의 기둥이고 나발이고 눈에 두질 않는구만. 확실히 견자 맞네."

그러나 애석하게도 광겸에게 하는 말이 아니었다.

왜 안 봐줬냐는 핀잔이니, 모용중걸을 광겸이 봐줘야 했다는 말이었다. 천하의 모용중걸을!

"크으으윽!"

모용중걸은 옆으로 돌아서며 광겸에게 신음성을 흘렸다.

너무나도 창피해서 분노했고, 그래서 다시 칼을 돌렸다.

부우우우—

휘둘러지는 순간, 이미 그것은 서안제일의 빠른 벌침이었다.

"허헛!"

이런 애송이에게 패했다.

게다가 암습도 아니라 정면으로 마주 보고 서로 호흡 조절하고 병장기까지 뽑아 들고, 남는 시간에 칼이 찌르르 울리고 저쪽은 도기까지 난무하지 않았는가.

제 위력이 충분히 발휘된 승부였다. 그런데 모용중걸이 패배를 인정치 못하고 다시 손을 쓴 것이다.

"저런!"

녹진자가 차마 못 보겠다는 듯 눈을 감았다.

그만큼 충격이 컸다는 의미였다.

그러나 그러면 뭐 하는가.

"멍!"

광겸의 칼은 분명히 하나만 움직였다.

그 얇고 작은 칼이, 무게만 쳐도 열 배 가까운 모용중걸의 커다란 도신을 흘려 내는 것이 너무 자연스러워서 모용청현의 경악은 극에 달했다.

밑으로 쓸어내리듯 각을 주는 것이 그나마 나았을 것이다. 하지만 광겸은 그 반대였다. 위로 끌어 올리며 흘리는 것이었다.

까가각—

모용중걸의 도는 광겸의 머리 위로 인도되듯 스쳤다.

머리카락 몇 개가 잘려 날리는 사이로 광겸의 칼이 제 머리를 타고 바짝 붙은 모용중걸의 도를 빗각 쳐서 뒤로 더 당겼다.

'내공만 아니라, 도법의 운용으로도 밀리는 거잖아!'

어찌 이런 일이…….

아무리 천재라도 어찌 수십 년간 주야장창 혹독하게 수련한 세월을 따라잡아 추월할 수 있단 말인가.

물론 어쩌다 그럴 수도 있다.

하지만 그것도 정도의 문제이지, 격차가 이렇게나 황당하다니!

모용중걸의 도신은 광겸의 칼을 타고 삐딱, 바깥으로 흘렀다.

중병을 휘두르려면 일단 몸의 움직임이 큰 것이 사실이다.

게다가 모용중걸은 이미 이성을 놓은 상태였다.

그 큰 동작이 빗나갔을 때 드러난 허점이란…… 게다가 주욱 뻗어진 팔, 그 겨드랑이에 광겸의 얼굴이 붙어 있을 정도였으니, 광겸의 남은 팔이 가만있을 손가.

또다시 끔찍한 사태를 초래한 것이다.

짝!

모용중걸의 뺨이 휙 돌아갔다.

뺨을 또 맞았다!

이제 모용세가에서 나온 사람들의 얼굴은 모두 참혹하게 일그러졌다. 강북련에서 나온 무사들도 얼굴을 돌리고 외면

할 정도였다.

그러나 광겸의 분노는 그것만이 아니었다.

도신을 계속 휘둘러 댔다.

"서안 수만 명의 생계를 책임진다고?"

짝!

반대로 돌면서 머리의 영웅건이 풀어져 날렸다.

"그래서 두 명쯤은 희생시키는 게 당연하다고?"

짝짝!

모용중걸의 얼굴은 손쓸 틈도 없이 이리저리 돌아갔다.

"두 명에, 네 명에! 다시 여덟 명! 열여섯! 그렇게 집어 삼키며 커지면 어쩔 건데!"

짝짝짝짝짝!

자존심이고 나발이고, 모용중걸의 입에서 드디어 비명이 터져 나오고 말았다.

"커흑!"

몸까지 같이 횈횈 돌아 비틀리는 것이, 위태로워 보였다.

녹진자가 실눈을 살며시 뜨며 가늘게 말했다.

"선배, 그래도 서안의 기둥인데, 안 말려 줄 거요?"

종남일기는 이럴 때 엄격했다.

"맞아도 싸."

결국 모용청현이 어쩔 수 없이 끼어들었다.

"어, 어, 숙부님! 아이고! 잘못했어요! 모시고 나, 나갈게요! 아이고!"

절묘한 방향으로 끼어든 것을 광겸이 모를 리가 없었다.

하지만 입을 꽉 다물고 칼을 날렸다. 안 비키면 정말 확 그어 버릴 태세였다.

"끼어들면 죽여 버릴……."

그러나 모용청현은 앞을 가로막으며 팔을 벌린 채 눈을 질끈 감아 버렸다.

"겸아!"

광수의 외침이 마당을 울렸다.

멈칫.

칼은 모용중걸을 가로막은 모용청현의 가슴팍 옷깃을 살짝 갈라놓은 후였다. 이어진 바람이 모용청현의 가슴 옷깃을 들썩였다.

모용청현이 흘린 식은땀이 그 바람에 휙, 허공으로 흩어졌다.

광겸의 칼끝을 중심으로 가슴팍의 땀이 동그랗게 밀려나며 날아가는 광경.

반짝거리는 그 순간이 마치 꿈같았다.

모용청현조차 일시지간 찍 소리를 못할 정도였다.

광수가 나직이 탄식을 했다.

"겸아…… 그는 아현의 생부다……."

흑흑거리는 소리가 아현의 방에서 다시 흘러나왔다.

모용청현의 마음도 같이 울었다.

자기 아내는, 자기 딸은, 그리고 모용청현 자신은…… 대체 여기서 여태까지 뭘 하고 있는 건가.

어쩌다 이 지경이 되었나. 그 모든 희생도 헛되이 모용세가,

섬서의 자랑인 중도가 이렇게 허무하게 망가지다니.

울지 않을 도리가 없었다. 그러나 겉 얼굴은 웃어야 했다.

광겸!

천조쌍도라는 별호가 전혀 이상할 것이 없는, 식은땀이 절로 솟아나는 무위였다.

이렇게 빠른 공세에 끼어든 시점이 정확하게 맞아떨어질 수는 없다. 오로지 공세를 펼친 광겸의 손이 알아서 급작스럽게 뚝 멈추는 것 말고는.

게다가 광겸의 손에 들린 칼은 일렁이는 듯 보였다.

도기가 공기를 헤치는 상태였던 것이다.

왕창 휘두르는 동작 없이 단 한 점의 찌르기만으로 도기를 바깥으로 발출시키는 것이 가능한, 그것이 아주 익숙한 고수였다.

그리고 사람의 살 앞에서 바로 거두는 것도 가능하니, 이건 이미 절정의 경계를 한참이나 전에 넘은 고수 아닌가.

그런 광겸이 싸늘한 눈으로 자신을 쳐다보고 있었다.

모용청현은 가슴 속살까지 아린 느낌을 주는 시퍼런 칼을 쳐다보며 바보같이 웃었다.

"헤헤헤, 말로 하면 되잖아요. 아이고, 우리 숙부 많이 아프시겠다. 아이고⋯⋯."

탁—

모용청현은 비틀거렸다.

모용중걸이 세차게 뿌리친 까닭이었다.

모용중걸은 시뻘게져서 부어오르기 시작하는 뺨으로 배어

나오는 피멍울을 내버려 둔 채 흐흐 웃었다.

"녹진자 어르신, 그리고 그 옆의 어르신……. 크흐흐, 모용세가의 도법이 이리도 힘없이 무너지는군요. 흐흐흐……."

그러자 종남일기가 차갑게 대꾸했다.

"누가 상대도 몰라보고 덤비래? 대체 네 나이가 몇이냐? 왜 철없이 까불어? 네가 갓 태어난 강아지 새끼냐?"

너무도 냉정한 말이었다.

모용세가의 무인들 중 한 명이 항변했다.

"이렇게 참혹하게 자존심을 짓밟으면 저희 모용의 이름 밑에 기대고 사는 사람들은 어쩌란 말입니까! 저희도 그 사람들을 위해 최선을 다하고 살았습니다! 이렇게 단 한 번의 실수로 그 수고를 외면하신다는 겁니까!"

그러자 광겸의 얼굴이 일그러졌다.

천조, 하늘의 손톱이라 불리는 칼이 치켜 올려져 가리킨 곳은 홍춘이었다.

"그럼, 저기 우리 형수는 무슨 실수를 했나? 그간 모용세가의 내조를 위해 열심히 산 거 하나가 죈가? 모용이라는 이름이 그렇게 쉽게 스스로에게 용서를 줄 수 있는 존재인가? 기르는 개한테 밥을 주는, 그런 존재인가?"

광겸은 일부러 우리 형수라는 말에 힘을 주었다.

일부 사람들의 얼굴이 일그러질 정도였다. 그러니 모용중걸과 모용청현의 심정은 더 말할 것도 없었다.

─이제 우리 형수, 남이다!

모용청현의 눈이 흔들리는 것을 홍춘은 보았다.

한순간이지만 뭔가 울컥하는 것이 올라왔고, 그러나 다시
이를 악물고 그 흔들림을 외면하는 홍춘이었다.

거기에 종남일기가 쐐기를 박았다.

"시끄러! 네놈들, 아니, 백 년을 훨씬 넘게 산 나도 다
강호인이다! 강호인이 공자, 맹자 찾냐? 문제 생겼을 때 말
로 해결하냐? 칼로 해결하잖아!"

"그게 어쨌다는 겁니까?"

모용중걸이 중얼거리는 음성으로 물었다. 초점이 풀려 버
린 눈으로 간신히 칼을 바닥에 찍어 서 있는 모습, 다리
도 풀린 것 같았다.

이런 수모를 누가 생각했겠는가.

그리고 종남일기의 왈칵거리는 고함이 이어졌다.

"그게 어쨌냐! 이런 뻔뻔한 놈들! 칼로 돈 벌어 기득권
만들고 그걸 다시 칼로 지키겠다니, 네놈들이랑 저 시장통
흑도 방파랑 다를 게 뭐 있느냐? 그러고도 세가의 자존심이
어쩌고 나불댈 테냐! 앙?"

"너무하십니다! 그런 비유를 어찌 저희 모용세가에……!"

"꺼져! 무공은 글자의 뜻부터가 자기가 아니라 남이다!
손에 남의 피 묻힌 칼을 든 자는 기득권이 없어! 그 이치를
깨닫지 못하면 모용세가는 오늘 당한 패배의 구렁텅이에서
벗어나지 못할 것이다!"

그 말을 끝으로 종남일기는 녹진자까지 끌고 휑하니 방으로 들어가 방문을 탁, 소리 나게 닫았다.

그러나 분위기가 쉽게 흘러가지는 못하는 것이 당연했다. 그렇게나 참혹하게 깨졌으니.

아무도 말이 없는, 움직임도 없는 그런 정적은 바깥에서 깨졌다.

거지 하나가 구르듯 뛰어 들어온 것이다.

"견자단 대협 여러분! 크, 큰일 났습니다! 만령충이 떼거지로, 아니, 아니, 마교가, 마교가 개 떼처럼 쳐들어와 사람들을 마구 죽이고 있습니다!"

쾅!

방문이 다시 열렸다.

"이, 이 대낮에?!"

입이 딱 벌어진 종남일기와 녹진자가 물었다.

"어디냐!"

개방의 삼결 제자가 헉헉거리는 숨을 채 돌리지도 못하고 급하게 대꾸했다.

"모용세가입니다!"

집 안의 모든 사람들이 입을 벌렸다. 때가 아주 정확하지 않은가. 무엇보다 모용세가 무인들의 경악은 이루 말할 것도 없었다.

마교라니!

강북련과 구대문파에서 공동 발표로 조심하라고 당부를 한 것이 불과 얼마 전이거늘, 서안이라니!

"......!"

"이렇게 빨리 움직이다니! 어떻게 이럴 수가!"

마교를 직접 경험해 보지 못한 세대가 토해 낸 경악이었고, 모용중걸과 청현은 얼굴이 굳어진 채 호흡을 크게 들이마셨다.

그리고 몸을 날렸다.

"세가로 돌아간다!"

종남일기가 소리쳤다.

"정녕 경악스럽게 위험한 수법이 자명고로구나! 세력을 이리도 빨리 움직일 수 있다니. 한데 아까 충령체 하나를 죽이지 않았더냐?"

그러자 광겸이 코웃음을 쳤다.

"작은형이 백선고 여왕을 가지고 있는 걸 확인했으니, 똥 마려운 강아지마냥 급해졌겠죠. 작은형 있는 곳에서는 만령충을 부리지 못할 테니까. 결국 모용으로 갔더라도 목표는 우리, 견자단이에요."

광겸이 만령충이 튀어 나왔던 왼팔을 쳐들며 부들부들 떨어 보였다.

"아끼고 싶은 지렁이가 아주 많은 모양이죠, 뭐. 흐흐흐."

그러는 사이, 모용세가의 무인들이 뒤를 돌아서 장원을 빠져나가기 시작했다.

종남일기가 소리쳤다.

"이 미친 강아지야! 지금 웃음이 나오냐! 마교는 일단 습

격한 곳에 생명체를 남겨 두지 않는다! 모용세가가 완전히……!"

그의 말문이 막힌 것은 홍춘의 어깨가 흔들리며 눈을 감고, 아현의 울음소리가 끝내 터져 나왔기 때문이다.

"아빠! 흑! 흑흑!"

원치 않은 실수였다. 아차 싶은 종남일기의 얼굴이 돌려졌다.

가족에 대해서라면 가장 유명한 말이 있지 않던가. 피는 물보다 진하다고.

아현의 울음을 모용청현은 끝내 뿌리치지 못했다.

덜컥—

뛰어오르려다 말고 돌아보며 웃어 주는 것이다. 그러나 표정은 방금 전의 자연스러운 멍청함이 아니었다.

잔뜩 일그러진 웃음이었다.

"헤헤, 아, 아현아……. 아빠가 금방 올게. 기다려…… 아빠가……."

아무리 웃음으로 가장하려 해도 이럴 때 나오는 눈물은 누구도 핀잔을 주지 않는다. 잠시 말을 끊은 모용청현은 호흡을 가다듬어 떨림을 가라앉히고 난 후에야 다시 말을 이을 수 있었다.

"아빠가, 맛있는 거 사 줄게."

모용청현은 홍춘처럼 이를 악다물었다. 잇몸에서 피가 날 만큼, 턱 근육이 얼얼하도록 악다물었다.

높은 내공도, 깊은 수양도 이럴 땐 다 소용없는 모양이었다. 입이 길게 늘어나며 입술이 떨어졌다.

"크흐으……."

전설이 말하는 마교였다.

하늘의 별 같은 선배 고수들이 증언하는 마교였다.

더더구나 이십 년 전과 달리 아예 대놓고 개 떼처럼 쳐들어온 마교의 힘 앞에 살아 돌아오겠다고 거짓을 말한들, 그것도 십 년을 극도의 가난이라는 진창에서 구르던 딸에게 눈물을 안 보일 재주는 모용청현에게 없었다.

뛰어오른 자신을 그제야 한 번 크게 불러 보는 아현이 아닌가.

"아빠—아—!"

모용청현은 마지막 한마디를 속으로 삼키며 끝내 돌아보지 않았다.

'미안하다.'

청현의 신형이 급격히 멀어지는 가운데 이제껏 한마디도 하지 않던 녹진자의 한탄이 다시 그의 가슴을 후벼 팠다.

"천륜이 무섭구나. 어찌 이리되도록 한 번 돌아보지를 않았더란 말이냐. 네놈 애비보다 더 독한 것이 네놈이로구나."

스윽, 손이 드디어 소매 속에서 꺼내졌다.

눈가를 훔치는 그 흰 손을 멀리서도 광수는 놓치지 않았다.

"백룡수! 어쩌면 희망이 있을지도 모르겠군."

"백룡수? 아니, 설마!"

그 의미에 종남일기가 놀라는 순간, 광수는 팔짱을 풀고 말했다.

"개 떼가 풀렸다! 가자!"

광검이 눈을 시퍼렇게 불타올랐다.

"드디어 복수다! 크하하하하하!"

광겸은 아무 말도 하지 않았다.

일찌감치 두 개의 칼을 빼 들고 손안에서 반 바퀴 돌려 역수도로 잡았을 뿐이다. 그러나 눈의 살기는 광검 못지않았다.

그때, 홍춘이 끼어들었다.

"무리하지 마. 우린 이제 그 사람보다 당신이 더 필요해."

모용청현을 두고 하는 말이었다.

광수는 쓰게 웃었다.

"우리 둘은 그렇지. 하지만 아현에겐 어떨까?"

홍춘은 정곡을 찌르는 말에 이를 악물어야 했다.

절대로 용서하지 못할 것이다. 그런데 왜 핏줄로 연결이 되었더란 말인가.

"난…… 작은 할아버지만 미워……. 난…… 아빠가, 혹, 작은 할아버지 땜에 어쩔 수 없이 그런 거…… 다, 알아."

"걱정 마라, 같이 데려올게. 아현아, 이 둘째 삼촌이 약속해 주마."

광검의 눈은 한 점의 과장 없이 정말 시퍼런 불똥이 뚝뚝 떨어지는 것 같았다.

그 상태에서도 아현에게 말을 한 것이다.

그렇게 말하고 쑥스러운 듯 먼저 걸어 나가는 광검이었다.

"둘째 삼촌!"

아현이 떨리는 목소리로 부르자 광검이 거꾸로 쥔 칼을 겨드랑이에 끼며 받았다.

"약속이 아니라도 삼촌들은 어차피 마교랑 같은 하늘 아래서 못 살거든. 외할아버지가 돌아가시고, 너랑 엄마가 고생 한 것도 결국 마교 때문이야. 아현아, 삼촌들은 견자단이야. 걱정하지 마."

아현은 방문 앞으로 다가온 홍춘의 손을 자기 얼굴에 대고 눈물을 닦았다.

"조심해, 삼촌……."

광수가 웃었다.

"세 불리하면 삼십육계라…… 우린 죽지 않는다, 아현아."

견자단 삼 형제는 앞서 떠난 모용청현의 뒤를 쫓아 달려 나갔다.

그 뒤를 따르는 꼿꼿한 성질의 두 노친네의 투덜대는 소리가 꼬리를 물었다.

"젊은 놈이 자존심도 없냐? 도망간다는 소리나 먼저 해대고."

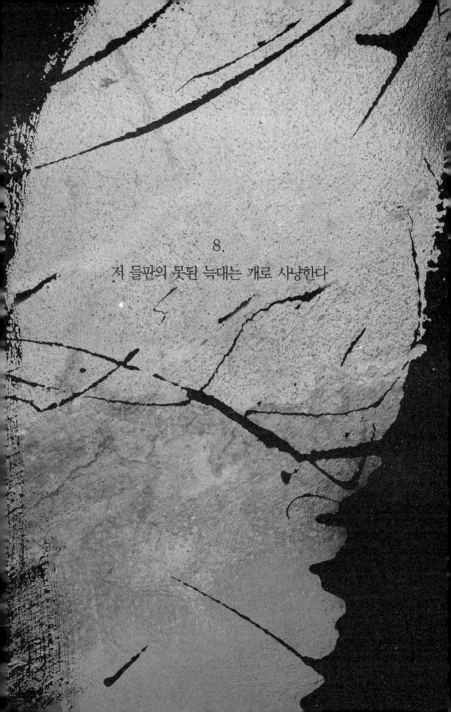

8.

저 들판의 못된 늑대는 개로 사냥한다

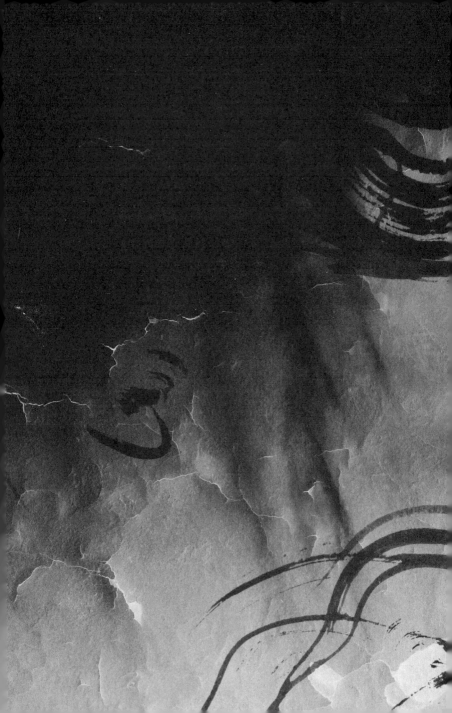

먼지는 이미 자욱했다. 아니, 먼지가 아니었다. 연기가
자욱하니, 이는 마교에서 터뜨린 몽환연이었다.

고함 소리, 칼 부딪치는 소리가 난무했다. 다행히 아직
모용세가의 본 건물 안으로는 뚫지 못한 것 같았다.

모용청현은 얼핏 자신의 눈앞을 스쳐 지나가는 흰 뱀을
본 것 같았다.

"타핫!"

모용세가의 한 무인이 고함을 지르며 뱀을 향해 도를 휘
둘렀다.

카앙!

"으허헛!"

뱀은 어처구니없게도 쇳소리를 냈다. 모용세가의 무인이

약간 튕겨진 칼의 반탄력을 제어하는 사이, 또 다른 뱀이 날아들었다.

카앙!

중심이 제대로 잡혀 있어도 이럴진대 흐트러진 상황에 부딪쳤으니 칼은 더 멀리 튕겨졌고, 모용세가의 무인은 아예 칼을 따라 몸을 한 바퀴 돌리고서야 반탄력을 제어할 수 있었다.

그사이 뱀은 한 마리 더 늘어나 있었다.

모용청현은 어안이 벙벙했다.

'이것이…… 만령충?!'

저쪽에서 모용중걸의 목소리가 들려왔다.

"쳐라! 물러서지 마라! 만령충은 기로 이뤄진 놈이다! 진기를 집중해 침투경을 써라!"

그러는 사이, 비명이 울렸다.

"크아아아악—!"

"아앗! 구포!"

촉수는 금방 십여 개로 늘어났다. 동료를 상대하던 촉수가 돌아선 것이다. 모용세가 무인의 안색이 더욱 어두워졌다. 뒤이어진 무인의 경악도 모용청현의 가슴을 철렁하게 만드는 것이었다.

"크윽, 이, 이런 괴물이 삼십 마리나……."

촉수가 한꺼번에 달려들었다. 구불거리는 통에 고수가 검기 다발을 수십 개 쏟아 내는 것과 마찬가지인 공격이었다.

절정고수 급의 공격인 것이다.

카카카카카캉!

중도는 제대로 휘둘러져야 한다. 그러나 촉수의 숫자가 많은 탓에 휘둘러질 공간도, 시간도 주지 않았다.

결국 도는 서너 번 만에 저만치 튕겨졌다. 사실 서너 번이라도 버틴 것이 용했다.

"헉!"

촉수가 그대로 찔러 들었다.

모용세가 무인의 눈이 질끈 감겨졌다.

"터허!"

모용청현의 손, 늘 소매 안으로 들어가 보여 지지 않던 손이 활짝 펼쳐진 채 나왔다가 두 번째 마디부터 구부러졌다.

그 상태로 하얀 진기가 뿜어지며 구체가 형성되었다.

모용세가가 중도로 이름을 얻기 전에 원래 구사했던 장법, 백룡수의 십이성 경지였다.

―백룡의 손아귀에 여의주가 있으니, 그 여의주는 용의 손톱이요, 곧 용의 칼이며, 또한 용이 불어 낸 진경(震驚)이다.

모용청현의 손이 움켜쥔 듯한 구체가 만령충의 촉수와 부딪쳤다.

빠직!

무인이 눈을 뜨더니 이내 크게 확산시켰다.

만령충의 촉수가 흩어지는 것 아닌가.

남아 있던 만령충의 촉수들이 요란하게 흔들리더니 모용청현을 향해 한꺼번에 몰려들었다.

"어, 어! 소, 소가주…… 어찌 이런 실력을?!"

하지만 모용청현은 대답할 겨를이 없었다.

갑자기 수십 개나 쏟아지는 촉수는 쇠로 만든 듯 강한데 손은 두 개뿐이지 않은가.

빠지지지지지직—!

연기 사이로 드디어 촉수의 본체, 마교의 인물이 보였다. 간신히 두 치 앞이나 보일까 말까 한 몽환연이 조금씩 걷히고 있는 탓이었다.

흘깃 본가 쪽을 돌아본 모용청현의 안색이 급변했다.

담벼락에 바짝 붙은 만령충의 촉수가 하늘 높이 올라가 하늘거리는 음영이 몽환연에 비쳤고, 그 촉수에 옥죄여져 늘어진 시체도 몇 구 보였기 때문이다.

"으아아악!"

"커헉!"

익숙한 음성들이 내지르는 비명이 늘어갔다.

그리고 모용청현의 움직임도 하얀 촉수들을 조금씩 누르기 시작했다.

모용세가의 무인은 지금 자신의 눈을 믿을 수가 없었다.

수십 개와 두 개가 붙으면 이런 결과가 나올 수도 있다는 것을 모용청현은 유감없이 보여 주고 있었다.

백룡수의 진기가 드디어 조금씩 만령충을 압박해 나가는

것이다.

빠작! 빠자작! 빠작!

"크으으으!"

만령충을 배에서 쏟아 낸 자는 얼굴을 일그러뜨렸다.

그리고 결국 백룡수의 큰 일격이 촉수들을 꽃처럼 활짝
벌어지게 만드는 일격이 꽂혔다.

빠자작!

모용세가의 무인이 그 틈을 놓치지 않고 그의 심장을 찔
렀다.

푸욱—

칼의 면에 길게 난 혈조를 타고 심장의 압력이 세차게 뿜
어졌다. 다음 순간, 흰 촉수가 가느다랗게 혈조의 골을 타
고 뿜어졌다.

"으헛!"

모용세가 무인이 깜짝 놀라 도를 버리지 않았다면 그의
손은 여지없이 촉수에 뚫렸을 것이다.

동시에 괴이한 소리와 함께 박혔던 도가 밀려 나왔다.

쑤우우우우욱——

모용세가의 무인도, 청현도 기가 질리지 않을 수 없었다.
이런 생명력이라는 것은 들어 본 적이 없었다. 어떻게 이런
일이 있을 수 있단 말인가.

그때, 저만치에서 모용중걸의 호통이 발해졌다.

"갈!"

콰아앙!

담벼락 일부가 부서지며 몽환연이 확 몰렸다가 흩어졌다.

선명하게 드러난 풍경 속에 만령충 촉수를 가득 달고 흐느적이는 그림자가 나타났다.

"커허윽!"

꿈틀, 팔다리는 이미 부들거리는데도 만령충의 촉수는 스스로 바닥을 지탱하며 몸을 일으켜 세웠다.

일어선 자는 입에서 피를 뿜었다.

그랬다가 그 피도 곧 만령충의 촉수들로 대체되었다. 이어 긴 호흡을 들이쉬는 모습이, 치명타를 맞고도 서서히 회복되는 꼴이 분명했다.

모용중걸의 기합성이 다시 터져 나왔다.

"타—!"

콰앙!

기운은 침투경이었다. 그것이 가슴 안쪽에서 폭발한 것이다.

괴인은 눈을 까뒤집고 쓰러졌다.

눈이 대롱거리며 삐져나왔다. 다시 거기로 만령충의 촉수가 쏟아져 나왔다. 입, 코, 귀에서도 마찬가지였다.

더 이상 움직이지 않는 것이, 그제야 죽은 것이 확실해 보였다.

"헉헉헉!"

모용중걸은 숨을 몰아쉬어야 했다.

이제 겨우 하나 해치운 마당에 힘은 쪽 빠져 한참을 쉬어야 할 처지였다. 모용세가의 무인이 물경 수백에 달하는데 겨우 삼십을 맞아 이 지경이니 군소 문파는 공격을 받으면 그냥 파경을 맞이할 것이 틀림없었다.

큰숨을 몰아쉬며 진기를 다스리는 모용중걸의 뒤로 만령충의 촉수가 다시 다가들었다.

모용청현이 이를 악물고 손을 내질렀다.

파콰자자자자작!

"크허허허억!"

힘없이 쓰러지는 사내의 몸에서 만령충이 쏟아져 내렸다. 죽은 것을 확인할 틈도 없이 청현은 모용중걸에게로 도약했다.

"숙부님!"

진기의 여의주를 움키고 있던 두 손이 활짝 펼쳐졌다.

"……!"

놀라는 모용중걸의 눈에 비쳐진 구체는 곧장 날아가 뒤에서 다가들던 만령충인의 가슴을 가격했다.

파콰자자자작—!

하얀 기세의 뇌전이 가슴에서 피어났다가 사라지며 만령충인도 쓰러졌다.

무리하게 움직인 청현도 거친 숨을 내뱉었다.

"괜찮으십니까, 숙부님?"

그러나 모용중걸은 아무런 말도 하지 못했다.

백룡수!

"백, 백룡수를 네가, 네가……!"

술에 절어 망가진 것 같던 조카가 사실은 가문의 실전된

비기를 익히고 있었다니.

가슴 가득 회한이 밀려들었다. 대체 자신은 무엇 때문에
비인간적인 길을 걸었나. 부끄러워서 얼굴을 들 수가 없었
다.

자신은 자존심을 생각하고 지내는 동안 정작 시린 가슴을
안고 내색 없이 절치부심한 것은 모자라 보이던 조카 놈이
아닌가.

그러나 상황이 급해 시간을 끌 수는 없었다.

그래서 막 고개를 든 순간, 청현의 등 뒤로 날아드는 흰
뱀이 보였다.

쉬이익—

"안 돼!"

호흡을 다시 들이마시지도 못하고 그냥 몸을 돌리는 청현
의 모습이 눈에 밟혔다.

손을 들어 막아 가는 청현의 손에 힘겨운 일렁임이 피어
났다.

빠작— 빡—

재빨리 입을 다물었다고 해도 내쉬지 못하게 지킬 숨 따
위가 있을 턱이 없었다. 손의 충격이 그대로 전해지며 가슴
을 압박하고 다시 청현 자신의 몸무게를 더했다.

다리가 비틀거리며 청현의 신형이 뒤로 물러났다.

"헙!"

물러나며 간신히 들이마신 반 줌의 호흡. 청현은 그것으
로 모용중걸의 눈앞까지 밀려나고서야 간신히 버텨 섰다.

방금 전에 부딪쳤던 만령충의 촉수 따위보다 훨씬 더 단단했다. 아무리 진기의 집중이 모자랐다고는 해도 백룡수의 위력을 이리도 형편없이 밀어내다니.

'어떻게 이럴 수가?'

그리고 서서히 걷히는 몽환연 사이에서 보이는 것은 남만에서 사람을 삼킨다는 구렁이만큼이나 굵은 촉수 수십 개를 하늘거리는 거상이었다.

크기와 세기가 비교도 안 되는 이유가 있었다.

눈동자에서 다른 만령충인을 부리는 신호가 반짝일 때마다 흰 촉수 같은 음영이 눈동자를 스쳐 가는 현상.

"충령체로구나!"

모용중걸은 경악했다.

아침에서 점심나절로 넘어가기 직전에 견자단이 충령체를 해치웠다는 소문을 분명 들었다. 그런데 눈앞에 또 나타난 것이다.

이윽고 몽환연이 완전히 걷히며 드러난 것은 네 개의 눈동자였다.

"어헛!"

청현도 중걸의 입과 같이 쩍 벌어졌다.

나타난 괴인은 머리가 두 개였다. 팔도 네 개, 다리도 네 개인데 몸만 하나인 것이다.

"저, 저럴 수가!"

"으아아아아악—!"

그때, 담이 무너진 틈으로 본가 안쪽에서 비명이 흘러나왔다.

"들어가서 도와주십시오!"

청현이 다시 맞붙으려 하자 모용중걸이 소리쳤다.

"안 된다! 너는 여길 빠져나가라! 백룡수를 익힌 자는 모용세가를 재건할 수 있어!"

빠자자자자자작!

청현이 촉수를 다시 걷어냈다.

촉수가 받는 타격도 엄청난 것이어서, 합쳐진 것이 분명한 몸이 흔들거리고 있었다. 청현은 덕분에 숨을 내쉴 틈을 얻었다.

"어차피 반쪽짜리입니다! 이걸 지키느라 또다시 내 가족을 버리느니 차라리 죽을 겁니다! 들어가세요! 숙부님! 정면충돌입니다! 포위가 아니에요! 식구들 데리고 뒤로 빠져나가십시오!"

모용중걸은 하려던 말을 꿀꺽 삼키고 말았다.

가슴을 치는 후회가 다시 밀려들었다.

그때, 결혼한 후 수십 년 동안 들어보지 못했던 아내의 고함 소리가 들려왔다.

"당황하지 마라! 만령충을 경험한 가신들은 가운데로 사람들을 몰아넣고 그 바깥에서 대항하라! 서안제일고수이신 가주께서 도착하신 모양이다!"

목소리가 들려오는 지점은 안채에서 좀 더 뒤로 물러난 쪽이었다.

그로 보아 뒤쪽에서의 습격은 없는 것이 확실했다.

청현은 오자마자 그런 상황을 이미 한눈에 꿰뚫어 보았다. 모용중걸 자신보다 기감을 느끼는 영역이 훨씬 넓다는 증거였다.

'이, 이런 실력을 가지고도…….'

자신의 말을 거스르지 않고 처자식을 바깥으로 내놓다니.

십 년 동안 헤롱거리며 술이나 퍼마시던 가슴은 대체 어떠했단 말인가.

모용중걸은 돌아서야 했다.

남은 것은 후회와 심장이 한 번 뛸 때마다 망치질을 당하는 가슴의 대못뿐이었다. 하지만 그런 자신을 바라보는 식구들이 있었다.

"와아아! 중걸 님께서 오셨다! 힘을 내자!"

힘겨워 보이는 것이 역력한 청현을 두고 중걸은 돌아섰다.

"조금만 버티거라! 곧 다시 오마!"

한 발짝, 한 발짝 떼어 놓는 발걸음이 자신을 내려치는 칼날 같았다. 모용중걸은 이를 악물며 안으로 뛰어 들어갔다.

빠자자자자작!

다시 억지로 공격을 했다. 그 순간, 악으로 버티던 청현의 허파가 다시 호흡을 요구하며 불같이 쪼그라들었다.

진기가 뚝 떨어져 손이 밀려났다.

숨을 얼마나 억지로 참았는지 찰나지간 눈앞이 흐려질 정도였다.

그러나 저 충령체는 허파가 네 개인 모양이었다.

백룡수의 진기에 부딪쳐 잠시 촉수들을 움찔거리게 만들어도 달려드는 촉수가 그만큼 많은 것이다.

청현의 손이 자꾸 무거워져 갔다.

"후…… 합!"

운 좋게 얻은 간발의 틈으로 숨을 한 번 제대로 들이마신 청현은 양손을 벼락같이 내뻗었다.

빠작! 빠자자작!

하얀 뇌전이 튕기면서 촉수들이 양쪽으로 확 갈라졌다.

그 틈으로 한 발을 찔러 넣는 것은 당연했다.

고수가 내디딘 진각(震脚)의 충격은 지축을 울리는 법이다.

쿵!

빠르게 내디뎌진 진각의 튼튼한 받침 위로 백룡수의 허연 뇌전 덩어리가 쏘아졌다.

그 순간!

좌악—

사실은 몸이 두 개였다는 듯 양쪽으로 갈라지는 충령체였다.

'억!'

청현의 눈이 확대되었다.

허파를 쥐어짜 내다시피 해서 남은 호흡을 다 가져간 진기, 그 일격이 헛되이 멀어지는 것이 그 눈에 박혔다.

그리고 다시 촉수가 떨어져 내렸다.

빠자자자자작!

대항할 겨를이 없었다.

청현은 몇 걸음을 뒤로 밀리다가 결국 촉수에 왼쪽 얼굴을 얻어맞았다.

빡!

휙 돌아가는 얼굴과 함께 세상이 도는 것처럼 보였다. 고수의 감각을 흐트러뜨릴 만큼 강력한 일격이었다.

청현은 본능적으로 숨을 들이켜려 애를 썼다. 캄캄해진 눈으로 손을 마구 휘저었다.

일시적으로 충령체가 멈춰 서는 것에 따라 열을 맞춘 십여 명의 만령충인들도 앞으로 나가지 못하고 있었다. 그 말인즉, 세가 안에서 다른 충령체가 만령충인을 지휘하고 있다는 결론이었고, 자신이 쓰러지면 눈앞의 만령충인들도 밀물이 되어 세가를 덮칠 것이다.

"끄어흐어!"

청현은 소리를 지르려고 했다. 그러나 이상한 소리가 나왔다. 워낙에 강한 충격을 받아 길게 한 호흡이 다 끝나고 나서야 눈이 도로 밝아졌다.

그렇게 정신을 차리고 보니 자신의 손 하나가 촉수에 휘감긴 상태였다. 그리고 머리에서 흘러내린 피가 눈으로 들어가 눈을 깜빡여야 했다.

팔에 힘이 들어가지 못할 만큼 가해지는 압박을 청현은 이를 악물고 버텼다. 촉수가 마구 흔들어 바닥에서 중심을 잃게 만들려는 의도가 느껴졌다.

천근추의 수법으로도 몸이 들썩였다.

'조금만 더!'

이를 악물던 청현은 순간 힘을 더 가하려는 촉수를 느끼자마자 천근추를 풀었다. 그러자 몸이 획 들리며 충령체의 몸도 같이 뒤로 기울었다.

일시지간 충령체의 눈에 당황하는 빛이 스쳤다.

끌어당겨지는 청현의 신형이 충령체와 바짝 붙었다.

동시에 청현의 오른팔이 백룡수 진기의 뇌전을 폭발시키며 찔러 넣어졌다. 그러나 옆에 있던 만령충인의 촉수 하나가 그사이로 파고들었다.

빠작!

촉수는 산산이 부서지며 흩어졌지만, 그로 인해 정작 목표로 삼은 충령체 본신은 힘이 감소된 후에 맞았다.

빠자자자자작!

'이런!'

그야말로 간발의 차이였다.

두 번이나 빗나간 것이다. 허파가 급격히 쪼그라들었다.

끌어들인 것이 아니라 거의 새로 돋아난 것이다. 흩어지는 촉수 사이로 징그럽게 웃는 충령체의 이빨이 눈에 들어왔다.

청현은 눈을 감았다.

'식구들은 잘 피했으려나……'

조금만 더 버텼으면 세가 무인들이 약간이나마 여유를 얻었을 것이고, 과장해서 그 차이 때문에 상황이 달라질 수도 있었다.

'다 끝났군.'

너무나 허탈해서 청현은 오히려 웃음이 나왔다.

충령체의 촉수가 빳빳이 세워지며 자신의 눈 사이로 찔러 들어오는 것이 보이자 청현은 자신의 마지막이 될 한마디를 내뱉었다.

"아현아, 미안하다……."

푸바바박!

쿠당!

그런데 몸이 자연스럽게 밀려났다. 청현은 땅을 굴렀다.

"……?!"

땅바닥에서 벌떡 일어선 청현이 급하게 두리번거리자 충령체의 목 하나가 허공에서 떨어지는 것이 보였다.

촤아악—

새빨간 피가 뿜어지고 그 뒤로 허연 지렁이들이 튀어나오며 몸과 목을 서로 이어 붙이려 했다. 그러나 튕겨 나간 목은 곧 화려하게 폭발했다.

드쿵!

점점이 흩어지는 만령충의 촉수들 사이로 서안 반대편에서 봤던 얼굴이 나타났다.

"아현이한테 미안해? 그럼 밥이나 한 끼 사."

청현의 눈에 생기가 돌았다.

견자단이 온 것이다.

고맙다는 인사보다 먼저 입에서 튀어나온 것은 질문이었다.

"여, 여길 어떻게?"

청현이 묻는 사이, 광겸은 녹진자와 함께 장원 안으로 들어가 버렸고, 광수는 종남일기와 함께 반대편 입구로 부리나케 달려갔다.

혼자 남은 광겸이 느릿느릿 발을 절며 느물거렸다.

"안 올 수가 있나. 당신 딸내미가 울고불고 난리를 치던걸."

핑.

숨이 막힐 정도로 눈물이 핑 돌았다.

'아, 내 딸. 십 년이나 내팽개쳐 뒀던 내 핏덩이.'

청현의 가슴이 무너져 내렸다.

그러는 사이, 광겸은 느릿느릿 검을 빼 들었다.

한데 너무 느렸다.

지켜보던 청현이 나서려 할 만큼 촉수들이 빠르게 다가들었다. 그걸 그냥 내버려 두면서 약간 느릿하게 빼는 광겸의 칼은 청현의 발을 다시 묶어 놓았다.

한기가 확 일어나며 검에서 서리가 맺혀 차가운 김이 펄펄 날렸다.

그 한기가 청현이 있는 곳까지 미치고 있었다.

아까와는 전혀 다른 기세였다.

이 정도로 강한 한기에 대해 청현은 들어 본 적이 있었다.

"북해의 저주!"

광겸이 웃었다.

"아, 내 안에 저것보다 더한 놈이 살거든."

말과 함께 광검의 칼이 휘둘러졌다.

쨍!

이화접목이고 사량발천근이고 나발이고 아무것도 없었다.

끝없는 촉수의 힘 앞에 미련하게도 그냥 힘으로 맞서는 것이었다.

그러나 청현은 그걸 전혀 탓할 수가 없었다.

"서, 서리가……!"

그 한기에 부딪친 촉수는 서릿발을 날리며 부서졌다. 그곳에 다시 한 번 얼음의 칼이 떨어졌다.

쨍!

파삭.

만령충의 촉수가 순식간에 얼어붙었다가 힘없이 부서져 내렸다.

"어떻게 이럴 수가……. 만령충은 진기의 덩어리인데, 그게 어떻게 얼어붙을 수가……."

광검은 흐흐, 웃으며 검을 빠르게 놀려 댔다.

쨍쨍쨍쨍쨍쨍!

"이거, 효과 좋은걸?"

만령충의 촉수들이 광검의 냉기를 피해 움츠러들고 있었다.

"백선고는 벌레지. 벌레는 추운 겨울에 동면하는 법이야. 차가운 부분은 생기가 떨어지고, 기가 소통되지 않아."

광검은 이제 실험적인 칼놀림을 그만두고 아예 본격적으로 휘두르기 시작했다.

이게 어떻게 가능한 일일까?

종남일기와 광수, 광겸이 시장통으로 광겸을 쫓아갔을 때였다.

녹진자가 예의 문제의 환단을 쥐고는 여왕충을 얼리려 하는 광겸을 허공섭물로 들어 올렸다. 그런 후, 다시 내공으로 환단을 부숴 광겸의 입으로 넣어 준 것이다.

광겸의 입안 하나 가득 꿈틀대는 여왕충의 촉수가 끊어지며 녹진자의 말이 뒤를 이었다.

"귀 후비고 잘 들어라. 따뜻함은 사물을 덥히는 것으로 끝나는 것이 아니니라. 음중극음의 한기로 뭉쳐진 몸이라도 살아 있는 생령이 있다면 반 줌의 따뜻함은 있어야 하는 법. 항상 이것이 맞춰지려 하나 사람의 생각이 그것을 오히려 방해하나니, 네 스스로 조화를 찾는 기운을 방해하지 말아야 함이니라."

그 말대로 차가운 기운이 일시지간 누그러지는 듯했다. 그러나 광겸의 몸 자체가 강해지자 냉기에 대한 저항력이 더욱 강해졌다. 오히려 빙기를 좀 더 강하게 쓸 수 있게 된 것이다.

그리고 그 강해진 빙기가 지금 광겸의 칼을 통해 충령체의 촉수를 압박하고 있었다.

쨍쨍쨍쨍쨍!

충령체가 연신 뒤로 밀려났다.

촉수가 다 부스러졌다. 마지막으로 단전을 관통당하자 몸 전체가 부스러졌다.

동시에 세가 안에서 낯익은 얼굴들이 모습을 드러냈다.

안쪽의 만령충인들도 모두 해치웠다는 얘기였다.

꿈만 같았다.

청현은 안도의 숨을 내쉬었다. 절로 눈물이 났다. 그제야 제대로 큰숨을 들이마셨다.

딸이 살렸다. 세가가 내친 딸이 자신을 위해 눈물을 흘렸다고 했다.

뭔가 막힌 것이 왜 막혔는지 이해가 갈 것 같았다. 백룡수는 진도가 없었다. 그것 때문에 더 미칠 것 같던 십 년이었다.

그런데 오늘 깨닫고 보니, 벽의 원인은 심마였다.

아내와 딸을 내치고 십 년이나 곁에서 피눈물 흘리는 것을 그냥 구경만 하고 있던 심마. 더욱 기막힌 것은 이렇게까지 고생을 하고서도 아내와 딸은 이제 다른 남자에게로 가 버렸다는 것. 현실은 여전히 시궁창 속이었다.

"다 끝났나?"

종남일기의 목소리가 들렸다.

"뭐, 다른 파장은 없는데요."

이어 광검의 대답이 들리고, 세가의 무인들이 기쁨의 함성을 지를 때도 청현은 가만히 서 있을 뿐이었다.

"허, 그놈 참. 백룡수 맞더냐? 정말 오랜만에 구경 잘했다. 네 증조할애비도 그 정도는 아니었을 게다."

종남일기가 어깨를 툭, 쳐 올 때서야 청현은 무인들이 걱정스럽게 자신을 쳐다보고 있다는 것을 알 수 있었다. 모두 다 쳐다보는 그 마당에 청현은 눈물을 흘렸다.

"크흐흑."

"소가주, 어디 불편하십⋯⋯."

청현은 그 목소리에 언제나처럼 웃으며 대답하고 싶었다. 그러나 눈물은 계속해서 나왔다.

"크흐으윽─!"

녹진자가 약간 황당하다는 투로 말을 했다.

"이놈, 왜 이래? 부서진 집 수리비 생각하나?"

청현은 더 이상 참을 수가 없었다.

막혔던 것이 뚫린 기분, 그것을 붙잡아야 했다. 그 원인을 이해했기 때문에 오히려 눈물은 그치지 않을 것이다.

그래서 청현은 만령충의 파편과 핏물, 흙이 범벅인 땅에 그대로 엎어졌다.

"소, 소가주! 소가주께서 타격이 크신 모양이다! 서둘러라!"

"소가주! 정신 차리십시오!"

당황 섞인 소리가 여기저기서 터져 나왔다.

엎드린 채로 청현은 손을 내저었다.

"아니, 아니오, 아니⋯⋯ 그게 아니야, 그게⋯⋯."

고개를 든 청현의 얼굴은 피와 흙, 눈물로 엉망진창이었다.

그러나 격해진 감정이 그런 것을 따질 턱이 없었다.

청현은 부르짖었다.

"어르신! 살려 주십시오!"

녹진자가 눈을 꿈뻑였다.

"야, 이놈아. 다시 쳐들어온다고 해도 정비할 시간은 벌었잖아. 아무리 가까운 곳도 칠 주야는 걸릴걸? 여기서 급하게 동원한 인원은 이게 다야. 마교 애들은 무조건 다 신이냐, 저런 습격자를 쉴 틈도 없이 쏟아 내게?"

하지만 청현은 눈물을 계속 흘리며 고개를 저었다.

"아니, 아닙니다. 그게 아니에요. 으으윽!"

청현은 더 참을 수가 없게 된 말을 내뱉었다.

"우연히…… 우연히 백룡수의 비급을 발견한 것은 하늘의 뜻이라고 생각했습니다. 그게……."

"……!"

모용중결과 모용세가의 무인들 모두 놀라움의 빛이 흘렀다. 청현은 지금 전혀 다른 이야기를 하고 있는 것이었다.

그리고 들어야 했다. 실전된 가문의 절기를 도로 찾는 과정의 중요한 이야기가 아닌가.

어느덧 청현의 울음소리가 조금 잦아들었다.

"아버님께서 나희령에게 돌아가신 직후였습니다. 그래서…… 복수할 수 있다는 생각에 열심히 파고들었습니다."

당시 청현은 폐관까지 감행했다. 그리고 그사이 홍춘이 모용세가에서 조용히 쫓겨난 것이다.

"어느 정도 얻었다고 생각했습니다. 어차피 더 진전도 없을 때였으니 운이 따르면 깨달을 날도 있겠거니, 아쉬움을 접고 폐관을 풀었습니다. 한데, 한데…….”

모용중걸은 눈을 감았다. 이제야 돌아보니 추악한 것이
다.

그 후의 이야기는 서안에서 유명한 화젯거리였다.

—술 먹고 비뚤어져 삼룡에서 떨어진 지렁이.

모용중걸의 반대가 워낙 심했기에 청현은 홍춘을 다시 불
러들이지 못했다. 결정적인 것은 이미 칠 년이나 지난 후인
데다 홍춘의 어머니가 세상을 뜬 후라는 점이었다. 어머니
의 약값조차 마련하지 못한 홍춘은 아현을 기루에 맡기기까
지 하지 않았는가.

감정의 골이 이렇게까지 악화된 상태에서 청현이 손을 쓸
방법은 없었다.

다시 술. 또 술.

이어지는 악순환. 남겨진 한 가닥 희망은 빨리 백룡수를
얻어 나희령을 죽이고, 세가에서 입지를 굳히는 것이었다.

결국 임시로 가문을 맡았던 숙부가 가주 자리를 이었다.
가주는 일개 집안이 아닌, 그나마 근근이 몇 년 만에 한 번
씩 연락이 되던 윤홍광의 끈을 잡고 홍춘을 받아들인 것이
었다.

그런데 윤홍광이 죽어 버렸다. 그래서 모용중걸은 다른
대책을 혈육에게 세워 두었는지 확인하고자 홍춘을 내쫓았
다.

집안의 결정에 처자식을 지키지 못했던 청현은 스스로를 갉아먹는 분노와, 그 분노마저도 잡아먹는 절망을 한꺼번에 상대해야 했다.

그래도 참았다. 백룡수가 완성되기만 하면 모든 것이 정상으로 되돌아올 테니까.

그런데…… 유일한 희망인 백룡수가 막혔다.

나아질 기미도, 어떤 희망도 던져 주지 않은 채.

청현은 그 대목에서 다시 눈물을 흘렸다.

"하지만 백룡수는…… 제 마지막 희망은 그만 막혔습니다. 진전이 없었습니다."

나희령의 구절편은 단단한 강도와 더불어 접히며 때리고 다시 때리는 연속 타격이 너무 빠르다는 것이다. 구절편을 아예 부술 수 있다는 자신이 딱히 서질 않은 것이다.

백룡수가 십이성 경지라 해도 세월이 더 지나야 했다.

그렇게 세월만 지나갔다. 속은 타들어 가고 백룡수는 오히려 퇴보할 기미마저 보이고 있었다. 그러다 오늘 이 사태가 벌어진 것이다.

"몇 년을 허비하고도 그것이 심마였다는 것을 몰랐습니다. 그걸 안 것이…… 그걸 알려 준 것이…… 제가 십 년 동안 내버려 두었던 제 핏덩이였습니다. 크흐흐흑!"

모용중걸의 눈도 붉어졌다. 모용세가의 무인들은 더 말할 나위가 없었다.

"내가 고민하고 있을 때 그 핏덩이도 각박한 세상의 찬바람에서 괴로워했다는 걸…… 내가 괴로워할 때 그 작은 핏덩이도 풍진강호의 압박에 눌려 피눈물을 흘리고 있었다는 사실을…… 그러한 세월을 보내고도 제게 눈물을 흘려 주었다는 것을, 저는…… 알고도 외면했습니다. 그게 심마였습니다. 크흐흑! 어르신, 저 좀 살려 주십시오!"

무릎을 꿇고 다시 흙바닥에 엎드린 청현은 내처 눈물을 마저 쏟았다.

녹진자가 픽, 웃었다.

"어, 이건 나보다 나이 많은 선배가 해 줘야 할 말이오."

종남일기가 마주 웃으며 말했다.

"내가 이 나이에 반로환동을 하고 남들이 도를 깨쳤니 마니 하는 논쟁들이 분분하다마는, 내가 반로환동 아니라 탈각해 신선의 반열에 올라도 너를 도와줄 재간은 없다."

잠시 말을 끊은 종남일기는 하늘을 한 번 보고는 다시 말을 이었다.

"이미 깨달은 사람에게 충고할 재주는 없다는 말이지. 넌 이미 사람에게 가장 중요한 것을 봤어."

여전히 울고 있는 청현에게 종남일기는 말했다.

"아까 내가 말했지, 무공은 자신이 아닌 남이라고. 사람을 섬기는 것이다. 힘을 섬기는 것이 아니라. 저기 저 개들을 봐라."

종남일기의 손가락이 가리키는 곳에는 견자단 삼 형제가 서 있었다.

광검이 '노친네가…….'라며 중얼거리다가 녹진자에게 맞는 모습이 있었다.

"야생에서 그들끼리 맞춰 사는 개를 우린 들개라고 부른다. 사람의 집 안에 들어와, 사람의 서열에 적응하고, 사람을 섬기는 짐승을 비로소 우린 개라고 부르지. 무인도 개와 같다. 사람을 섬겨야 무인이지. 힘을 섬기고 돈을 섬기고 권력을 섬기는 자는 이미 마인에 불과한 것이니, 무에 정도가 있겠느냐."

아무도 말이 없었다.

비유가 개 같다고 욕할 텐가.

종남일기는 다시 웃었다.

"그래서 난 저 개놈들이 좋은 게다."

"아니, 거, 잘나가다가 꼭!"

광검의 항의에도 종남일기는 마무리 말을 남겼다.

"지금 당장 비틀어진 십 년을 바로 잡을 수는 없겠지. 하지만 사람을 섬긴다는 것은 사실 처음이 어렵지, 재미가 붙으면 시간도 금방이야. 노력을 꾸준히 하고 진심을 활짝 여느냐의 문제인 거지. 어쨌든, 넌 앞으로 노력만 하면 돼. 노력해서 사람도 찾고, 네 증조할애비가 처음 보인 백룡의 하얀 천둥소리를 세상에 다시 들려다오."

대답은 눈물로 돌아왔다.

모용청현은 흐르는 눈물을 닦을 생각도 안 했다.

석양이 뉘엿뉘엿 기우는 가운데 누군가 중얼거렸다.

"참으로 긴 하루였군……."

"이런 제기!"

콰당!

문을 박차야 했다.

그나마 다 부서져 수리하려면 오히려 떼어내야 할 정도인 대문.

모용세가까지 거의 날아가다시피 했고, 싸움은 일각 만에 끝났다. 돌아오는 시간도 얼마 안 걸렸으니 반 시진도 채 안되어 멀쩡하던 대문이 이렇게 된 것이다.

대문?

집 전체가 다 이 모양 아닌가? 아니, 집도 문제가 되질 않았다.

사람이 상하고, 없어지기까지 한 것이다.

"어떻게 된 겁니까!"

광겸이 소리부터 질렀다.

광검은 아예 말도 없이 방마다 뒤집어엎고 다녔다.

우당탕.

요란한 소리가 멈춘 것은 홍춘의 방문 앞에서였다.

홍춘은 상의가 벗겨진 채 급하게 천을 대 놓은 상태였고, 무명천 위로 상당한 양의 피가 스며 나와 있었다. 기식 또한 엄엄했다. 그런 상태에서도 눈물을 흘리며 아현을 찾았다.

"아가…… 흑흑, 불쌍한 내 딸…… ㅇㅇㅇ……."

옆에서 돌보고 있던 연미의 곱던 얼굴도 먼지투성이였다. 그 사이로 눈물이 흐른 자국이 보였다.

광검의 말문이 막혔다.

광겸의 신경질적인 고함이 대청을 울렸다.

"이게 대체 어찌 된 거냐고!"

그러자 강북련 소속 무사 하나가 다리를 절룩거리며 간신히 자리에서 일어섰다.

"광수 대협이 걱정하신 대로…… 성동격서였습니다. 가시고 채 얼마 지나지 않아서 초고수 네다섯이 한꺼번에 들이닥쳤더군요."

"이런 망할 자식들!"

울분을 참지 못한 광겸이 손을 휘둘렀다.

콰앙!

벽 한쪽의 반이 날아가며 부서져 무너졌다.

광수가 침착하게 물었다.

"탁 대인은?"

그 말에 호위무사의 얼굴이 어두워졌다.

"탁명옥 지부장님께서는 지금 위급 상황이십니다. 아현 아씨가 적의 손에 들어가자 저항하시다……."

"으음……."

광수가 신음성을 흘렸다.

탁명옥의 무공은 얕잡아 볼 만한 것이 아니었다. 하지만 마음먹고 머릴 굴리는데 그런 대비책 없이 쳐들어왔을 리도 없다.

그나마 적의 무공 수위라도 확인해야 했다.

"얼마나 버텼습니까?"

호위무사의 얼굴이 붉게 상기되었다. 아직도 감정을 누르기 힘든 듯 보였으나 중요한 이야기였다.

"후우, 그냥 단칼이더군요. 지부장님의 칼이 붉게 빛나더군요. 그게……."

그 말을 알아듣지 못하는 사람은 없었다. 강기였다.

탁명옥은 분명히 초입인지는 몰라도 강기의 경계선을 넘은 것이다. 한데 뒷말이 더 가관이었다.

"그게 대번에 잘리고 허리도 두 동강 났습니다. 의원 말이 척추骨만 간신히 붙어 있는 상태랍니다. 전 살다 살다 그런 고수는 처음 봤습니다."

"으으……."

그때, 홍춘의 신음이 다시 들려왔다.

광수와 녹진자, 종남일기는 어이가 없어 인상을 썼다.

설마 했는데, 천하의 마교가 애를 납치하다니!

강기(罡氣)를 다루는 자라 했다.

실제 검기라도 공기가 일렁이는 정도로 구사하려면 기연을 얻지 않고서는 불가능하지 않은가.

그걸 넘어서서 별이름 강(罡), 검기성강(劍氣星罡)이라는 글자 그대로 강기를 구사한다는 것은 도가의 전설이 된다는 소리인데, 탁명옥은 그런 경지를 얻었다. 그러나…….

"단칼에 잘렸다고?"

"예."

종남일기가 인상을 쓴 것이 바로 그 이유에서였다.

"집법당이다."

종남일기의 말에 침묵이 집안을 휩쓸었다.

마교 집법당!

마교의 고수들조차 두려워 덜덜 떤다는 지옥사자들이 남긴 전설은 믿지 못할 경지가 많았다.

칼을 단번에 잘라도 입이 다물어지지 않을 지경인데, 강기가 서린 칼을 아무렇지도 않게 썰어 놓고 가다니.

그리고 그런 자가 뒷골목의 하류배처럼 애를 납치해 간 것이다.

"전하는 말은 없었습니까? 아이를 어디로 찾으러 오라든지⋯⋯."

광수의 질문에 호위무사는 고개를 저었다.

"아현 아기씨를 납치하고서는 그대로 허공으로 뛰어 날아가더군요. 에, 정말 날아간다는 표현이 맞는 것 같았습니다. 한 번에 십 장 가까이 확확 멀어지니⋯⋯ 저희는 추격을 할 엄두도 내지 못하고 그냥 개방 서안 지부에 연락만 하고 말았습니다. 죄송합니다. 후우⋯⋯."

사실 무사가 미안해할 일은 아니었다.

자신의 역량을 한참이나 아래로 내려다보는 엄청난 수준의 적을 맞이하고도 최선을 다해 싸운 것이다.

강북련이 삼 형제를 필요로 한다지만, 어쨌든 이들은 가족은 아니었다. 오히려 삼 형제가 고마워해야 할 판 아닌가.

셋 중 맏이인 광수는 차마 성질을 낼 수가 없었다.

"다리는 어찌⋯⋯."

호위무사가 그제야 자기 다리를 쳐다보며 한숨을 내쉬었다.

"약을 바르긴 했습니다만, 무릎 관절을 정확히 잘랐답니다. 뭐, 저기 누워 있는 놈처럼 단전이 파괴된 것보다 나은 상태이긴 하지만……."

그 말을 듣고서야 광겸과 광검의 눈길도 호위무사의 다리로 쏠렸다. 자기 몸 얘기다. 그런데도 어찌 이렇게 남 말 하듯 할 수가 있는가.

"저희 식구를 위해 이렇게까지 희생을 해 주신 점, 절대로 잊지 않겠습니다. 뭘 원하십니까?"

광수의 핵심을 찌르는 질문에 호위무사는 흠칫하다가, 문득 씨익 웃어 보였다. 비장해 보이는 웃음. 하지만 대답은 여유 있었다.

"강북련은 이런 경우 보상이 꽤 됩니다. 돈 많은 사람들이야 아무것도 아니겠지만, 우리 같은 사람들이 편히 소작료 걷으며 살 만큼은 해 주지요. 그러니 걱정하실 필요가 없습니다. 다만……."

무인이 불구가 된다는 것은 어떤 의미일까?

무공을 아예 잃었다는 게 아니고 그냥 병신이 되었다?

삼 형제는 과거 마교에 의해 비슷한 일을 겪었다. 그랬기에 충분히 짐작할 수 있는 일이었다. 하지만 호위무사는 내색을 하지 않으려 했고, 그렇다면 광수도 그걸 건드리지 않는 것이 예의였다.

그래서 광수는 차분히 기다렸다.

호위무사는 이를 바득, 갈고 다시 웃었다. 웃는데 이를 갈다니.

아나나 다를까.

"복수를 해 주십시오. 제 몸이 이렇게 되고도 남을 걱정하는 것은 우스운 모양새지만, 탁명옥 지부장님은 저희를 가족처럼 감싸 주신 분이고, 서안의 온갖 비리를 근절은 못했어도 그런 짓이 사람 사는 데 근간을 해친다는 것을 분명히 하신 분입니다. 그런 분이 저렇게 누워 계십니다. 제 다리도, 저기 단전 잃은 저놈도 모두 복수를 원할 겁니다. 제가 원하는 건 그것뿐입니다."

이를 갈 만한 내용이었다. 그럼 웃은 것은?

삼 형제를 믿는다는 뜻이었다.

광수는 고개를 끄덕였다.

"아까 막내놈이 말한 것처럼, 저희도 마교와 한 하늘 아래서는 살지 못합니다."

"그래도 좀 후련하군요. 고맙습니다."

호위무사는 그 말을 듣고서야 다시 대청 바닥에 누웠다.

"아현아, 아가……."

다시 홍춘의 신음이 들려왔다.

광겸이 얼굴을 확 일그러뜨리며 다시 한 번 신경질을 냈다.

"에잇! 이 개자식들! 애를 인질로 잡아가?"

콰작!

방문 하나가 또 부서졌다.

그러자 가느다란 울음소리가 흘러나왔다.

그 울음소리는 요 며칠간 힘이 많이 들었던 사람의 것이었고, 특히 광겸의 성질을 누그러뜨리게 하는 소리였다.

"여, 연미……."

연미는 손으로 눈을 가리고 울음을 그쳤다.

"죄, 죄송해요. 하지만, 하지만……."

"……."

연미도 급작스럽게 아버지가 비명횡사했고, 광겸과 급작스럽게 결혼 결정을 내렸다.

이 세 마리 개가 정말로 개가 아니고, 실은 영웅 비스무리한 길을 간다는 결론은 이미 얻었겠지만, 아직 슬프고 혼란스러운 마음은 누구 못지않았을 것이다.

원래는 광겸이 알아서 챙겨야 했다. 하지만 요 며칠 그럴 만할 경황이 없었다. 그래서 홍춘이 챙겨 주고 있었다.

그런 홍춘이 쓰러진 것이다.

따뜻하게 기대야 할 광겸은 지금 '난장을 깐다'는 표현이 어울리지 않는가.

결국 광수가 입을 열었다.

"좀 있다가 바로 가정을 꾸려야 할 놈의 성질머리가 그게 뭐냐?"

광겸은 아직도 일그러진 얼굴이 펴지지 않았다. 대답은 연미가 대신 했다.

"죄송해요, 아주버님. 정말, 이러고 싶진 않았는데…… 흑!"

"제가 죄송합니다, 제수씨. 저놈이 아직 철이 덜 들어서 그래요. 식을 올리고 부인을 거느리면 그때는 세상사는 게 얼마나 어려운지 알게 될 겁니다."

그러자 광검이 입을 놀렸다.

"형수가 힘들게 하긴 했나 보다, 형."

광수의 얼굴이 일그러지며 말을 하기도 전에 녹진자와 종남일기가 한꺼번에 구박을 했다.

"그게 웃기냐? 지금 이 상황에 농담을 하면 누가 웃어?"

광검이 투덜거렸다.

"안 웃기면 말지. 썰렁하면 나도 안 좋은데 구박은 뭔……."

세 사람이 어처구니가 없어서 쳐다보기만 하는 사이 광검은 마당 가운데로 나가 털썩 주저앉았다. 그러고는 눈을 부릅떴다.

냉기가 풀풀 날렸다.

원래 겨울인데다가 해도 다 넘어갔다. 그런데도 허연 김이 센바람처럼 몰아쳐 나오는 것이다.

광검의 냉기가 저 정도로 풀리면 백선고의 여왕은 발광을 한다는 의미였다.

"저, 저놈이 미쳤나? 그 마물을 간신히 잠재워 놓고 왜 도로 풀어?"

녹진자가 황당하다는 듯이 말할 때, 광검의 입이 울컥거렸다.

"쿨럭, 우웩!"

어둑어둑한 하늘, 이제 불을 켜야 하는 마당.

손으로 황급히 막은 입가에서 벌써 허연 것이 꿈틀대는

것이 보였다. 모두의 경악이 집 안을 들썩였다.

"아니, 둘째 형. 갑자기 미쳤어!"

"야, 이놈아! 뒈지게 맞을래? 노친네가 아끼던 약 집어삼키고 뭐 하는 짓이냐?"

그러나 광검은 입을 막은 손 대신 다른 손을 쳐들었다.

조용히 하라는 뜻이었다.

광수의 얼굴이 한겨울 밤의 음한보다 더 어두워졌다.

"여왕충이 더 자랐다. 벌써 타협을 할 만큼……."

"……!"

그랬다.

백선고의 여왕충은 광검이 성장하면서 정비례로 자랐다.

본능적으로 광검을 무조건 집어삼키려고만 하던 짓거리를 하지 않은 것이다. 광검의 생이 다할 때를 기다리든가, 아예 약해지는 빈틈을 노릴 만큼 '의식'이 생긴 것이 확실했다.

지금처럼 촉수가 입안에서 나왔는데도 얌전히 허공에서 하늘거리기만 하지 않는가.

동시에 강한 사념이 파장을 타고 퍼져 나가는 것이 종남일기, 녹진자, 광수, 광검에게도 느껴졌다.

눈물을 흘리던 연미도 입을 막은 채 지켜보고 있었다.

그때였다.

홍춘의 눈이 힘겹게 떠졌다.

"으응, 동생……."

연미는 홍춘의 손을 잡고 손으로 눈가를 대충 닦았다.

"형님, 좀 괜찮으세요?"

"아현이, 우리 아현이는······."

홍춘의 강한 성격으로도 차마 일어날 엄두를 내지 못할 만큼 강한 충격을 입은 모양이었다. 그녀는 그저 눈물만 흘리고 있었다.

"지금 작은아주버님이 찾고 계시는 중인가 봐요."

연미의 손가락을 따라 돌아간 홍춘의 눈에 광검의 입에서 튀어나온 만령충의 촉수가 걸렸다.

징그러운 광경이었지만 홍춘은 아현을 찾는다는 말에 개의치 않았다.

그러나 그 이해심도 무심하게 촉수는 곧 들어가 버렸고, 광검의 입에서는 한숨만 흘러나왔다.

"후, 제길. 여기 서안에는 만령충을 가진 놈들이 하나도 없네."

지금 광검의 몸속에 있는 백선고는 자기 의식을 지닌 채 만령충이 되었다는 무시무시한 사실만 보여 주고 헛되이 수색은 끝나 버렸다.

홍춘의 눈에서 다시 닭똥 같은 눈물이 떨어지려 할 때였다.

"험, 계시오?"

아예 부서져 날아간 대문 앞에 웬 무사 하나가 서서 사람을 부르고 있었다.

흑의 차림의 무사. 누가 저런 색을 평범한 세상에서 내놓고 입겠는가.

거기에 더해 사내가 내놓은 기운도 온통 컴컴함을 느끼게 하는 것이었다. 그래서 녹진자가 자연스럽게 외쳤다.

"묵정(墨井)! 마교로구나!"

"이 자식!"

광겸이 대번에 날아가 칼을 뺐다.

몸이 급작스럽게 좌악 늘어나 보이는 신법. 그 신법 하나만으로도 광겸의 칼은 당금에 상대할 만한 자가 없어 보였다.

검은 우물.

마교의 수많은 조직체 중에는 끝없는 깊이에서 나오는 지옥의 마기를 뜻하는 묵정이 있다.

저주받은 무저갱과 연결된 우물이라는 뜻이었다.

하지만 광겸의 칼은 별 저항 없이 사내의 목에 대어졌다.

빠르기도 했지만, 사내가 별다른 반응이 없던 탓이었다.

사내는 조금도 위축되지 않은 채 광겸을 비웃었다.

"꼬마, 생으로 경극 찍냐? 난 어차피 죽으러 왔다."

경악을 계속하다 보면 입은 아예 굳어진다.

사람들은 더 놀랄 힘도 없었다.

죽으러 왔다?

애도 납치할 만큼 비열한 놈들이?

이건 그냥 비열한 것이 아니었다. 사람의 감정을 극도로 분노에 휘둘리게 하는 고도의 전술인 것이다.

광겸은 외쳤다.

"그래! 네놈들이 바라는 대로 열 받는다! 아주 많이!"

광겸의 팔이 마교도의 목을 썩둑 날려 버릴 것처럼 움직이자 광수가 외쳤다.

"아현이 얘기를 하러 왔을 거다! 안 돼!"

광겸의 두 칼이 마교도의 목에 대어진 채 파르르 떨렸다. 마교도는 그것을 확인하고서야 씨익 웃었다. 견자단의 마음은 이제 그의 손에 들어온 셈이었다.

마당에 부는 찬바람이 사람들의 가슴을 할퀴었다. 그래도 마교도의 악독함은 그 찬바람을 느끼지 못하게 할 정도였다.

견자단 셋은 그렇게 얼어붙었다.

〈『운종룡변종견』 제2권에서 계속〉

유
룡
변
주
경

1판 1쇄 찍음 2014년 5월 13일
1판 1쇄 펴냄 2014년 5월 16일

지은이 | 담적산
펴낸이 | 정 필
펴낸곳 | 도서출판 뿔미디어

편집장 | 이재권
기획 · 편집 | 윤영상

출판등록 | 2002년 9월 11일 (제1081-1-132호)
주소 | 경기도 부천시 원미구 상동로 117번길 49(상동) 503호 (우)420-861
전화 | (032)651-6513 / 팩스 032)651-6094
E-mail | bbulmedia@hanmail.net
홈페이지 | http:/bbulmedia.com

값 8,000원

ISBN 979-11-315-1150-3 04810
ISBN 979-11-315-1149-7 04810 (세트)

도서출판 뿔미디어 홈페이지 OPEN!!

안녕하세요.
지금껏 저희 뿔미디어를 응원해 주신
독자님들의 성원에 힘입어
이번에 새롭게 홈페이지를 오픈하였습니다.

저희 뿔미디어는 홈페이지에서 독자님들께서
보다 빠른 출간 소식과 미리보기 등
알찬 내용을 제공하기 위해 많은 노력을 기울였습니다.
또한 독자님들에게 도서 할인, 이벤트 등
다양한 혜택을 제공하고자 합니다.

저희 뿔미디어 홈페이지 오픈을 계기로
한층 더 독자님들과 가까워질 수 있는 기회가 되었으면 합니다.

보다 많은 관심과 사랑 부탁드리며,
앞으로도 더 좋은 컨텐츠 제공에 힘쓰도록 하겠습니다.

감사합니다.

-도서출판 뿔미디어 올림-

 www.bbulmedia.com

www.bbulmedia.com